KB268766

風雲劍俠傳

풍운 검협전

송진용 新무협 판타지 소설

FANTASTIC ORIENTAL HEROES

풍운검협전 5

송진용 新무협 판타지 소설

초판 1쇄 찍은 날 § 2008년 6월 4일
초판 1쇄 펴낸 날 § 2008년 6월 13일

지은이 § 송진용
펴낸이 § 서경석

편집장 § 문혜영
편집책임 § 정서진

펴낸곳 § 도서출판 청어람
등록번호 § 제1081-1-89호
등록일자 § 1999. 5. 31
어람번호 § 제2-1503호

주소 § 경기도 부천시 원미구 심곡1동 350-1 남성B/D 3F (우) 420-011
전화 § 032-656-4452 · 팩스 § 032-656-4453
http://www.chungeoram.com
E-mail § eoram99@chollian.net

ⓒ 송진용, 2008

ISBN 978-89-251-1342-5 04810
ISBN 978-89-251-1177-3 (세트)

[완결]

風雲劍俠傳

풍운검협전

⑤

송진용 新무협 판타지 소설

FANTASTIC ORIENTAL HEROES

현천선부(玄天仙府)

도서출판 청어람

目次

第一章
서로 다른 길

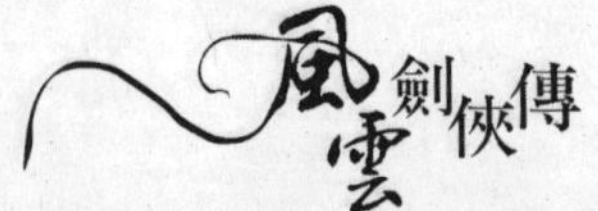

날이 밝아오더니 다시 저문다.

찾아와 우짖던 새들도 하나둘 날아가고, 달은 어제보다 야위었다.

나뭇가지에 머무는 서늘한 바람.

무심히 지나가는 날들.

멀었던 겨울은 날마다 차가워지는 개울물 소리로 저렇게 다가오는데 기다리는 사람은 얼마나 와 있는지…….

어제보다 더 앙상해진 나뭇가지와, 더 차가워진 개울물 소리를 들으면서 운몽은 저도 모르게 한숨을 쉬었다.

숲 위에 떠 있는 야윈 달이 개울물에 비쳐 일그러지고, 어디에서부터 떠내려온 것인지 붉은 단풍잎 한 장이 그 위로 흘러갔다.

　홀로 숭의산장을 나온 운몽은 낮은 비탈 아래, 우거진 잡목 숲에 가려져 있는 작은 개울가에 앉아 있었다.

　벌써 한 시진이 지나갔지만 알지 못한다.

　그에게 지금 남아 있는 시간은 기다림일 뿐이었던 것이다. 그것이 모든 시간이다. 그래서 멎어버렸다.

　그 밖의 것들은 운몽의 시간이 아니었다.

　상관하지 않는다.

　운몽이 그렇게 추운 개울가에 나와 홀로 멎어버린 제 시간을 바라보고 있을 때, 멀리 떨어져 있는 낯선 객잔의 텅 빈 후원에도 한 사람이 서성이며 제 상념에 젖어 있었다.

　후원의 버팀목처럼 우뚝 서 있는 오래된 팽나무는 오백 년 동안이나 말이 없다.

　오백 번이나 그래 왔듯이, 스쳐 가는 바람에 하나둘 제 잎을 실어 보내며 오늘도 침묵하고 있을 뿐이다.

　굵고 비틀린 제 몸뚱이로 감당할 수 없는 세월을 버티며 묵묵히 서 있는 것이다.

　그 침묵에 내려앉았던 세월이 나이테가 되고, 수없이 스쳐 간 바람이 남겨준 건 그리움이다.

　그것이 오늘은 상처가 되어 단단한 딱지로 굳어갔다.

　그 위에 이렇게 으슬으슬한 바람이 불어온다. 그래서 팽나무는 새소리 한마디와 이슬 한 방울로 피워냈던 제 사랑의 말들을 하나둘 놓아 보내고 있었다.

지난봄과 여름의 추억을 떠나보내는 늙은 가슴이 아리련만 팽나무는 말이 없다.

반 넘어 야윈 달이 천천히 떠올라 가지 끝에 걸렸다. 은은한 빛으로 부드럽게 쓰다듬어 위로하는 그것.

그러나 팽나무는 여전히 말을 하지 않는다.

그 무겁고 깊은 침묵.

그 앞에 서서 운지는 아미산을 생각하고 세월을 생각했다.

아직 사랑이라는 말을 알기 전의 어린 꼬마였을 때가 더 행복했다는 걸 생각하지 않을 수 없다.

그때는 알지 못해서 침묵했고, 침묵할 수 있었으므로 평화로울 수 있었다.

제 가슴의 그 평화가 나이를 먹어갈수록 조금씩 사라지는 걸 보아야 하는 건 고통이었다.

하지만 그 자체로 행복했다.

사랑이라고 말할 수 있게 되었기 때문이다.

그래서 찾아오는 고통이라면 이 늙은 팽나무에 찾아오는 바람 같은 것이라고 생각한다.

팽나무는 그것을 침묵함으로 고요한 평화를 지키고 있다. 운지는 저도 그와 같아져야 한다고 생각했다.

아미산에 두고 온 사부님은 벌써 이 팽나무를 닮아 있지 않은가.

'언젠가는 나도 그와 같이 되리라.'

그런 마음의 소리 속에는 지금에 대한 안타까움이 감추어져 있었다. 마치 불어가는 바람 속에 달빛이 감추어져 있듯이.

운지는 그 언젠가를 생각하고 떠올릴 때마다 가슴이 아렸다.

지금, 이렇게 빈 뜰에 홀로 서서 추운 밤공기를 호흡하며 한 사람을 그리워하고 있지만 언젠가는 그 그리움마저 이 나무껍질처럼 딱딱하게 굳어버리리라는 생각 때문이었다.

그때가 되면, 아미산의 사부님이 그러하듯이 저 또한 가슴 속에 오직 불법을 가득 채우고 성불(成佛)하기만을 염원하는 비구니가 되어 있으리라.

이 늙은 팽나무처럼 주름진 피부는 굳어만 가고, 아무 말도 감정도 깃들지 않은 바위처럼 되어야 하리라.

그 생각을 하면 왠지 슬퍼지지만 운지는 그것이 저의 운명이라고 믿었다.

지금 이렇게 운몽을 그리워하고, 그래서 가슴이 아파오는 것은 한때의 바람 같은 감정일 뿐이라고 애써 생각한다.

*　　　*　　　*

어두운 숲을 건너 누군가 다가오고 있다.

흐린 달빛에 옷자락을 적시며 한 발 한 발 조심스럽게 다가오는 것이다.

떨리는 제 가슴의 고동으로 차가운 밤공기에 파문을 일으키며 가까워지고 있었다.

운몽은 그 발소리만 들어도 누구인지 알 수 있었다.

하염없이 차가운 개울물을 바라보던 그의 얼굴에 당황한 기색이 실린다.

"운 소협, 역시 이곳에 있었군요."

상문경.

풍화곡의 괄괄한 그 아가씨가 울 듯한 얼굴을 한 채 울 듯이 말하고 있다.

단풍잎을 닮아 붉게 물들어 있는 옷자락을 움켜쥔 하얀 손에 달빛이 스며든다.

운몽이 천천히 그녀를 돌아보았다.

마주 보는 상문경의 얼굴에 가득한 건 기쁨이 아니라 괴로움이고 고통이었다.

누가 그녀를 단심냉옥(丹心冷玉)이라고 했는가. 붉은 마음은 맞지만 옥처럼 차가운 아가씨라는 건 거짓말이다.

"저는, 저는……."

상문경이 눈물 글썽이는 눈으로 무언가 말을 하려다가 고개를 숙이고 만다.

대범하고 거리낄 것 없는 말괄량이 아가씨도 사랑 앞에서는 고개 숙이는 것이다.

"이리 앉으시오."

운몽이 제 곁의 빈자리를 쓸었다.

축축한 물기가 손바닥 가득 차갑게 젖어들어 곧장 가슴으로 스며든다.

그래서 운몽은 더욱 차가워진 이성을 유지할 수 있었다.

'그녀에게 더 이상 상처를 주어서는 안 된다. 더 이상 이런 일이 있어서는 안 된다.'

다가와 치맛자락을 잡고 조심스럽게 앉는 상문경의 달콤한 체향을 맡으며 운몽은 그렇게 제 마음을 다잡았다.

"다들 자는데 어째서 상 소저는 이곳까지 온 것이오?"

하나마나한 물음이 더욱 어색한 분위기를 만들어주지만 운몽도 상문경도 그런 데에는 신경을 쓸 여유가 없었다.

누가 그들을 본다면 달빛 은은한 밤에 차가운 개울가에 몰래 나와 있는 한 쌍의 다정한 연인이라고 믿을 것이다.

하지만 운몽과 상문경은 지나친 긴장으로 목이 말라가고 있었다.

한 사람은 어색한 부담감 때문에, 한 사람은 빗장을 지른 문처럼 좀체 열리지 않는 제 사랑의 단단한 껍질 앞에서 서로 당황하고 있는 것이다.

상문경은 마음속으로 밤하늘의 별처럼 많은 말들을 쫑알거리고 있었다. 하지만 그녀의 붉은 입술은 좀체 열리지 않았다. 그래서 무거운 침묵이 두 사람을 침몰시켰다.

졸졸거리며 흘러가고 있는 차가운 개울물 소리가 점점 커져가기만 한다.

또 한 사람.

고통으로 온통 눈빛이 어두워진 사람.

그 마음은 더욱 어두워져서 달도 별도 뜨지 않는 칠흑의 깊은 바다 속처럼 고요해진 사람이다.

그래서 고통이 파도처럼 일렁이던 눈빛도 잔잔해져 갔다.

드디어 분노보다 더 무서운 침묵을 지키게 된다.

그런 한 사람이 고독한 짐승처럼 숲 속에 웅크리고 앉아 운몽과 상문경을 바라보고 있었다.

화산수재 곡수린.

한때는 그렇게 불렸고, 그렇게 알려졌지만 지금은 애증의 불길이 그를 남김없이 태워 버렸다.

그래서 그는 전혀 다른 사람이 되었다.

귀령동천을 나왔을 때 그의 존재는 벌써 달라져 있었는데, 지금은 더욱 그렇게 되었다. 화산수재 곡수린이라는 껍질을 뒤집어쓰고 있는 또 다른 존재다.

살며시 운몽의 어깨에 머리를 기대가는 상문경과, 바위처럼 앉아 있는 운몽의 뒷모습을 바라보는 눈길이 점점 더 무심해져 갔다.

한순간에 차가운 겨울이 그의 가슴속으로 밀어닥친 것이다.

어디로 가야 할지, 그래야 운몽을 찾을 수 있고, 혈사기주를 찾을 수 있을지 알지 못해 방황하던 그는 저도 모르게 숭의산장으로 발길이 향했었다.

귀령동천에서 가까운 곳이기도 하고, 그곳에서 좌절을 느꼈기 때문이기도 하다.

새로운 모습으로 찾아가 그곳에 머물러 있는 자신의 기억들을 모두 지워 버리고 싶었다. 그래야만 전혀 새로운 사람으로 완전하게 탈바꿈하여 강호에 첫발을 내딛을 수 있다고 생각했던 것이다.

그런데 이곳에서 상문경을 보았다. 운몽을 보았다.

그들의 다정한 모습을 보았다.

아직도 가슴속에는 그녀에 대한 안타까움과 그리움이 생생하게 살아 있는데, 다정한 한 쌍의 연인이 되어 밤 개울가에 나와 앉아 있는 두 사람을 본 것이다.

다시 바라보아도 그건 상문경이고 운몽이었다.

'죽여 버릴까?'

무심하게 가라앉아 버린 그 무거운 증오가 그렇게 속삭인다.

증오의 탈을 쓴 악마가 속삭였다.

'죽여 버려. 너는 그렇게 할 수 있어. 어제의 네가 아니잖아? 저놈을 죽여 버리고 저 아가씨에게도 복수를 해. 네 사랑을 외면하고 너에게 이런 고통을 주었을 뿐인 괘씸한 계집애잖아? 이런 밤에, 이런 개울가에서 겁탈을 해버리는 것도 운치 있는 일일 거야. 누가 알겠어? 얼른 해.'

곡수린의 손이 검자루에 닿았다.

현천지검의 차가운 감촉이 머릿속을 시원하게 한다.

'안 돼.'

깜짝 놀라 검자루에서 손을 뗀 곡수린이 제 안의 악마에게 말했다.

'그런 비겁하고 야비한 짓은 짐승들도 하지 않는 거야. 이 곡수린이 어떻게 그런 짓을 할 수 있단 말이냐? 그녀를 겁탈한다고? 그건 사랑이 아니야. 욕망일 뿐이야. 그것을 풀기 위해서라면 굳이 그녀가 아니라도 얼마든지 할 수 있어. 돈을 주고 사는 여자는 어때? 욕망을 풀어주는 데에는 그보다 나은 여자도 없을 거야. 그렇지 않아?'

악마가 코웃음을 쳤다.

'돈을 주고 여자를 산다고? 그래서 욕망을 푼다고? 흥, 과연 그게 너에게 얼마나 만족을 가져다줄까? 사랑이 깃들어 있지 않은 행위란 아무 의미가 없어. 너도 잘 알잖아?'

'시끄러워! 그래서? 그녀를 겁탈하는 게 사랑이 깃들어 있는 행위라는 거냐?'

'사랑이라는 게 뭔데? 고상한 감정? 좀 더 가치있고 유익한 관계? 완전하게 소유하고 싶은 마음의 다른 이름? 흥, 그 껍질을 벗겨봐. 결국 욕망이 남을걸? 그게 사랑이라는 것의 실체야. 너는 인정해야 해.'

곡수린이 침묵하자 악마는 더욱 기세가 살아나 흥, 흥, 하고 코웃음마저 쳐대며 운율을 실어 노래하듯 말했다.

'말로는 고상한 사랑을 운운하지. 하지만 그녀를 갖고 싶다는 마음은 변하지 않을걸? 그녀와 성적인 유희를 하고 관계를 갖고 싶다는 마음을 완전히 배제할 수 있을까? 만약 그렇다면 그건 사랑이 아니지. 숭배일 거야.'

'숭배라고? 그게 숭배라고?'

처음 들어보는 말이다. 그래서 곡수린은 의아했다. 내가 상문경을 사랑하는 건 사랑이 아니라 숭배란 말인가? 하는 생각에 당황하게 된다.

악마가 그런 그의 마음을 더욱 흔들어댔다.

'아니, 숭배라고 해도 그 안에는 내가 네 안에 들어가고, 그래서 하나가 되고 싶다는 욕망이 감추어져 있는 거야. 지금 너는 분노하고 있지. 무엇 때문인지 네 자신에게 한번 물어봐. 과연 그녀에 대한 고상하고 가치있는 감정 때문일까?'

'시끄러워! 시끄러워!'

곡수린은 제 안의 소리에 귀를 막았다. 그건 아니라고 수도 없이 부정하지만 그의 안에서 꿈틀거리는 악마적인 욕망은 자꾸만 그를 유혹했다.

'완전한 사랑이란 마음에서 시작해 몸이 하나가 되는 거지. 하지만 좀 더 솔직하게 말하면 몸에서 시작해 마음이 하나가 되는 거라고 해야 할 거야. 네 자신에게 솔직해져 봐. 너는 왜 상문경에게 푹 빠졌지? 그녀가 늙어 꼬부라진 할망구였다고 해도 그랬을까? 아니지?'

곡수린은 부정할 수 없었다.

'그러니 네가 그녀에게 반했을 때 그 마음은 곧 그녀의 몸을 탐하고 그래서 네 것으로 만들고 싶다는 마음이었던 거야. 그걸 애써 고상하고 순수한 것으로 포장했을 뿐이지. 그리고는 너의 이성이 해놓은 그 포장에 네 스스로 만족해서

자기 자신에게 끊임없이 이렇게 말해주지. 내 사랑은 지고지
순한 것이다. 내 사랑은 순수한 것이다. 나는 오직 그녀의 마
음을 원할 뿐이다. 다른 건 원치 않는다― 흥, 하지만 정말
그럴까?'

'아니었단 말인가? 그래?'

'물론 아니었지. 그런 너의 마음은 좀 더 완벽하고 완전하게
그녀와 하나가 되고 싶다는 욕망의 미화였을 뿐이야. 결국 본
질은 그녀를 갖고 싶다는 것, 그녀와 관계하고 싶다는 것이잖
아? 내 말이 틀렸어?'

'아니, 맞아. 네 말이 맞아. 나는 그런 인간이었어. 짐승이나
다를 게 없지.'

드디어 곡수린은 제 마음속의 악마에게 굴복하고 말았다.
악마가 득의의 웃음을 짓는다.

'호호호, 바로 그거야. 자, 그렇다면 이제 해. 저 보기 싫은
놈을 죽이는 거야. 그다음에는 그녀에게 네 사랑을 증명해 보
이는 거지. 그녀도 좋아할지 모르잖아? 그러면 행복한 밤이 될
거야. 분위기도 이만하면 더없이 좋고 말이야.'

2

곡수린이 슬며시 몸을 일으켰다.
그리고 돌아선다.
그러자 그 안의 악마가 당황하여 손을 뻗었다.

'뭐, 뭐 하는 거야? 어서 하라니까? 네 욕망에 충실해야지!'

당황하여 아우성을 치지만 곡수린은 더 이상 흔들리지 않았다.

'너는 틀렸어.'

그가 제 안의 악마에게 치명적인 일격을 가했다.

'나는 곡수린이다. 나는 짐승이 될 수 없어. 아니, 짐승들도 네가 시키는 그런 짓은 하지 않을 거다. 그건 사랑이 아니거든.'

'아니라고?'

악마가 풀이 죽어서 되묻는다. 곡수린은 그놈에게 단호하게 말해주었다.

'너는 짐승 같은 욕망과 사랑을 혼동하고 있어.'

'……!'

'사랑은 마음과 육체가 하나로 되어야 하는 거다. 하지만 마음이 먼저야. 그녀의 마음을 얻지 못한다면 육체적인 관계는 별 의미가 없지. 그게 사랑이야. 본질이 육체적인 것이라고 말한다면 그건 사랑을 모욕하는 거다. 내 사랑은 너에게 모욕을 당해도 좋을 만큼 그렇게 가치없는 게 아니다. 그러니 꺼져 버려.'

끄으으으―

그를 충동질하던 악마가 고통스런 신음을 흘렸다. 녹아내리듯 서서히 사라져 버린다.

그래서 곡수린은 홀가분한 마음이 되어 조심스럽게 숲을 떠날 수 있었다.

가슴이 날카로운 가시에 찔린 것처럼 아프고 두 눈에 눈물이 어려도 그의 마음만은 평화로웠다.

때로는 단념하고 돌아서는 것도 사랑이라는 걸 깨달은 것이다.

잊을 수 없다고 해도 그것을 드러내서는 안 된다. 제 가슴 깊은 곳에만 아무에게도 보이고 싶지 않은 생채기로 감추어두고 있어야 한다.

먼 훗날 살며시 꺼내본다면 그건 어느덧 추억이라는 이름의 또 다른 모습으로 변해 있을 것이다. 그것을 들여다보고 있으면 웃음이 날 것이다.

그게 좋지 않은가. 아름다운 추억으로 남기를 바라는 것 말이다.

'하지만 지금은 너무 괴롭다.'

천천히 골짜기를 벗어나는 곡수린의 뒷모습이 달빛에 취한 것처럼 비틀거렸다.

그렇게 점차 사라져 간다.

달빛 가득한 황토벌판을 바라보며 혼자서 비틀비틀 멀어져 가는 것이다.

그는 이제 더 이상 숭의산장으로 돌아갈 필요를 느끼지 못했다.

그 개울이 바라보이는 숲 속에 저의 지나온 모든 날들을 추억으로 묻어두었기 때문이다.

그리고 상문경이라는 이름을, 그녀의 존재를 제 가슴속 깊은 곳에 아무도 모르게 파묻었다.

혼자가 되었다.

혼자인 몸이, 그래서 오히려 자유로울 수 없는 몸이 어디로 가는 건지도 모르는 채 막막한 황토벌판을 그저 터벅터벅 걸어가고 있다.

그는 의식하지 못하고 있었지만 본능적으로 제가 떠나왔던 귀령동천 방향으로 향하고 있었다.

어쩌면 귀령소처럼 그곳에서 평생을 머물기로 작정한 것인지도 모른다.

그런지 아닌지 스스로도 알지 못하며 텅 비어버린 가슴과 텅 비어버린 눈으로 묵묵히 걸을 뿐이다.

그렇게 나지막한 황토언덕 아래를 지나갈 때였다.

"어라? 저놈이 어떻게 살아 있지?"

언덕 위의 몇 그루 소나무 그늘 아래에서 뾰족한 음성이 들려왔다. 놀라고 당황한 음성이다.

곡수린의 발이 제 스스로 멈추어 섰다.

"이상한 일이로군요? 혹시 우리가 귀신을 보고 있는 게 아닐까요?"

늙수그레한 그 음성도 귀에 익다.

곡수린이 천천히 고개만 돌려 그곳을 바라보았다.

소나무 그늘 아래에서 두 사람이 몸을 일으키고 있었다.

작은 소녀와 헐렁한 옷을 입고 있는 늙은이다.

‘장청······.’

곡수린은 이제 그녀가 누구인지 안다.

하지만 장청과 손막소는 그를 알지 못했다. 그들이 알고 있는 건 과거의 곡수린일 뿐인 것이다.

“어린놈아, 대체 어떻게 해서 아가씨의 일장을 맞고도 살아날 수 있었지? 네놈은 설마 정말 귀신이 되어서 이 달밤에 이곳을 잊지 못해 서성이고 있는 거란 말이냐?”

손막소가 의아해서 말하며 황토언덕을 미끄러져 내려왔다.

곡수린의 무심한 눈길은 그를 지나쳐 아득히 멀게 펼쳐져 있는 황토벌판을 바라볼 뿐이다.

그런 곡수린의 핏기 없는 얼굴을 들여다보던 손막소가 흠칫, 놀랐다.

“아가씨, 이놈이 정말 귀신이 된 모양이구려. 그때 아가씨에게 얻어터진 한이 깊어 뒈져서도 저승에 가지 못하고 이렇게 떠도는 모양입니다.”

짐짓 장청을 놀리려고 정색을 하고 하는 말이다.

과연 언덕 위에서 장청이 부르르 몸을 떨었다.

“설마 그럴 리가 있겠어? 귀신이라니? 에그, 끔찍해라.”

“히히, 아가씨, 걱정 마십시오. 이 손막소가 원래 흡혈검귀로 불리는 귀신 아니겠습니까? 큰 귀신이 이까짓 작은 귀신 하나 쫓아버리지 못하겠어요? 내 이놈을 아예 염라전에 묻어버리고 말지요 뭐. 거기서 구경이나 하고 계세요.”

손막소가 장난스럽게 말하며 곡수린 주위를 한 바퀴 맴돌았다.

곡수린은 땅에 박혀 버린 말뚝인 것처럼 움직이지 않았다. 핏기 없는 얼굴로 여전히 아득한 황토벌판 저 너머를 멍하니 바라보고만 있다.

"이놈아, 어르신이 묻는데 말을 해야지? 어떻게 아가씨의 빙옥청살장에 맞았으면서도 뒈지지 않고 살아날 수 있었지?"

곡수린의 눈길이 천천히, 매우 느리게 돌려졌다. 드디어 물끄러미 손막소를 바라보는데 텅 비어 있는 우주 같았다.

흠칫, 했던 손막소가 버럭 화를 냈다.

"이놈이 정신이 나갔구나! 오냐, 이번에는 이 어르신께서 네 놈을 확실하게 저승으로 인도해 주마!"

벼락같이 자신의 독문병기인 협봉검을 뽑아 든 손막소가 그것으로 곡수린의 가슴을 노리고 찔러갔다.

턱.

가슴에 닿기 직전에 그것이 단단한 무엇에 꽉 잡혀 버린다. 요지부동이다.

"응?"

손막소는 제 눈을 의심했다.

언제 움직였던 것인지, 곡수린이 왼손으로 협봉검을 꽉 움켜쥐고 있었던 것이다.

폭이 좁아서 언뜻 보면 꼬챙이 같지만 좌우에 날이 예리하게 살아 있는 검이다. 그것을 곡수린이 맨손으로 붙잡았으면서도 아무렇지 않다는 게 손막소를 어리둥절하게 했다.

"이놈이?"

힘을 주어 와락 비틀어본다. 단번에 곡수린의 다섯 손가락을 잘라 버리려는 건데 그의 뜻대로 되지 않았다.

곡수린의 파리한 손은 그대로 강철 집게가 된 것 같았다. 움켜쥔 손막소의 검을 결코 놓지 않는다.

무심한 곡수린의 눈길이 손막소의 눈을 붙잡았다.

뚝!

그가 평생을 함께해 온 협봉검이, 그에게 흡혈검귀라는 명호를 안겨주었던 그것이 맥없이 동강나 버렸다.

휘청.

무게감이 사라져 버린 허전한 오른손 때문에 손막소가 한순간 몸의 중심을 잃고 비틀거렸다.

그리고 박혀 버린 말뚝처럼 우뚝 서 있기만 하던 곡수린이 부드럽게 움직였다.

"저런, 저런!"

장청이 눈을 부릅떴다.

"그만두지 못해!"

날카롭게 외치며 훌쩍 몸을 날리지만 그때는 이미 늦어 있었다.

곡수린이 몸은 꼿꼿이 세워둔 채 와락 어깨를 내밀어 손막소의 가슴에 달라붙더니 두 손으로 그를 난타해 댔던 것이다.

어찌나 맹렬한지 그는 마치 강풍을 맞아 찢어질 듯 펄럭이는 깃발 같았다.

파바바박—

그의 두 손이 권과 장을 번갈아 바꾸어가며 그대로 손막소의 얼굴과 가슴 옆구리에 꽂혔는데, 때리는 게 보이지도 않을 만큼 재빠른 타격이었다.

손막소는 그 쾌타(快打) 앞에서 막기는커녕 피할 엄두조차 내지 못했다. 얼굴이 꺼덕거리고, 온몸이 들썩거리며 물먹은 걸레처럼 흐물흐물해져 갈 뿐이다.

나한추명권(羅漢追命拳)이다.

귀령소 소양에게서 전해 받은 세 가지 절기 중 하나인데, 곡수린은 그중 전궁십팔장(電弓十八掌)의 초식으로 손막소를 친 것이었다.

귀령동천을 나와 처음 펼쳐 보는 귀령소의 무공인데 그것이 이처럼 위력적이고 맹렬할 줄은 그도 상상치 못했던지라 너덜거리는 손막소를 보며 스스로 놀란다.

몇 달 전, 잠촌 금룡협의 폐허에서 손막소를 만났을 때는 고양이 앞의 쥐처럼 놀림을 당하지 않았던가. 그의 수라음살장 때문에 죽을 고비를 맞기도 했었다.

그때의 곡수린은 손막소의 십초지적이 되기도 불가능했다. 하지만 지금은 단번에 그를 격살(擊殺)해 버렸으니 과연 그때의 곡수린과 지금의 곡수린은 전혀 다른 사람이라고 해야 하리라.

"이놈! 지금 무슨 짓을 한 거냐?"

장청이 널브러진 손막소를 안아 일으키며 소리쳤다.

곡수린은 듣지 못한 듯 멍하니 제 두 손만 바라볼 뿐이다.

평소 손막소를 무시하고 종처럼 부리던 장청이었다. 하지만 그의 참혹한 주검을 안고 있는 지금은 그렇지 않았다.

어렸을 때는 자신의 보호자가 되어주었고, 커서는 말동무가 되어주었던 수족 같은 자 아니던가.

때로는 아버지를 대신해서 따뜻한 사랑을 베풀어주기도 했다.

그런 손막소의 주검을 안고 있는 장청은 냉정해졌다.

작은 분노 앞에서는 이성을 잃기 쉽지만 더 큰 분노 앞에서는 오히려 냉정해지는 것이다. 그게 더 무서운 일이라는 걸 누구나 다 안다.

장청이 푸줏간의 고깃덩이처럼 짓이겨진 손막소의 참혹한 주검을 내려놓고 천천히 일어섰다.

"네가 주먹으로 그를 이렇게 만들었으니 나는 검으로 너를 이렇게 만들어주겠다. 잘게 토막을 쳐서 아무도 그것이 네 신체의 일부라는 걸 알아볼 수조차 없게 해주고 말겠어."

끔찍하고 지독한 말을 아무렇지도 않게 했다. 차갑고 냉정한 어투가 마치 책을 읽는 것 같다.

제 자신에게 놀라 어리둥절해져 있던 곡수린이 정신을 차리고 그런 장청을 바라보았다.

바로 이곳에서 그녀에게 놀림을 당하고 모욕을 당했다. 바로 이곳에서 그녀의 빙옥청살장에 맞아 죽을 위기에 몰렸지 않은가.

너무도 분하고 원통해서 부끄러운 줄도 모르고 눈물을 뿌려 가며 죽을 곳을 찾아 휘적휘적 떠났었다.

그때, 그런 자신의 맥없는 뒷모습을 보며 이 악독한 계집애 는 얼마나 고소해하고 얼마나 비웃었을 것인가.

그때의 일을 더듬어 생각하자 곡수린의 가슴속에도 싸늘한 냉기가 가득해졌다. 분노보다 더 크고 더 뜨거운 얼음덩어리 를 채운 것 같다.

3

쨍!

장청이 허리춤을 더듬더니 연검을 뽑아 들었다.

살아 있는 뱀의 꼬리를 쥔 것 같다.

하지만 꿈틀거리던 그것은 그녀가 내력을 주입하자 천천히 곧게 펴졌다. 그리고 번쩍인다. 무시무시한 빛. 차갑고 냉정한 그 빛에는 담금질한 무쇠의 냄새가 배어 있었다.

장청의 철극기공이 십성에 이르렀다는 증거였다.

곡수린은 그게 무엇인지 모른다. 그녀가 어떤 신공절학을 익혔는지 알고 싶지도 않다.

지금 그가 아는 것은 오직 하나, 눈앞에 그때의 그 악마 같 던 계집애가 검을 뽑아 들고 서 있다는 것뿐이다.

‘나는 죽지 않았다.’

곡수린은 장청의 싸늘한 눈을 똑바로 노려보며 자기 자신에게 그렇게 속삭여 주었다.

‘그때의 나는 지금의 내가 아니다. 이제는 내가 누구인지 확실하게 보여줄 때다.’

곡수린이 천천히, 아주 느리게 손을 움직여 현천지검의 자루를 잡았다.

장청의 무공은 끔찍하달 만큼 높고 무서웠다.

과거의 일이다.

장청의 심계는 야차보다 지독했다.

역시 과거의 일이다.

지금 곡수린은 제 앞에 서 있는 그 장청이 그때의 그 장청이 아니라고 생각했다.

죽을지 살지 모르는 채 버티고 서 있는 작은 계집아이일 뿐이다. 더 이상 두렵지 않고 끔찍하게 여겨지지 않았다.

곡수린이 비로소 한마디를 내뱉었다.

“죽여주지.”

무심하고, 얼음굴에서 빠져나온 바람처럼 차가운 한마디였다.

장청의 눈썹이 꿈틀했다.

‘뭐지? 이놈은 달라졌다. 그때의 그놈이 아니야.’

비로소 그것을 절실하게 느낀 것이다.

‘하지만 나도 그때의 내가 아니다.’

오기와 함께 그런 자신감도 솟구친다.

자기 또한 지난 여섯 달 동안 석실 속에 갇혀서 아버지의 철극기공과 철기패검을 십성에 이르도록 수련하지 않았던가.

아버지는 강호에서 감히 너를 대적할 자가 거의 없을 거라고 말했다.

"죽여주지. 아주 끔찍하게 말이야."

말을 하면서 장청은 차갑게 웃었다.

그럴 결심이었다. 단 한 점의 연민도 가책도 없이 곡수린을 가장 참혹한 주검으로 만들어 이 황량한 황토벌판에 남겨둘 작정이다.

"차핫!"

냉랭한 외침.

장청의 신형이 흐릿해졌다.

그렇다고 느낀 순간, 한 줄기 차갑고 단단한 강철의 기운이 와락 밀려든다.

얼음에 담가두었던 쇳조각을 갑자기 뺨에 대었을 때처럼 냉랭하고 단단한 기운이 느껴진다.

그래서 깜짝 놀라야 하련만 곡수린은 그렇지 않았다.

침착하게 검을 뽑았는데, 스르릉, 하고 뽑혀 나오는 검신에 달빛이 미끄러진다.

눈이 부시다. 머릿속에 갑자기 차오른 한 줄기 차가운 빛 때문에 장청은 아무것도 생각할 수 없었다.

쨍!

마음껏 철극기공을 실어 쳐낸 검이 그 빛 덩어리에 가로막
혔다.

손목을 타고 달리는 전류 같은 짜릿함.

이내 그것은 지극한 고통이 되어서 그녀의 오른팔과 어깨와
한쪽 머리를 마비시켰다.

무시무시한 힘이었다.

미처 깨달을 새도 없이 다가온 곡수린의 검과 그것에 실린
힘 앞에서 장청은 어이가 없었다.

'이럴 수는 없어!'

마음속으로 악을 써서 부정하며 훌쩍 뛰어 물러서는 그녀의
손이 허전했다.

단 한 번의 부딪침이었을 뿐인데 그녀의 연검은 두 토막이
되어 자루만 남아 있었던 것이다.

그리고 되쏘아져 오는 자신의 철극기공에 곡수린의 내공이
더해져 몸을 마비시킨다.

장청은 제 몸이 터져 버릴 거라고 생각했다. 너무나 큰 충격
이 기혈을 온통 뒤흔들어 놓고 사혈을 두드려 댔기 때문이다.

제 의지와 상관없이 휘청거리는데, 곡수린의 손에서 뻗어
나오고 있는 차가운 빛이 그녀를 감쌌다.

장청은 달빛이라고 생각했다.

밤이슬이라고 생각했다.

허무함이라는 건 조금도 생각하지 못한 것이다.

단전을 꿰뚫고 박혀 있는 차가운 검. 그것을 내려다보면서

이건 아니라고 생각했다. 꿈인 것이다. 지독한 악몽이다.

"너도 한번 겪어봐."

장청의 귓가에 곡수린의 속삭임이 서늘한 바람이 되어 스며들었다.

장청이 애써 눈을 부릅떴다.

곡수린의 무심한 눈 속에 담겨 있는 증오와 원망을 본다.

'이제 끝이야……'

장청은 제가 죽을 것이라고 생각했다. 그러자 비로소 허무가 걷잡을 수 없이 밀려들었다.

'이건 아니야—'

외침은 목소리가 되어 터져 나오지 못했다. 답답하게 가슴을 꽉 메우며 제 안에서만 폭발한다.

철극기공을 십성이나 익혔는데, 철기패검이야말로 아버지의 막강한 검법인데, 의기양양하게 비동을 나와 손막소를 구박해 가며 여기까지 왔는데, 일을 시작해 보기도 전에 이처럼 제 목숨이 끝나 버리고 있다는 걸 받아들일 수 없다.

지난 보름 동안 얼마나 우쭐거리며 강호를 우습게보았던가.

스쳐 가는 강호의 무리들이 죄다 시시해 보이기만 했었다.

그래서 골려주고 싶은 마음도 없었다.

이 넓은 천하에서 이제는 사형 외에 자기의 적수가 될 만한 자가 없다는 자부심으로 한껏 가슴이 부풀어 있었던 것이다.

그래서 사천 신검장으로 가는 길을 일부러 빙 돌아 정주로 내려왔다.

아버지가 사천에서의 일이 실패로 돌아갔다는 걸 알고 사형 대신 자기를 보내 신검장을 돕도록 했을 때 장청은 뛸 듯이 기뻐했다.

장차 시댁이 될 곳으로 가는 것이고, 시아버님이 될 분을 뵙는 것이며, 시댁 식구들과 낯을 익힐 것이기 때문이다.

거기에는 해남검파에서 수련했다는 화보옥이 있다지 않은가.

장차 검후의 자리에 오를 사람이고, 또 머지않아 시누이가 될 그 사람은 어떤 사람일까 하는 궁금증 때문에 조바심이 날 지경이었다.

그러던 중에 잠행하고 있는 수하에게서 뜻밖의 보고를 받았다. 숭의산장에 운몽 일행이 돌아와 있다는 것이다.

그 순간 장청은 사천 신검장을 잊었다.

오직 운몽에게 당했던 일만이 머릿속에 떠올랐다. 이번에야말로 그놈을 단단히 혼내주고, 실컷 놀리다가 천천히 죽여 버리겠노라고 결심했다.

그 일념으로 서둘러 길을 돌아 여기까지 왔다.

그런데 이게 뭔가?

분했다. 하지만 지금 제가 할 수 있는 건 아무것도 없었다.

단전을 꿰뚫었던 보검이 천천히 빠져나가는 게 느껴졌다.

장청은 그것이 이승에서의 마지막 감각일 것이라고 믿었다.

'사형……'

그녀의 유일한 사랑. 화운평의 환하게 웃는 얼굴이 커다랗게 다가왔다. 그것을 향해 필사적으로 손을 뻗는다. 그리고 물 먹은 모래성이 무너지듯 스르르 주저앉았다.

모로 쓰러져 누운 그녀의 눈은 감기지 않았다. 이제는 생기를 다 잃어버린 초점 없는 눈이 덧없이 허공을 응시한다.

하지만 그녀는 죽지 않았다.

"네가 그렇게 쉽게 죽어서는 안 되지."

곡수린의 중얼거림이 저 먼 지옥에서 울려오는 것처럼 아득하게 들린다.

장청 곁에 쭈그리고 앉은 그가 손을 뻗어 그녀의 몇 군데 요혈을 찍었다. 뜨거운 불같은 기운이 제 혈도를 태워 버리는 걸 느끼면서 장청은 그가 무엇을 하려고 하는 건지 비로소 깨달았다.

'차라리 죽여. 나를 죽여줘!'

목청껏 외치지만 여전히 터져 나오지 않는 음성이다. 그래서 가슴이 더 답답해진다.

그녀의 단전은 완전히 파괴되었다. 곡수린의 검이 교묘하게 그렇게 한 것이다.

그녀가 한순간에 느낀 무기력증은 그것 때문이었다.

그토록 원했으며, 그토록 힘들게 닦아왔던 무공이 모두 사라졌다는 것.

이제는 죽고 싶어도 제 마음대로 죽을 수도 없는 몸이 되었다는 것.

영영 사랑하는 사람의 아기도 가질 수 없다는 것.

장청은 그 사실이 믿어지지 않았다.

오직 그가 자기를 간단히 죽여주기만을 간절히 바랄 뿐이다. 여섯 달 전, 곡수린이 자기에게 차라리 죽여달라고 애원했던 것처럼…….

하지만 그때 그의 애원을 무시하고 코웃음 치며 외면했듯 이제 곡수린이 그렇게 하고 있었다.

그녀를 번쩍 안아 들더니 훌쩍 몸을 날려 어디론가 맹렬하게 달려가기 시작했던 것이다.

'제발, 제발 부탁이야…… 나를 죽여줘…….'

발아래 천 길의 벼랑이 있다.

그 밑바닥에서 치고 올라오는 음산한 바람에 귀기가 실려 있는 게 느껴진다.

장청은 기뻤다.

소리없이 흘러내리는 눈물과, 온통 자신을 사로잡아 버린 절망과 허무보다도 기뻤다.

그가 자신을 저 까마득한 절벽 아래로 던져 버리려는 것이라고 생각했기 때문이다.

뼈와 살이 산산이 흩어지겠지만 그 고통은 잠깐이다. 곧 이 치욕이 끝나고 영원한 안식이 찾아오리라.

곡수린이 그녀를 내려놓았다. 장청의 눈에 희열이 어린다.

"너도 겪어봐. 지옥보다 못한 삶이 있다는 걸 말이다."

그가 무슨 소리를 하는 건지 이해할 수 없다.

바로 제가 스스로 목숨을 버리기 위해서 찾아왔던 곳. 그 천 길의 벼랑 위에 위태롭게 서서 곡수린은 감회에 젖었다.

그때는 장청의 지독한 빙옥청살장에 맞아 오직 죽기만을 간절히 원해서 이곳에 왔었다.

바로 이 자리에 서서 발밑의 까마득한 어둠을 내려다보며 허무를 느꼈었다. 그리고 몸을 던졌다.

이제는 장청이 당할 차례다.

장청을 붙들어 세워 그녀의 핏기 없는 볼에 거칠게 한 번 입맞춤을 한 곡수린이 와락 그녀를 밀어버렸다.

콰우우우—

절벽 아래에서 치고 올라온 돌개바람이 그녀를 빨아들이더니 어지럽게 흔들어대며 이끌어간다.

곡수린이 무심하게 돌아섰다.

"귀령소 선배님도 이제는 심심하지 않겠지. 장청이 당신께서 그토록 원망하는 혈영자의 딸이라는 걸 알면 더 좋아하실 거야."

장청은 그 동혈 속에서 굵은 쇠사슬로 묶인 채 귀령소처럼 평생 갇혀 살아야 할 것이다.

그처럼 지독한 복수를 했건만, 절벽을 등지고 터벅터벅 걸어가는 곡수린의 마음은 행복하지 않았다.

오히려 더욱 허무해진다.

第二章
모래성

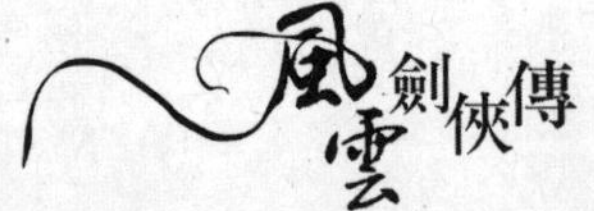

쏴아아아—

폭우(暴雨)다.

깊어가는 이 가을에 때늦게 쏟아지는 폭우는 모든 것을 수막(水幕) 속에 가두어 버렸다.

대낮인데도 밤이 찾아온 것처럼 천지가 어두컴컴하다.

"끄아악!"

그 폭우 속에서 최초의 단말마가 터져 나왔다. 그리고 그것은 이내 사방팔방에서 터져 나오는 아우성으로 퍼져 나갔다.

"누구냐? 캐액!"

"막아라!"

"으아악!"

콰아아아—

쟁강거리는 쇳소리와 비명 소리, 고함 소리들이 종말의 날이라도 온 것처럼 무섭게 쏟아지는 폭우에 묻혀 버리고 만다.

북악 항산 기슭.

잠촌 위에 있는 금룡협이었다.

이 외진 곳에 강호의 무리들이 나타나 은밀히 움직이기 시작한 건 몇 달 전, 정주의 숭의산장에 혈사기가 나타났다는 소식이 강호에 퍼진 뒤부터의 일이었다.

뒤이어 절세적인 소악녀 장청이 바로 섬서도호부의 추관을 지내고 은퇴해 금룡협으로 온 장 대인의 딸이라는 게 알려졌다. 그때부터 탐욕은 강호의 무리들을 금룡협으로 내몰았었다.

그들은 장 대인의 폐허에 찾아와 무엇인가를 열심히 뒤졌다.

그들이 원하는 건 단 하나, 장청이 가지고 있다는 현천도록이었다.

그들은 이곳에서 그것에 대한 단서를 찾게 될지도 모른다는 희망으로 몇 달째 주위에 머물며 떠나지 않고 있었던 것이다.

그런 자들이 오늘, 폭우가 이처럼 쏟아지는 가을날 오후에 갑작스런 사신(死神)의 기습을 받고 무더기로 죽어나가고 있었다.

"아악!"

또 하나의 비명이 폭우 속으로 퍼져 나가고, 이내 붉은 핏물이 확 번졌다.

우르르릉, 꽈꽝!

번갯불이 번쩍이더니 지척에서 귀청을 찢을 듯한 뇌성이 터진다.

짜자자작— 콰르릉— 꽈앙!

하늘도 갑작스런 금룡협의 참극에 진노한 듯하다.

폭우를 가르는 번갯불이 거푸 번쩍이며 세상을 눈부시게 밝히고 금룡협을 두 쪽 낼 듯한 굉음을 터뜨렸다.

으르렁거리며 대지를 휩쓸고 무섭게 흘러내리는 빗물이 붉다. 허공에 떠도는 피비린내.

쏟아지는 폭우처럼, 그 빗물처럼 금룡협을 휩쓸어가고 있는 사신은 모두 일백 명의 흑의무사들이었다.

대체 저 많은 자들이 어디에서 쏟아져 나온 건지 짐작이라도 하는 자가 아무도 없었다. 아니, 그럴 새도 없는 것이다.

단말마는 점점 잦아지고 있었다.

"끄아아!"

마지막 비명이다.

일백의 사신들은 순식간에 금룡협에 웅크리고 있던 자들을 모두 도륙해 버리고 그대로 잠촌을 향해 밀려갔다.

우뚝 솟아 있는 거대한 바위 위에서 한 사람이 오연하게 뒷짐을 진 채 그런 모습을 지켜보고 있었다.

은빛으로 빛나는 비단옷 위에 도롱이를 걸치고 갓 넓은 갈대 모자를 쓴 사람.

깜깜한 폭우 속에서도 그는 금룡협에서 벌어지고 있는 일들을 모두 보았다.

창백한 얼굴에 한줄기 미소가 걸린다. 붉은 입술이 살짝 벌어지고, 무심한 듯 낮은 음성이 흘러나왔다.

"이제 시작되었군."

사내, 강호에서는 그를 신룡검협(神龍劍俠)이라는 거창한 이름으로 불러주었다.

화운평(華雲平)이다.

그가 금룡협 깊숙한 곳에 숨겨져 있는 금룡비동에서 일백 명의 혈사대(血師隊)를 이끌고 나온 것이다.

목적은 단 하나, 사부 장학봉의 명령을 수행하기 위해서였다.

"네 손으로 아미검후를 죽여라. 그다음 일은 내가 하겠다."

사부의 냉혹무심한 말을 들었을 때 화운평은 내심 적잖이 동요했다.

아미검후가 바로 복호사의 운지라는 걸 알고 있었기 때문이다.

하지만 사부 앞에서 그런 내색을 할 수는 없었다.

"존명!"

복명하고 물러나는 화운평은 이제 신룡검협이 아니었다. 제이의 혈사기주가 되었고, 제이의 혈영자가 된 것이다.

금룡협을 나온 즉시 그는 화풀이하듯 일백 혈사대에게 명령
했다.

"이곳에 와 있는 자들을 모두 죽여 버려라! 잠촌에 머물고
있는 자들까지 샅샅이 찾아내 깨끗하게 청소해 버린다!"

콰아아아—

폭우는 그칠 기색이 없다.

이제 비명은 더 이상 들려오지 않았다.

세상에 남아 있는 소리라고는 오직 무섭게 쏟아지는 이 빗
소리뿐인 것 같다.

한동안 그 소리를 듣고 있던 화운평이 바위를 걷어차고 훌
쩍 몸을 날렸다.

촤아아—

폭포수를 거슬러 올라가는 잉어처럼 그의 신형이 무섭게 쏟
아지는 폭우를 거슬러 까마득히 솟구쳤다.

그대로 남쪽을 향해 사라져 버린다.

그날, 잠촌은 한바탕 지옥의 모습을 보여주었다. 그곳에서
참혹하게 살해된 무림인만도 무려 이백여 명이나 되었던 것이
다.

*　　　*　　　*

검은 바람이 남으로 휩쓸어간다.

하지만 형체 없는 바람이고, 흔적 없는 바람이었다.

화운평은 점잖은 선비의 모습을 버렸다. 누가 봐도 날렵하고 멋진 귀공자이면서 강호의 청년 협사의 모습으로 돌아온 것이다.

뭇 소녀들의 방심을 흔들 만한 그 모습으로 말을 달린다.

그를 네 명의 흑의무사들이 호위하듯 따르고 있었는데, 하나같이 기도가 범상치 않았다.

무심하고 냉막한 얼굴도 그렇지만, 죽립 안에서 뻗어 나오고 있는 차가운 눈빛은 감히 그들을 직시할 수 없게 한다.

눈에 보이는 건 그들 다섯 사람이 전부였다.

그러나 보이지 않는 곳. 그 어디엔가 백여 명의 흑의사신들이 넓게 퍼져서 그들을 뒤따르고 있었다.

그들은 화운평보다 한발 앞서 목적지를 향해 떠났는데, 혹자는 상인으로 변해 있기도 했고, 혹자는 나그네로 변해 있기도 했다.

그런 모습으로 제 신분과 기도를 감춘 채 오직 한곳을 향해 몰려가고 있는 것이다.

그들이 향하는 곳은 낙양이었다.

아미검후, 운지가 사천을 벗어났다는 보고를 받은 게 닷새 전이다. 지금쯤 그녀는 하남과 호북의 경계인 양번(襄樊)쯤 와 있을 것이었다.

수하들의 보고로 추측해 본 그녀의 행로라면 닷새 쯤 뒤에 낙양에 이를 것이었다.

그 안에 먼저 가야 한다.

화운평은 그녀가 낙양에 이르기 전에 가로막을 작정이었다. 인적 없는 벌판이나 어느 산골짜기가 좋을 것이다.

그래서 수하들에게 장소를 물색하게 했고, 그들은 낙양 남쪽 오십여 리 떨어진 곳의 여주(汝州) 풍혈사(風穴寺)를 천거했다.

낮은 산 구릉이 줄지어 닿아 있고, 그 너머로는 드넓은 황토 벌판이 펼쳐져 있는 곳이다. 황하의 작은 지류가 지나고 있는 곳은 끝없이 펼쳐진 억새밭이기도 하다.

화운평은 운지가 반드시 그곳으로 올 것이라고 생각했다. 양번에서 나와 낙양으로 가려면 지나갈 수밖에 없는 길목인 탓이다.

"젠장, 좀 서둘면 안 되겠냐?"

왕가기의 마음은 급하기만 했다. 콩밭에 가 있는 것이다.

어서 빨리 운지를 정주 숭의산장이라는 곳에 데려다 주고 현천선부를 찾아 나설 생각으로 가득 차 있다.

하지만 철담개 양우순은 느긋하기만 했다.

그는 운지와 조금이라도 더 오랜 시간 동행하면서 친분을 쌓고 싶었던 것이다.

지난 아침에 들은 개방 문도의 보고가 마음에 걸리기 때문이기도 하다.

이곳까지 오는 동안 그는 폭넓은 개방의 소식망을 통해 주변의 상황들을 보고받고 있었다.

은밀한 기호로 남기고 전해 받는 것이라 운지나 왕가기는 조금도 눈치 채지 못했다.

오늘 아침, 객잔을 나왔을 때 철담개는 마구간의 기둥에 급히 새겨놓은 듯한 기호를 보았다.

산서성 고평(高平)에서 수상해 보이는 자들의 남하를 목격했는데 그 수가 얼마나 되는지 알 수 없다는 것이었다.

그리고 객잔을 나와 골목 모퉁이를 돌 때 흙담에 새겨져 있는 또 다른 기호를 보았다.

그자들이 아무래도 낙양으로 향하고 있는 것 같다는 보고였다.

철담개의 마음속에 더럭 의문이 들었다.

그는 담을 쓰다듬는 듯하면서 재빠르게 손톱으로 몇 개의 기호를 남겼다.

최대한 빨리 그자들의 정체와 행적을 밝혀 보고하라는 전갈이었다.

철담개는 그 보고의 답이 오기를 기다리고 있었다. 그때까지는 조심하면서 천천히 이동할 수밖에 없다.

말은 하지 않고 있지만 운지 또한 왕가기 못지않게 초조해하고 있는 기색이 역력했다.

그녀는 하루라도 빨리 숭의산장으로 가고 싶어하는 것이다.

대체 그곳에서 무얼 하려는 건지 알 수 없어서 궁금해진다. 아무리 이리저리 물어봐도 운지가 그것에 대해서는 입을 꼭 다물고 열지 않았으므로 더욱 호기심이 생겼다.

그런 운지를 생각하면 발걸음을 빨리하고 싶지만 꺼림칙한 보고를 떠올리면 그렇게 할 수 없었다. 그래서 철담개는 혼자서 이러지도 저러지도 못하고 애만 태우고 있는 중이었다.

그런 제 속을 조금도 알아주지 못하는 왕가기가 미워진다.

"이 썩을 놈아, 작작 좀 보채라. 때가 되면 어련히 너를 풀어주지 않겠어? 아무튼 앞으로 칠 일 남았으니 그 안에는 꼼짝할 생각도 마라."

철담개가 왕가기를 한껏 흘겨보며 타박을 주었다. 왕가기가 발로 애꿎은 땅을 걷어찼고, 운지의 눈살도 살짝 찌푸려졌다.

그들이 온다.

화운평은 수하의 보고를 듣는 내내 마음이 편치 않았다.

예상대로 운지 일행은 양번을 떠나 남양을 거치더니 관도를 따라 북상하고 있었다.

오늘 저녁때쯤에는 운양(雲陽)에 있는 원소(猿召)의 유적지까지 올 것이다.

거기에서 머물 텐데, 지금 자신이 서 있는 풍혈사 앞 언덕과는 불과 이백여 리 떨어진 곳이었다.

'다녀올까?'

그런 생각이 들었다. 하지만 그럴 수 없고, 그래서는 안 된다는 걸 알기에 더욱 괴롭다.

열다섯 무렵, 한창 사춘기가 무르익었을 때의 기억이었다. 그때의 감정은 순수했다. 화운평은 그렇게 믿었다.

그리고 오랫동안 보지 못했다.

이제는 다 잊었다고, 지나간 날들 속에 추억이라는 이름으로 남아 있는 한 줄의 흔적에 지나지 않다고 여겼다.

그런데 그녀의 이름을 듣자마자 다시 달아오르는 이 가슴의 뜨거움은 무엇이란 말인가.

화운평은 저의 그런 감정이 집착이면서 소유욕이라는 걸 알지 못했다.

"으음—"

침음성을 흘린 화운평이 결심한 듯 나섰다.

"군주, 어디로 가십니까?"

그의 네 호위가 서둘러 채비를 갖추며 물었다. 화운평이 손사래를 쳤다.

"따라오지 마라. 내 개인적인 일이다."

"하오나……."

"곧 돌아온다."

그의 말은 지상명령이다. 네 호위는 더 이상 의문을 갖지 않고 궁신했다.

화운평은 애마(愛馬) 진풍(進風)을 재촉하며 바람처럼 달려갔다.

2

날이 저물고 있다.

운지 일행은 화운평의 예상대로 운양에 와 있었다. 그곳은 제법 크고 번화한 시진이라 왕래하는 사람도 많고 객잔이며 주루가 즐비했다.

밤이 되면 더욱 활기를 띠는 곳.

왕가기가 홍등을 가리키며 한사코 그곳에서 묵어가자고 했지만 철담개는 환락가의 골목을 지나쳐 한적해 보이는 외진 곳의 객잔을 택했다.

"제기랄, 썩을 놈. 얼어뒈질 거지 같으니."

왕가기가 한껏 노려보며 투덜거리지만 철담개는 상관하지 않았다. 그의 시커먼 얼굴 한구석에 근심이 어려 있는 걸 운지도 왕가기도 알지 못했다.

'여주 풍혈사 부근에 수상한 자들이 집결해 있습니다. 그 수가 얼마나 되는지는 알 수 없습니다.'

운양에 들어온 즉시 발견한 수하의 기호는 그런 보고를 담고 있었다.

수상한 자들의 소재를 파악했으면서도 그 수를 알 수 없다는 건 접근할 수 없었다는 이야기다.

가지 못하는 곳이 없는 개방의 거지들이고, 그중에서도 소식을 전하는 자들은 잠행술에 능통한 자들이라 황궁의 담이라고 해도 뛰어넘을 것이다.

그런데 그런 자들이 접근조차 하지 못했다는 게 알 수 없는 불길한 느낌을 주었다. 그래서 양우순은 대체 이 일을 어떻게 해석해야 좋을지 고민하고 있는 중이었다.

객잔에 들어 짐을 풀어놓고 주청에 내려와 늦은 저녁을 먹는 중에 양우순이 운지에게 넌지시 말했다.

"한 며칠 이곳에서 쉬어가면 어떻겠소?"

교자를 입이 미어지도록 쑤셔 넣고 있던 왕가기가 눈을 부릅뜨고 웅얼거리는 소리로 말했다.

"응? 며칠이라고?"

그러더니 제 가슴을 두드려가며 급히 그것을 삼키고 다시 소리친다.

"싫다, 싫어! 나는 지금 당장에라도 숭의산장인지 빌어먹을 산장인지 그곳으로 가고 싶다!"

"쯧쯧, 밥이나 처먹어라. 너하고는 상관없는 얘기니까."

핀잔을 준 양우순이 진지한 눈으로 운지를 바라보았다.

운지가 알 수 없다는 얼굴로 그런 양우순에게 말했다.

"특별한 이유라도 있나요?"

"뭐, 그런 건 아니지만……."

"그렇다면 예정대로 하지요. 제 마음도 여기 왕 대협의 마음과 같아서 하루라도 빨리 그곳에 가고 싶답니다."

운지의 말에 왕가기의 입이 메기입처럼 찢어졌다. 그는 운지가 저와 같은 마음이라는 게 기뻤고, 또 저를 대협이라고 불러준 게 너무 기뻤던 것이다.

"히히, 이 못생긴 거지 놈아, 운 소저의 말을 잘 들었겠지? 소저가 그렇다면 그런 거야. 잔말 말고 내일 새벽에 출발해서 곧장 달려가는 거다. 알았지?"

한숨을 쉰 철담개 양우순이 다시 말했다.

"그렇다면 여주로 가지 말고 평정산(平頂山) 아래를 지난 다음에 완성(琬城)을 끼고 돌아 허창(許昌)을 통과하는 길을 택합시다."

"뭐라고? 이놈이 미쳤나?"

철담개의 말에 이곳의 지리를 잘 알지 못하는 운지는 어리둥절해하는데 왕가기가 눈을 부라리며 버럭 소리쳤다.

"이놈아, 그게 얼마나 멀리 돌아가는 건지 알기나 하고 지껄이는 거냐? 그렇게 간다면 적어도 사흘은 더 걸릴 거다! 안 돼! 나는 그렇게 할 수 없어!"

"사흘씩이나 더 걸린다고요?"

운지도 깜짝 놀라 눈을 크게 떴다. 왕가기가 철담개를 때릴 듯이 가리키며 다시 소리쳤다.

"사흘도 빨리 잡은 거라오. 대체 이 거지 놈이 무슨 꿍꿍이속으로 그런 얼토당토않은 말을 지껄이는 건지 모르겠소!"

운지가 곤란하다는 듯 눈살을 찌푸렸다.

"사흘은 너무해요."

"소저."

철담개 양우순이 정색을 하고 운지를 불렀다. 씩씩대며 노려보는 왕가기는 못 본 척한다.

"사실대로 말하자면 앞길이 불안해서라오."

"불안하다니요?"

"여주의 풍혈사 주위에 수상한 자들이 머물러 있다고 하오.

수하들의 보고는 언제나 믿을 만하니 틀림없을 것이오.”

“수상한 자들이라니요?”

“그 이상은 나도 알지 못한다오. 하지만 꺼림칙함이 있어서 그곳을 지나갈 마음이 내키지 않는구려.”

“홍, 말짱 개소리!”

왕가기가 씩씩거리며 소리쳤다.

“어떤 놈들인지도 모르면서 수상한 자들이라고? 아니, 너희 개방의 빌어먹는 거지들은 제가 모르는 사람들이면 죄다 수상한 놈들이라고 한단 말이냐? 여기를 봐. 온통 모르는 사람들 천지지? 죄다 수상한 자들이겠구만? 불안해서 어떻게 앉아 있냐?”

왕가기의 말이 다분히 억지스럽다는 걸 알면서도 운지는 가만히 있었다. 그녀의 마음속에도 작은 불만이 생겼기 때문이다.

하루가 급할 뿐인데, 정주를 가까이 두고 사흘씩이나 더 걸리는 길을 돌아가야 한다니 어처구니없기도 하다.

문득 철담개가 자신을 골탕 먹이려는 건 아닐까? 하는 의문이 들기도 한다.

철담개 양우순은 왕가기의 제멋대로 떠들어대는 말에 반박할 수가 없었다. 수상한 놈들인 건 틀림없는 것 같은데 그놈들이 어떤 놈들인지 조금도 알지 못하고 있으니 그렇다. 하지만 강호에서 닳고 닳은 그의 영악한 본능은 자꾸만 그곳으로 가서는 안 된다는 경고를 발해주고 있었다.

“소저, 아무래도 이번 일은 내 말을 듣는 게…….”

“시끄럽다!”

운지가 뭐라고 하기 전에 왕가기가 먼저 버럭 화를 냈다.

“운 소저께서는 하루가 급하다고 하잖아! 그냥 가!”

“끄응―”

철담개는 된 숨을 내쉴 수밖에 없었다. 왕가기가 괘씸하기 짝이 없지만 운지가 그의 말에 아무 소리 하지 않는 건 그녀의 마음 또한 그와 같다는 것이기 때문이다.

그들이 그렇게 내일의 여정을 두고 언쟁을 하고 있는데 한 사람이 객잔 안으로 성큼 들어섰다.

유등 불빛 아래 빛나 보이는 그의 준수한 모습에 어두컴컴 하던 주청이 다 환하게 밝아지는 듯했다.

신룡검협 화운평이다.

“응?”

가장 먼저 그를 알아본 철담개 양우순이 막 입 안에 쏟아 넣던 소면 그릇을 멈추고 눈을 크게 떴다.

왕가기도 놀란 눈으로 그를 본다.

빈자리를 찾는 듯 두리번거리던 화운평이 우연인 것처럼 이쪽을 바라보더니 눈을 빛냈다.

그러나 득의의 기색은 순식간에 사라지고 짐짓 놀랐다는 얼굴이 되어 ‘어?’ 하고 외마디 소리를 냈다.

운지는 고개를 숙인 채 제 생각에 잠겨 있는 중이었다. 새로 들어온 사람이 누구인지 관심도 없다.

그녀를 본 화운평이 바쁜 걸음으로 다가왔다.

철담개 양우순과 몰치광도 왕가기에게 가볍게 눈인사를 건네더니 운지에게 말했다.

"내가 잘못 보지 않았다면 그대는 복호사의 운지 사매가 아닌가?"

운지가 화들짝 놀라 제 상념에서 깨어났다. 어리둥절한 눈으로 앞에 서 있는 화운평을 한동안 바라보다가 환하게 미소 지었다.

"이게 누구야? 화 사형이로군요?"

그들이 서로 잘 아는 사이라는 걸 확인했지만 철담개 양우순은 물론 덤벙대기 일쑤이던 왕가기조차 잔뜩 긴장해서 화운평과 운지를 바라보고 있었다.

사천에서의 일 때문이다.

신검장이 혈사기주에게 붙었다는 걸 확실히 알고 그곳을 떠나오지 않았던가.

화운평이 비록 정파의 후기지수 중 제일로 손꼽히고, 신룡검협이라는 아름다운 별호를 자랑하는 자이지만 그가 신검장주의 아들이라는 걸 생각하지 않을 수 없다.

사천에서의 일을 모를 리 없는 그가 이렇게 운지 앞에 불쑥 나타났으니 긴장이 된다.

"운 사매를 이런 곳에서 만나게 되다니 정말 뜻밖이군. 대체 이게 얼마 만이지?"

"육칠 년은 흘렀나 보군요."

"그렇지? 하하하, 운 사매가 폐관 중일 때 그것도 모르고 몇 번 찾아갔었지. 서운함만 안고 터덜터덜 신검장으로 돌아오곤 했는데 운 사매는 그런 일을 모르고 있었겠지?"

"전혀……."

"그랬을 거야. 그 뒤로는 보다시피 강호를 떠도느라고 다시 아미산으로 찾아가지 못했다. 하지만 한시도 운 사매를 잊어 본 적이 없어."

"……."

화운평의 말투에는 간절함이 깃들어 있었다. 그래서 운지는 그가 더욱 부담스러워졌다.

"이럴 게 아니라 오랜만에 함께 산책이라도 하면서 지난 일들을 얘기해 보면 어떨까? 마침 밖에는 선선한 가을바람이 불고 달도 있으니 정담을 나누기에는 이곳보다 훨씬 좋지 않겠어?"

운지는 오랜만에 만난 화운평의 청을 거절하기 힘들었다. 하지만 썩 내키지는 않는다. 어렸을 적, 그가 복호사에 찾아왔을 때도 그랬다. 언제나 저를 불러내 이곳저곳 끌고 다니며 귀찮게 하지 않았던가. 복호사를 떠날 때까지는 한시도 제 곁에서 떨어지지 못하게 했다.

그것 때문에 운몽의 오해를 샀고, 화운평은 그런 운몽을 미워해서 몹시 때린 적도 있다.

그때의 일들을 새롭게 떠올릴수록 운지에게는 화운평이 무섭고 꺼림칙하기만 했다.

그러나 간절한 얼굴로 대답을 기다리고 서 있는 그에게 모질게 말할 수가 없었다. 예전이나 지금이나 화운평의 독선이 달라진 게 없듯이 운지의 여린 마음도 달라진 게 없었던 것이다.

"나는 늘 운지 사매를 생각했어."
'거짓말이다.'
"항상 그랬지. 좋은 일이 있을 때는 좋아서 생각했고, 나쁜 일이 있을 때는 위로받기 위해서 생각했어."
'거짓말이다.'
"강호에 나와 이름을 조금 얻게 되자 많은 아가씨들이 나에게 다가왔지. 하지만 그들 중 누구도 내 어렸을 때의 그 애틋한 정을 대신해 줄 수 있는 사람은 없었다."
'거짓말이다.'
화운평의 말은 가슴에서 우러나오는 것인 듯 절절했지만 운지의 마음은 그 모든 걸 부정하기만 했다.
믿을 수가 없다.
아니, 믿고 싶지 않았다.
그와 함께 있으면 옛날이나 지금이나 이처럼 긴장하게 되고 그래서 이처럼 거북하며 두려워지기 때문이다. 이처럼 피곤하다.
그건 서로의 정을 이어주는 통로가 단단히 막혀 있다는 증거에 다름 아니었다.

운지는 그게 무엇이든 상관없다고 생각했다. 그와의 감정이 이어지지 않는다는 그 사실이 중요할 뿐이다.

하지만 화운평은 그걸 안타까워하고 있었다. 왜 자신의 감정이 운지에게 도달하지 못하고 벽에 가로막혀 버리는지 알 수 없다.

3

가을이 지나가고 있는 걸 애석해하는 것일까?

호젓한 달빛 아래 풀벌레들이 흐느끼듯 울어대고 있었다.

사방에 가득한 그 흐느낌 속을 부엉이의 음산한 울음이 둥둥 떠다니고 있다.

소나무 가지에 내려앉아 숨죽이고 있는 달빛.

그것 때문에 푸른 솔잎이 더 어두워 보이고, 그 아래의 두 사람도 그랬다.

어색하고 서먹서먹한 침묵이 오래 이어졌다.

견딜 수 없는 시간의 무게가 내려앉아 어깨를 짓누른다.

"내가……."

운지의 그 지루함을 화운평도 느낀 듯했다.

그가 어색한 얼굴로 어눌하게 입을 열었는데, 어딘지 슬픈 빛깔이 배어 있는 듯도 한 그런 음색이었다.

"…운지 사매에게 무얼 잘못했는지 모르겠다. 왜 항상 나 혼자서만 다가가야 하는 건지, 왜 항상 운지 사매는 그만큼의 거리를 두고 물러서기만 하는 건지… 모르겠다.”

‘당신은 알고 있어요.’

운지의 마음이 그렇게 속삭였다.

‘그게 당신의 집념이고 집착이라는 걸 당신 자신이 잘 알고 있을 거예요. 다만 인정하고 싶지 않을 뿐이겠지요.’

제 마음의 소리를 가만히 들으면서 운지는 그와 저 사이가 어떤 건지 깨달았다.

‘모래성이야. 그런 것에 불과해.’

운지는 화운평의 사랑과 자신의 사랑이 물과 모래처럼 화합할 수 없는 것이라고 생각했다.

물이 많으면 모래는 그것에 풀어져 버리고, 모래가 많으면 물은 그 안에 스며들어 사라져 버린다.

그것들이 공존하는 합일점을 찾으면 모래를 뭉칠 수 있다. 그것으로 모래성을 쌓을 수 있는 것이다.

바로 그게 문제였다.

그것들이 서로 화합하는 순간 이쪽과 저쪽을 다 가두어 버리는 성으로 변해 버리고 마는 것이다.

사람들은 그것을 물과 모래의 조화라고 할지도 모른다. 하지만 운지에게 그것은 모래성에 불과했다.

어울릴 수 없는 두 개의 감정이 만나고 부딪칠수록 점점 높은 성으로 쌓여가는 것이다. 스스로 높아짐으로써 고립되어 버리는 것. 운지는 그게 저와 화운평의 감정이라고 생각했다.

그러나 그 성마저 일시적인 것일 뿐이다. 운지는 본능적으

로 그걸 알고 있는데 화운평은 본능적으로 그걸 외면하고 있
었다.

물이 마르면 스스로 무너져 버리고, 물이 밀려들면 그것에
쓸려 역시 무너져 버리고 말 모래성이다.

그러면 모래는 모래로 돌아가고 물은 물로 돌아간다. 그것
뿐이다.

그 모래가 된 것처럼, 그 물이 된 것처럼 운지는 화운평의
감정을 받아들일 수 없었다. 제 감정이 그에게 흡수되는 것도
싫다.

모래는 모래로, 물은 물로 그저 그렇게 있었으면 좋겠다.

이제는 화운평도 그런 것을 느끼고 있었다.

어렸을 때보다 더 단단해졌고, 더 높아진 운지의 벽을 느낄
수 있었던 것이다.

그때처럼 지금도 순순히 제 말에 순종하여 이렇게 쓸쓸한
가을 언덕으로 올라왔지만 그때보다 더 깊어진 침묵과 싸늘함
이 절로 느껴졌던 것이다.

그래서 화운평은 절망했다.

그 절망이 묻는다.

"운몽이라는 녀석 때문이냐?"

"아!"

운지가 비로소 당황과 놀람으로 반응했다.

"역시 그렇군."

화운평이 쓸쓸한 미소를 지었다.

가만히 운지의 옆얼굴을 바라보고 있자니 불쑥 운몽에 대한 살의가 솟구쳤다.

내가 가질 수 없는 것에 대한 심술 같은 것이다.

'놈……'

지그시 어금니를 깨무는데 운지가 속삭이듯 말했다.

"반가웠어요. 그럼……"

살짝 고개를 숙이고는 사박사박 걸어 언덕을 내려간다.

올라올 때는 다정한 연인처럼 둘이서 어깨를 나란히 하고 올라왔는데 내려갈 때는 혼자서 내려가고 있다.

돌아보지도 않는다.

달빛 아래 점점 흐려지는 운지의 뒷모습을 노려보듯 응시하고 있던 화운평이 다시 한 번 어금니를 악물었다.

사천에서의 일을 겪었으면서도 자기에게 한 번도 그 일에 대해서는 말하지 않았다. 묻지도 않았다.

화운평은 운지가 지키고 있던 그 침묵의 의미를 잘 알 수 있었다.

신검장과 혈사기주와의 관계에 대해서, 자기에 대해서 의심이 아니라 확신하고 있다는 것이다. 그러면서도 이 언덕까지 순순히 따라와 준 것은 이별을 고하기 위해서였다.

이 마지막 산책으로 옛 추억을 되돌려준 것이다. 하나도 남겨놓지 않았다.

화운평은 운지의 그 마음을 알았고, 그래서 가슴이 더욱 싸늘해졌다.

"이제는 망설이지 않아도 되겠군."

중얼거리는 그의 얼굴에 차가운 달빛이 내려앉았다.

이렇게 제 감정을 정리할 수 있도록 해준 운지에게 오히려 고마워해야 한다고 생각했다.

그녀가 마지막 산책에 따라 나왔듯, 자기 또한 마지막으로 그녀를 찾아보기 위해 이백여 리나 되는 길을 쉬지 않고 달려왔다고 생각한다.

그리고 이제는 다 끝났다.

운지에 대한 화운평의 사랑은 그런 것이었다.

지독한 이기심이고 지독한 집착이었으며 지독한 독선이었다.

한순간에 들불처럼 확 불타올랐다가 한순간에 싸늘하게 식어버리고 만다.

질투가 때로는 집착을 더욱 부추기기도 하지만 지금처럼 원망과 노여움을 증폭시켜 주기도 하는 것이다.

기어이 그 길을 간다.

철담개는 운지의 고집을 꺾을 수 없었다. 곁에서 왕가기가 부추기니 더욱 그렇다.

그래서 한사코 빠른 길을 고집하는 운지보다 부추기는 왕가기가 더욱 밉다.

마을을 벗어나면서부터 개방과의 연락마저 뚝, 끊어졌는데 그게 철담개 양우순을 더욱 불안하게 했다.

앞길의 동향을 수시로 보고하라는 기호를 남겨둔 지 하룻밤
이 지났을 뿐인데 모두 달아나 버리기라도 한 것처럼 연락이
끊어졌던 것이다.

철담개는 이런 경우를 더러 겪어본 사람이었다.

'다 죽었다.'

그렇게밖에는 생각할 수가 없었다.

언제부터인가 주변에 사람들이 늘어나기 시작했다. 모두 같
은 길을 가고 있는 사람들이다.

특별히 경계해야 하거나 이상하게 여길 일이 아니었다.

아침이 훤히 밝아온 무렵이고, 누구나 지나다닐 수 있는 관
도가 아닌가.

하지만 철담개는 그렇게 태평하게 생각하고 있을 수가 없었
다.

부지런히 운지의 앞뒤로 움직이며 주위의 행인들을 살펴보
았다. 그런 철담개를 두고 왕가기가 놀려댔다.

"이놈아, 그러고 다니니까 꼭 똥 마려운 강아지가 끙끙거리
며 맴도는 것 같다."

다른 때 같았으면 당장 철담개의 걸쭉한 욕이 날아들었을
텐데 그 아침에는 조용했다. 왕가기의 말을 듣지 못한 것처럼
바쁘게 왔다 갔다만 한다.

그래서 왕가기도 의아하게 생각하기 시작했다. 유심히 제
주변을 살펴보지만 우직하기만 한 왕가기의 눈에 특별히 이상
한 점이 보일 리가 없었다.

상인도 있고 종을 동행한 도련님도 있으며 심부름 가는 듯한 하인과 대가의 시종으로 보이는 자도 있다. 더러 칼을 차거나 검을 진 강호의 무리도 보이는데, 그런 자들이야 어디에 가든 한두 명은 있게 마련이니 특별한 게 아니다.

그래서 왕가기는 경계심을 풀었는데 철담개 양우순은 그렇지 않았다.

"큰일이군, 큰일이야."

다시 운지 곁에 다가온 그가 몇 차례 중얼거리더니 들릴 듯 말 듯한 음성으로 말했다. 주위의 눈치를 살피는 것이 여간 조심하는 게 아니어서 운지는 귀를 기울일 수밖에 없었다.

"아무래도 심상치 않소이다. 더 늦기 전에 지금이라도 샛길로 빠져서 어젯밤 내가 말한 대로 돌아가는 게 좋겠소."

"왜?"

운지보다 왕가기가 더 궁금하다는 얼굴을 하고 묻는다. 철담개가 그에게 눈을 흘기며 다시 속삭였다.

"네놈의 얼굴에 달려 있는 건 눈깔이 아니라 검은콩이더냐? 네놈 눈깔에는 그래 저 사람들이 수상하게 보이지 않는단 말이야?"

"그러니까 뭐가? 내가 보기에는 그냥 평범한 장삼이사들일 뿐이다."

"썩을 놈."

까뒤집을 것처럼 눈을 흘겨댄 철담개가 운지에게 속삭였다.

"아녀자는 한 사람도 없소이다. 늙은이도 없고 아이들도 없소. 모두가 건장한 젊은것들일 뿐이니 이상하지 않소?"

그 말에 무엇을 느낀 듯 왕가기와 운지가 주변을 둘러보았다. 과연 그들과 가깝게 또는 멀찍이 떨어져서 동행하고 있는 사람들은 모두 젊은 장정들뿐이었다.

철담개가 다시 속삭였다.

"게다가 더 이상 수가 불어나지도 않고 줄어들지도 않소. 서로 앞서거니 뒤서거니 하면서 순서만 바꿀 뿐이지."

그것도 그렇다. 그래서 이제는 왕가기도 긴장했고 운지도 긴장했다.

벌써 몇 개의 갈림길을 지나왔는데, 한 사람도 그리로 샌 사람이 없다는 건 모두 같은 방향으로 가고 있다는 것 아닌가. 특이하다면 특이한 일이고 이상하다면 이상한 일이다.

"더 늦기 전에……."

다시 재촉하는데 운지가 가만히 머리를 가로저었다.

"우리는 그대로 가도록 해요."

"하지만 소저, 아무래도 앞에 귀찮은 일이 있을 것 같소이다."

"백주 대낮인데 설마 떼강도가 나타나기라도 하겠어요? 황법이 살아 있는 관도상에서 강호의 무리가 살인과 약탈을 자행하지도 않겠지요."

태평하다.

속이 타는 건 철담개 혼자였다. 왕가기는 어떻게 되어도 좋다는 건지 그저 운지의 말에 고개를 끄덕여 동의를 표할 뿐이었다.

그 시간, 정주를 떠난 곡수린은 휘적휘적 남쪽을 향해 내려오고 있었다.

벌써 며칠 말도 하지 않고 쉬지도 않으며 길을 가지만 피곤한 줄을 몰랐다.

그는 풍혈사에서 배를 타고 진하(鎭河)를 따라 내려가 안휘성으로 들어갈 작정이었다. 태을산장으로 찾아가려는 것이다.

곡수린은 아직 이청풍이 운몽과 동행하고 있다는 걸 알지 못했다. 그래서 그를 찾아가는 것이다.

태을산장에 가서 이청풍을 만나본 다음에는 막간산의 천웅보에 찾아가 담옥상도 만나볼 생각이었다.

그들 두 사람은 곡수린이 강호에 나와서 사귄 유일한 친구들이자 동지였다. 오갈 데를 알지 못하는 처지가 되자 더욱 그리워질 수밖에 없었던 것이다.

서두를 게 없는 걸음이라 느긋하련만 곡수린은 성큼성큼 걸었다. 바쁜 볼일이 있는 사람 같다.

"이상한걸?"

그런 생각이 처음 들었던 건 유주현의 경계에 이르렀을 때였다.

오고 가는 많은 사람들 속에 더러 근골이 좋아 보이는 장정들이 섞여 있었는데, 그들과 몇 차례인가 스치게 되자 저도 모르게 든 꺼림칙한 느낌이었다.

낯선 자를 한 번 보거나 스쳐 지나가면서도 그자의 기도를 감지할 수 있을 만큼 곡수린의 감각이 예민해져 있기 때문인데, 그건 그의 성취와 무관하지 않았다.

날카로운 기운을 느끼게 하는 자들.

그런 자들이 한둘이 아니었다. 유주현의 현성을 통과하면서부터는 살갖이 따가울 정도로 곳곳에서 느껴지고 있었다.

하지만 둘러보아도 수상쩍어 보이는 자는 없었다. 평범한 민간의 백성들이요, 그들 중의 평범한 장정들로 보일 뿐이다.

그러나 세 번째, '이상한걸?' 하고 중얼거리는 곡수린은 더 이상 그자들을 평범하게 여기지 않고 있었다.

'대체 무슨 일일까? 대체 어디에서 온 자들이지?

다시 한 명의 장정을 스쳐 보내며 그런 의문이 강하게 들었다. 막 옷깃을 스치며 바삐 지나간 자의 기세를 느꼈던 것이다.

곡수린은 그자를 무작정 뒤따르기 시작했다.

第三章
풍혈사(風穴寺)의 혈전(血戰)

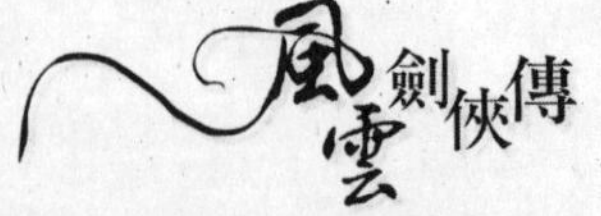

그녀가 온다.

대체 무슨 속셈인지 알 수가 없다.

하지만 상관없다.

소나무 아래 자리를 펴고 편히 앉아서 화운평은 제 마음을 차갑게 가라앉히기 위해 애쓰고 있었다.

염탐을 하던 개방의 거지들 다섯 명을 하나씩 처치했다.

철담개 양우순에게 더 이상 이곳에서의 소식이 전달되지 않을 것이다. 그러나 양우순이라면 그걸 더 이상하게 여겼을 것이다.

'그렇다면 그는 운지에게 말했을 텐데?

그런데도 운지는 이곳으로 곧장 오고 있다. 대체 무슨 속셈이란 말인가.

"변동 사항은?"

화운평이 다소 신경질이 섞인 음성으로 물었다.

그의 뒤에 시립하고 있던 네 명의 흑의무사들 중 사십 줄에 접어들어 보이는 사내, 금쇄도(金碎刀) 나평(羅平)이 공손하게 대답했다. 화운평의 수신호위를 겸하고 있는 혈사대의 네 영주 중 우두머리이기도 하다.

"아무것도 없습니다. 그쪽은 여전히 아미검후와 철담개 양우순, 몰치광도 왕가기뿐입니다."

"으음—"

화운평이 눈살을 찌푸렸다.

사부는 지금쯤 경천동지할 계획을 착착 실행 중일 것이다. 그는 금룡협의 비동 안에서 한 발짝도 움직이지 않지만 강호의 정세를 당신의 손바닥처럼 들여다보고 있다.

그게 사부의 무서운 점이었다.

그 계획을 좀 더 완벽하게 만들어주기 위해 자신과 장청이 나왔건만 장청은 엉뚱한 일로 인해 실패했고 이제는 저 혼자 남았다는 게 또 하나의 부담이었다.

사천에서의 일마저 실패로 돌아갔으니 사부는 속으로 단단히 화가 나 있을 게 틀림없었다.

이번 일은 기회이면서 위기이기도 했다. 만약 이번 일마저 실패한다면 사부는 계획을 앞당길 수밖에 없을 것이다. 그건 어쨌거나 무리할 수밖에 없다는 것 아닌가.

무슨 일이든 무리해서 진행하려고 하면 틈이 벌어지게 마련이다. 그것 때문에 돌이킬 수 없는 후회가 생기기도 한다.

하지만 사부는 멈추지 않을 것이다. 당신의 나이가 많은 때문이고, 그래서 앞으로 살날이 얼마 남지 않았다는 걸 누구보다 당신이 잘 알기 때문이다.

사부는 생전에 당신의 꿈을 이루고 싶어하는 것이다. 그건 무서운 집념이면서 또한 강한 의지이기도 했다.

화운평은 저나 신검장, 그리고 금룡비동에 속해 있는 많은 사람들 모두가 그런 사부의 꿈을 이루기 위한 도구에 지나지 않다는 걸 잘 알고 있었다.

사부는 당신의 유일한 혈육인 장청마저도 그 도구 중의 한 명으로 여길지도 모른다.

하지만 상관없다고 생각했다.

사부가 무엇을 이루던 그것은 고스란히 제 손으로 넘어올 것이기 때문이다.

'나는 사부를 대신한다.'

화운평은 그렇게 생각하는 것으로 만족했다. 지금은 사부를 대신하지만 머지않아 사부의 모든 것을 물려받고 새로운 존재가 되어 군림할 것이다.

그게 화운평의 야심이었고 집념이었으며 의지였다.

그 첫 걸림돌이 오고 있다.

그게 다른 사람도 아닌 아미산의 운지라는 게 화운평의 야심에 제동을 걸려 하고 있다.

그녀는 운양의 객잔에서 명백히 제 마음을 닫았다는 걸 보여주었지만 화운평은 그럴 수 없었다.

그게 운지에 대한 저의 또 다른 집념이라는 걸 깨닫지 못한다. 그녀가 자꾸만 빠져나갈수록 더욱 강하게 붙잡고 싶은 것이다.

아미산에서 그녀를 처음 보았을 때부터 그랬다.

원하는 걸 내 것으로 만들지 못하면 남도 갖지 못하게 해야 한다.

그게 화운평의 생각이었다.

그리고 지금 운지에 대하여 갈등하고 있는 이유이기도 하다.

쳇! 하고 혀를 찬 화운평이 신경질적으로 자기 자신에게 말해주었다.

"어쨌든 상관없지. 잡아서 내 것으로 만들거나 아니면 부수어 버릴 뿐이다. 마음? 홍, 여자의 마음 하나 빼앗지 못한다면 무능한 거지. 난 그런 인간이 아니다."

이곳에서 운지를 사로잡아야 한다. 그게 여의치 않으면 죽여야 한다. 변하지 않을 것이다.

독하게 마음먹었지만 또 한편으로는 그것이 화운평을 초조하게 하면서 갈등하게 하고 있었다.

어쩌면 내 손으로 운지를 죽여야 할지도 모른다는 것 때문이다.

'내가 과연 그녀에게 그렇게 할 수 있을까?

하지만 해야 한다. 사부의 엄명 아닌가.

여기까지 오기 위해 그동안 얼마나 많은 것들을 희생했던가.

'아버지는 나를 위해 신검장을 포기했고, 명예를 포기했다. 여동생은 나를 위해 아홉 살 때부터 집을 떠나 여태까지 제 자신을 희생하며 살아왔다.'

그들이 이제는 화운평에게 네가 책임을 질 때라고 재촉하고 있었다.

"그래야지!"

화운평이 결연하게 말하고 몸을 일으켰다. 그의 그림자가 된 네 명의 영주들이 의아하게 바라본다.

앞에 가로놓여 있는 강을 건너면 여주 땅이다.

흐릿한 하늘 저쪽에 우뚝 솟아 있는 산봉우리가 보이고, 가파른 바위 비탈 위로 풍혈사의 붉은 돌담과 푸른 지붕이 보였다. 저물 녘의 햇빛을 받아 반짝이고 있다.

강이라고는 하지만 폭이 겨우 대여섯 장이나 될까 말까 한 하천이었다. 첨벙거리며 그것을 건너는 일은 아무것도 아니다.

하지만 마치 망망대해를 눈앞에 두고 있는 것처럼 철담개는 더 이상 나아가지 못하고 있었다. 안절부절못하며 끙끙거린다.

그때쯤에는 둔한 왕가기도 좋지 않다는 느낌을 받고 있었다. 건너다보이는 저쪽 벌판의 억새풀들 속에서 살기가 느껴지는 것 같기도 하다.

뎅―

스멀스멀 피어오르는 저녁 안개 속에서 풍혈사의 범종 소리가 들려왔다. 저녁 예불을 알리는 타종이다.

곧 황혼이 붉은 노을을 하늘에 걸어놓으리라.

바람이 불어왔다.

와사삭거리며 요란하게 흔들리는 억새풀들. 떠났던 새들이 무리 지어 돌아오고 있었다.

"가자."

왕가기가 굳은 얼굴로 저물어가는 억새밭을 바라보며 그렇게 말했다.

철담개가 운지의 눈치를 본다.

운지는 고요하고 평화로운 얼굴이었다. 두 손을 가슴 앞에 합장한 채 저 건너에서 들려오는 풍혈사의 범종 소리를 듣고 있다.

뎅―

"옴살바바예수다라나가라야다사명나막가리다바이맘알야바로기제새바라다바―일체 모든 것의 두려움에 대해서 구제해 주시는 저 어진 분께 귀의하면 이로 말미암아 관자재의 위신력이 출현하노라."

뎅―

"마하모지사다바사마라라사마라하리나야―위대하신 보살이

시여, 마음의 주문을 기억하고 생각하소서.”
　풍혈사의 범종 소리에 맞추어 낮은 음성으로 신묘장구대다
라니경을 독송하는 모습이 장엄하고 고아했다.
　뎅—
　그녀의 치렁한 머리카락이 바람에 가벼이 흩날리고, 낭랑하
고 고운 음성이 차가운 강물 위에 내려앉는다.
　먼 하늘 끝에서 서서히 밀려들고 있는 땅거미가 안개를 잿
빛으로 물들여 가고 있었다.
　“오늘 밤은 아무래도 마계의 종들과 한판 싸울 수밖에 없겠
군요.”
　아미타불을 염하는 걸 끝으로 독송을 마친 운지가 무심한
얼굴로 그렇게 말했다.
　앞서서 첨벙첨벙 강을 건너간다.

　팟!
　또 한 놈이 메뚜기처럼 뛰어나온다.
　빠악!
　그리고 철담개가 휘두르는 거무튀튀한 목봉에 맞아 머리통
이 박살난 채 비명도 지르지 못하고 고꾸라졌다.
　벌써 세 놈째였다.
　‘대체 무엇 때문에?
　철담개 양우순의 머릿속에서는 그 의문이 떠나지 않았다.
　‘이 알 수 없는 자들이 우리를 노리는 건 운지 때문일 것이

다. 그런데 왜?

철담개는 끊임없이 제 자신에게 묻지만 아무 답도 얻을 수 없었다.

저쪽에서 왕가기의 악쓰는 소리가 들려왔다. 힐끗 돌아보니 그는 커다란 칼을 부지깽이처럼 함부로 휘두르고 있었는데, 그의 주위로 붉은 피가 비처럼 뿌려지고 있었다.

털썩, 털썩—

목을 잃고, 가슴이 쪼개진 자들이 역시 비명 소리도 없이 쓰러져 처박힌다.

"다 나와! 감질나게 굴지 말고 한꺼번에 다 나오란 말이다!"

왕가기는 신이 난 것 같았다. 무지막지하기로 소문난 그의 커다란 칼이 붕붕거리며 허공을 이리저리 휘젓고 있다.

그는 십여 명의 흑의무사들에게 에워싸여 있었다. 그래서 이쪽으로 와 철담개와 합류하고 싶어도 그러지 못하는 처지다.

철담개는 운지를 가로막고 서서 목봉을 머리 위에 들어 올린 채 앞을 노려보고 있었다. 십여 명의 흑의무사들이 불쑥불쑥 솟아 나오고 있었던 것이다.

"누구냐? 무엇 때문에 싸우려는 거냐?"

대답이 돌아올 리 없다는 걸 알면서도 소리쳐 다시 묻는 건 답답했기 때문이다.

핑—

좌우에서 동시에 날 선 검이 파고든다. 대답인 셈이다.

부드득, 이를 간 철담개가 팔방풍우의 수법으로 무지막지하게 목봉을 휘둘러 댔다. 저쪽에서 왕가기가 칼을 휘둘러 대는 것과 같이 어지러운 수법이다.

퍽, 퍽!

두 놈이 정수리와 어깨가 박살난 채 쓰러지고 물러선다. 역시 비명 한마디 흘리지 않는 건 물론 신음조차도 삼켜 버린 조용한 자들이었다. 벙어리들이 아닌가 싶다.

운지는 고요한 얼굴을 간직한 채 우뚝 서서 붉음이 지나쳐 검게 변해가고 있는 먼 서쪽 하늘만 바라보고 있었다.

죽거나 중상을 입고 널브러지는 자들에 대해서도, 제 목숨을 내던지다시피 한 채 악을 쓰며 싸우고 있는 철담개나 왕가기에 대해서도 전혀 무관심한 모습이었다.

감정이 없는 목상 같다.

철담개의 목봉은 무시무시한 위력을 발휘하고 있었다. 주변 일 장 안에 들어오는 자들은 가리지 않고 그의 표적이 되었는데, 아직까지 한 놈도 무사히 빠져나간 놈이 없다.

그건 왕가기의 커다란 칼 또한 마찬가지였다.

그의 힘은 대체 그 끝이 있기나 한 건가? 싶을 만큼 지칠 줄을 몰랐다.

칼을 움켜쥔 두 손에 힘줄이 불끈불끈 솟아 터질 것 같았다. 벌겋게 핏발이 선 목이며 이마에도 지렁이 같은 힘줄이 꿈틀거리고 있다.

번들거리는 눈과 악다문 입, 벌름거리는 커다란 콧구멍에서는 뜨거운 숨결이 씩씩거리며 뿜어져 나오고 있다.

악귀, 야차 같은 모습이 되어서 그는 한 발 한 발 전진하며 그 커다란 칼을 부지깽이 휘두르듯 내려치고 그어 올리며 휩쓸어가고 있었다.

그때마다 그것에 부딪친 검들이 뎅겅거리며 부러져 나가고, 여지없이 선연한 핏줄기가 허공으로 솟구쳤다.

그가 지나간 곳에는 흥건한 핏물이 고여 철벅거렸는데, 벌써 여섯 놈이나 그의 칼 아래 목숨을 잃고 있었다.

하지만 흑의무사들은 끝없이 밀려들었다.

이 넓은 풍혈사 아래의 억새 벌판이 온통 그놈들로 메워져 있는 것 같다.

2

"제법이군."

풍혈사의 붉은 담 위에 걸터앉아서 화운평은 술을 마시고 있었다.

커다란 술 항아리를 들어 올려 몇 모금 꿀꺽꿀꺽 마셔댄 그가 옷소매로 입가를 문질러 닦으며 다시 발아래를 내려다보았다.

운지가 보이고, 그의 앞을 가로막고 있는 철담개의 목봉이 현란한 궤적을 그리며 떨어지는 게 보인다. 저쪽에서는 왕가기가 노을을 받아 더욱 붉은 핏빛을 뿌리며 커다란 칼을 휘두

르고 있다. 그것이 번쩍일 때마다 맥없이 고꾸라지는 흑의무
사들이 선명하게 보인다.

"피해가 너무 큰 것 아닐까요?"

걱정스런 얼굴로 나평이 말했다.

화운평은 대꾸가 없다. 다시 항아리를 기울여 몇 모금의 술
을 마시고 나더니 피식 웃고 나서 말했다.

"저 정도의 상대도 감당하지 못한다면 쓸모없는 놈들일 뿐
이다. 그런 놈들은 필요없어."

고작 세 명 아닌가. 아니, 싸우고 있는 자들은 두 명일 뿐이
다. 혈사대의 무사들이라면 단번에 그것들을 베어 넘기고 운
지를 잡아야 한다.

화운평은 그렇게 생각하고 있었다. 하지만 철담개 양우순과
몰치광도 왕가기는 금룡협이나 잠촌에 숨어들어 왔던 쥐새끼
같은 무리와는 격이 다르다.

부웅—

왕가기가 휘두르는 커다란 칼이 요란한 파공성을 뿌렸다.
풍혈사의 담 위에서도 들을 수 있을 만큼 큰 소리였다.

그만큼 맹렬하게 칼을 뿌리고 있다는 증거다. 그리고 그 앞
에서 다시 두 명의 흑의무사가 동시에 목이 떨어져 무너지고
있었다.

"저 하찮은 산적 놈이!"

제 수하들이 맥없이 죽어나가는 걸 보는 나평의 분노는 극
에 달했다.

그는 흡혈검귀 손막소와 동격의 인물이었다. 혈사대라는 막강한 집단을 이끄는 장령이기도 하다. 혈영자의 친위집단이나 다름없는 혈사대는 금룡비동의 전위부대 역할을 하는 무사 집단이었다.

그것이 저 두 놈 때문에 흔들리고 있다는 게 불만스럽다 못해 분하기 짝이 없다.

"공자!"

나평이 기어이 소리쳐 화운평을 불렀다. 붉어진 얼굴로, 붉어진 눈으로 그가 나평을 물끄러미 내려다본다.

"우리 사령(四領)이 나가도록 해주십시오!"

화운평은 자신의 그림자가 되어 따르고 있는 네 명의 흑의무사를 바라보았다. 하나같이 가까스로 분노를 참고 있다. 거친 숨소리가 들린다.

'더 좋은 구경거리가 되겠지. 술안주로는 그만한 게 또 없지 않을까?'

화운평은 엉뚱하게도 그런 생각을 하고 있었다. 귀찮다는 듯 손을 내두른다.

"존명!"

나평이 즉시 궁신하여 명을 받고 몸을 날렸다. 나머지 세 명의 장령이 그의 뒤를 따른다.

꿀꺽, 꿀꺽, 꿀꺽—

화운평은 자신이 지극히 퇴폐적인 모습으로 변해가는 것도 모르는 것 같았다. 붉은 담장 위에 눕듯이 앉은 채 술 항아리만 기울인다.

그의 옷자락이 독한 술에 젖어 후줄근해져 있었다.

*　　　*　　　*

'피 냄새!'

붉은 노을을 등지고 천천히 풍혈사를 향해 걸어가던 곡수린이 우뚝 걸음을 멈추었다.

바람에 실려오는 은은한 피 냄새를 맡은 것이다.

두리번거려 보지만 자기 외에 다른 사람은 아무도 없었다. 이곳으로 향하는 길에 보았던 자들도 모두 어디론가 사라지고 없다.

텅 빈 길 위에 곡수린은 혼자서 우뚝 서 있었다. 노을에 비낀 그의 그림자가 길게 뻗어 무성한 억새밭 위로 향하고 있다.

'이건 뭔가?'

절로 낯이 찌푸려진다.

풍혈사의 범종 소리를 듣고 그리로 향하고 있는데 갑자기 밀려드는 적막감. 그 속에 깃들어 있는 살기와 피 냄새.

곡수린은 누군가 강력한 자들이 관도마저 봉쇄했다는 걸 알았다. 그렇지 않다면 아무리 저물 녘이라지만 이처럼 행인들의 발걸음이 뚝 끊어졌을 리가 없다.

그의 이글거리는 눈이 저 너머 아스라이 펼쳐져 있는 억새벌판으로 향했다.

"조심해! 이놈들은 다르다!"

막 한 자루의 철검을 가까스로 쳐낸 철담개가 왕가기를 돌아보며 악을 썼다.

그는 두 명의 장령을 상대하고 있었는데, 그놈들은 지금까지 상대해 왔던 자들과는 차원이 달랐다.

하나하나가 무시무시한 고수였던 것이다.

위기는 왕가기라고 피해갈 수 없었다. 그가 이를 악문 채 칼을 휘둘렀다.

쨍!

그것에 달라붙은 나평의 호리호리한 검은 마치 고목에서 뻗어 나온 한 가닥의 여린 가지 같았다. 그런데 그것이 고목을 이리저리 흔들어댄다.

"이놈이!"

제 칼을 제 마음대로 할 수 없다는 데에 버럭 화가 난 왕가기가 두 손에 온 힘을 실어 있는 힘껏 밀어냈다.

그 무지막지한 완력 앞에서는 어쩔 수 없던지, 나평이 검을 거두고 물러섰다. 그러자 다른 놈이 왕가기의 칼 그림자 속으로 뛰어들었다.

쨍쨍쨍쨍—

놈의 가벼운 검과 왕가기의 칼이 거푸 부딪치며 요란한 쇳소리를 울려댔다. 푸른 불똥이 어두워지기 시작한 하늘로 화르르 피어오른다.

운지의 무심한 눈길이 그들의 싸움을 지나쳐 저 앞에 보이
는 풍혈사의 붉은 담으로 향했다. 이십여 장의 바위 비탈 위에
풍혈사의 담이 쳐져 있는데, 거기 노을빛을 온통 받은 채 술 항
아리를 안고 비스듬히 걸터앉아 있는 사람이 보인다.

운지가 그를 향해 걸음을 내딛었다.

"어디로 가는 거요?"

철담개 양우순이 한 놈의 머리통을 두드릴 듯 위협을 가해
물러서게 하며 소리쳐 물었다.

운지는 대답하지 않았다. 무심한 얼굴로 한 발 한 발 옮겨놓
을 뿐이다.

"잡아라!"

나평이 왕가기의 칼을 밀어내며 버럭 소리쳤다. 그러자 가
라앉은 듯 잠잠하던 억새의 숲 곳곳에서 흑의무사들이 무리
지어 솟구쳐 올랐다.

일견하기에도 백여 명은 되어 보인다.

그것들이 마치 둥지로 돌아오는 까마귀의 무리처럼 하늘을
새까맣게 뒤덮었다.

쏴아아아—

사방에서 솟구쳐 오른 자들이 목표하는 곳은 오직 한군데
다.

검은 구름덩이가 좁은 항아리 속으로 빨려 들어가듯이 그들
은 운지를 향해 내리꽂혔다.

숫자로 누르고 덮어버리려는 것 같다.

운지가 허리띠를 풀어든다. 하얀 손이 천천히, 쓰다듬듯 허리에 두르고 있던 무명의 잿빛 띠를 풀어내는 것이다.

몇 겹으로 감고 있었던 것인지, 무려 삼 장여에 달하는 그것이 다 풀렸을 때 그녀의 겉옷이 활짝 펼쳐졌고, 검은 구름덩이는 머리 위에 다가와 있었다.

후우웅—

운지의 몸에 은은한 금광이 어리기 시작했다. 그것이 마치 후광처럼 그녀의 몸을 감싼다.

"산문에 괜히 사천왕이 서 있는 게 아니다."

낮은 중얼거림.

산에 있을 때는 소령 사태에게서 늘 들었던 말이고, 산을 내려와서는 운수 사형에게서 들었던 말이다.

그 말이 지금은 운지의 붉은 입술 사이로 흘러나오고 있었다.

"불법에 보살계가 있다면 수라계가 있고, 사찰에 괜히 염왕전이 있는 게 아니다."

황금빛 기운이 점점 강해졌다. 그것이 허리띠를 금색으로 물들인다.

화풍서단(花風瑞段).

초식의 이름은 아름답고 그윽했지만 그것이 품은 위력은 극강했다.

삼 장여에 달하는 무명의 허리띠가 길고 긴 채찍이 되었고, 그물이 되었다.

그것이 검은 구름덩이를 쪼개고 흩치며 부수어 버린다.

쏴아아아—

그것이 쓸어가는 곳마다 금빛 너울이 일렁거리고, 웅장한 바람 소리가 파도 소리처럼 들려왔다.

“으악!”

“커흑!”

“끄으으—”

그 금빛 너울 속에서 온갖 단말마가 쏟아졌다. 그리고 떨어진다.

휩쓸어가는 바람에 우수수 떨어지는 낙엽이다.

흑의무사들은 운지의 허리띠가 닿는 방원 삼 장의 넓은 공간 속에서 맥을 잃고 추락했다.

그들의 검이, 편과 도가, 단창이 부지깽이처럼 부러지고 꺾이며 비산한다.

한 번 그렇게 운지의 허리띠에 닿거나 스친 자들은 모두 감당할 수 없는 금황예편기(金黃霓片氣)의 침입을 받았다.

그럴 때마다 즉시 요혈이 폐쇄되고 내공이 산산이 흩어져 버린다. 뼈와 근육마저 흐물흐물하게 만들고 마는 운지의 내공은 그들로서는 감당할 수 없는 거대한 금빛 너울이었다.

나뒹구는 자들마다 이를 갈며 고통의 신음을 흘리지만 목숨을 보존한 걸 고맙게 여기는 자는 없었다.

무공이 전폐되어 다시는 쓸 수도, 익힐 수도 없는 몸이 되었다는 사실에만 절망하고 원한을 품을 뿐이다.

그러나 그들은 달아나려 하지 않았다.

한 명이 그렇게 쓰러져 나뒹굴면 두 명, 세 명이 달려들었다. 더욱 악착같고, 악에 치받친 나찰들 같다.

불을 보고 달려드는 불나방 같은 존재들이었다. 죽음을 두려워하지 않는 것이, 마치 지독한 마약에 중독되어 있는 자들 같기도 했다.

조금씩 지쳐 간다.

그녀를 감싸고 있던 금황예편기의 막강한 잠력이 엷어지고 있었다.

그녀의 숨결도 점차 높아졌고, 허리띠가 허공에 그려놓고 있는 황금빛 너울의 영역도 점점 좁아져 갔다.

'지겨워.'

운지는 그런 생각을 지울 수 없었다.

떨어뜨려도, 꺾어버려도 쉴 새 없이 밀려드는 자들의 검은 형체들 앞에서 이제는 두려워진다.

독수리 한 마리가 어찌 열, 백 마리의 까마귀를 당할 수 있을 것인가.

홀로 된 암표범이 어찌 열, 백 마리의 들개들을 당할 수 있을 것인가.

운지의 형편이 점차 그와 같아지고 있었다.

철담개 양우순은 사령 중의 두 명을 맞아 악전고투하고 있는 중이었고, 왕가기 또한 나평과 다른 한 명의 사령을 맞아 사력을 다하고 있는 중이었다.

제 한 몸 지키기에도 바쁘니 다른 사람을 돌보아줄 여력이 없다.

"이건 놀랍군, 정말 놀라워."

화운평이 게슴츠레해진 눈으로 저 아래의 억새 벌판을 바라보다가 그렇게 중얼거렸다.

안고 있던 항아리를 기울여 몇 모금의 술을 반쯤은 제 가슴에 흘려가며 꿀꺽꿀꺽 들이켠다.

그의 눈에는 모든 게 놀랍기만 했다.

철담개 양우순이 두 명의 사령을 상대로 저렇듯 꿋꿋하게 잘 싸우고 있다는 게 놀랍고, 왕가기가 나평과 또 한 명의 사령을 상대하면서 여태까지 죽지 않고 있다는 게 놀랍다.

'저놈들이 짜고 하는 짓인가?'

그런 생각이 들 정도로 그들은 절정고수라고 해도 부족하지 않을 네 명의 사령들과 막상막하의 싸움을 하고 있었던 것이다.

찰담개 양우순이나 몰치광도 왕가기가 설마 저 정도의 무위를 지닌 자들이었을 줄이야, 하는 놀람을 감출 수가 없다.

그러나 그것보다 더욱 놀라운 건 운지가 보여주고 있는 신묘한 솜씨였다.

"과연 아미검후다."

그렇게 인정하지 않을 수 없다.

그녀의 춤추듯 하는 손짓 하나마다 절묘하고 신통하지 않은

게 없었다.

부드럽고 연약해 보이는 그 움직임 속에 깃들어 있는 신공은 또 얼마나 강력한가.

금빛 너울이 일렁일 때마다 낙엽처럼 우수수 떨어져 나뒹구는 수하들이 애처롭기만 하다.

그러나 화운평은 아직도 나설 마음이 없었다. 일백 명의 혈사대가 모두 죽어도 어쩌면 그는 이 붉은 담장 위에서 망설이고만 있을지도 모른다.

상대가 운지이기 때문이다.

마음속에는 그녀를 죽이라는 사부의 명령과, 내 손으로 정말 그녀를 죽여야 하나? 내가 그렇게 할 수 있을까? 하는 생각이 서로 싸우고 있었다.

지금, 저 아래에서 펼쳐지고 있는 싸움보다 어쩌면 화운평의 마음속에서 벌어지고 있는 그 싸움이 몇 배는 더 치열하고 무서운 건지도 모른다.

그래서 그는 자꾸만 술을 마시고 있었다. 스스로 취하여 쓰러져 버리기를 원하지만 술이 부족하다.

3

"당신이 저 아래의 일을 주재하는 자인가?"

불쑥 들려온 낯선 음성이 화운평을 어리둥절하게 했다. 쓰러질 듯 앉아 있던 그가 몸을 바로 했는데, 바람 앞의 나뭇가지처럼 위태롭게 흔들리고 있다.

취기 어린 몽롱한 눈으로 바라보는 곳에 엉뚱한 자가 바람에 옷자락을 날리며 한가롭게 서 있었다.

"너는……."

손가락질하던 화운평이 알겠다는 듯 머리를 끄덕였다.

"화산수재 곡수린이로군."

그리고는 피식피식 웃는다. 그가 이렇게 저의 이목을 속이고 가까이 다가왔다는 건 의식 밖이다.

"잘 와주었어. 술은 있나? 빌어먹을 안주는 없어도 되지만 술은 필요하단 말씀이야."

곡수린이 말없이 허리에 매달고 있던 술 호로를 풀어 던져주었다.

꿀꺽꿀꺽.

한 호로의 쓰디쓴 술이 도랑물 흐르듯 그대로 화운평의 목구멍 속으로 사라진다.

"크으―"

부르르 진저리를 치고 난 화운평이 더욱 게슴츠레해진 눈으로 곡수린을 바라보며 히죽 웃었다.

"미안하군. 다 마셔 버렸어."

"상관없어. 하지만 네 일에는 상관하지 않을 수가 없다."

"뭘?"

화운평은 아무것도 모르는 사람 같았다. 곡수린이 턱짓으로 저 아래 뭉개지고 있는 억새밭을 가리켰다.

"아하, 그거."

또다시 히죽 웃은 화운평이 머리를 끄덕였다.

"사부님이 그녀를 죽이라고 했다. 그런데 보다시피 그녀는 너무 강해서 나의 수하들만으로는 상대가 되지 않는군. 하지만 어떻게 되겠지. 그녀는 혼자이고 그녀를 죽이려는 자들은 많으니까."

남의 말 하듯 한 화운평이 의미있는 눈길을 던졌다.

"어때? 나와 내기하지 않을 테냐? 그녀가 내 수하들을 다 죽일 것이냐, 아니면 그전에 지쳐서 결국 당하고 말 것이냐. 너 같으면 어떤 쪽에 걸겠어?"

"너는?"

곡수린의 눈길이 더욱 싸늘해졌다. 화운평이 별로 생각하지도 않고 대답한다.

"바보냐? 당연히 그녀가 지쳐서 당하고 말 거라는 쪽에 걸지."

"그렇다면 내기는 성립되지 않겠군. 나도 같은 생각이니까."

"흐흐, 술도 없고 내기도 없다. 이건 재미없는 일이구나. 지겨워."

"나는 너를 처음 본다. 그런데 너는 나를 금방 알아보았어. 우리가 어디에서 만났던 적이 있던가?"

"귀령동천."

"아!"

곡수린이 크게 놀라 비틀거리며 두 걸음이나 물러섰다.

당시에 화운평은 혈사기주를 자칭하고 있었으므로 혈영자의 복장으로 진면목을 가리고 있었다.

그가 부정했다면 곡수린으로서는 알 수 없었을 텐데 그는 망설이지 않고 자신을 밝힌 것이다.

"역시 소문이 사실이었구나."

곡수린이 이를 악문 채 말했다.

사천무림에서 있었던 소란을 그도 들었던 것이다. 신검장이 혈사기주와 깊은 관계라더니, 세상에 신룡검협으로 널리 알려진 화운평이 곧 제이의 혈사기주였던 것이다.

"나를 죽일 셈이로군?"

비로소 화운평의 의도를 눈치 챈 곡수린이 다시 한 걸음 물러서며 그렇게 말했다. 어느덧 당혹감은 사라지고 무심한 그의 모습으로 돌아와 있었다.

화운평이 비틀거리는 몸을 가까스로 일으켜 세웠다.

"너는 그새 귀령소 노선배의 무공을 다 배운 거냐?"

"물론이다."

"흐흥, 그렇다면 대단하겠군?"

"굳이 시험해 볼 필요 없어. 이곳에 오기 전에 흡혈검귀 손막소와 장청이 이미 시험해 보았으니까."

"뭐라고? 그 아이를 만났었단 말이냐? 어떻게?"

화운평이 눈을 부릅떴다. 술기운이 싹 가시는 모양이다.

곡수린의 입가에 싸늘한 미소가 걸렸다.

"귀령동천에 들어가기 전에 나는 그 소악녀에게 죽음보다 지독한 모욕을 당했었지. 하지만 동천에서 나온 뒤에는 똑같이 되돌려줄 수 있었다. 그것도 별 힘을 들이지 않고 말이야."

"죽였느냐?"

화운평의 음성이 떨려 나온다. 곡수린의 마음은 더욱 차가워지기만 했다.

"통쾌하게 죽여 버리기에는 내가 당했던 일이 너무 지독했다. 그래서 고민했지."

"……."

"죽지도 살지도 못하는 처지로 만들어주었다. 그 소악녀는 평생을 짐승처럼 살면서 제가 내게 했던 일을 후회하겠지. 그거야말로 통쾌한 일이 아니겠느냐?"

"그렇군."

이제는 화운평의 음성도 담담해져 있었다. 곡수린은 그 안에 담겨 있는 지독한 살기를 느낄 수 있었다.

"올라오겠느냐?"

화운평이 한 손을 내밀어 제가 서 있는 붉은 담 위를 가리켰다.

"그런 짓을 하고도 이렇게 나를 찾아온 걸로 보아 너는 가히 나쁜 놈이 아니다."

곡수린과 마주 선 화운평이 풀썩거리는 웃음을 웃더니 말했다.

"아니면 장청을 꺾은 일로 자신이 넘쳐서 제 분수를 잊은 멍청이던가.”

“그녀는 너의 사매지?”

“또한 장차 결혼할 사람이기도 하지. 아니, 사람이었지.”

“……?”

“흐흥, 너에게 당해 죽지도 살지도 못하는 처지가 되었다면서? 너 같으면 그런 여자를 아내로 맞이하겠느냐?”

화운평은 다시 냉정하고 계산적인 그의 모습으로 돌아와 있었다. 곡수린이 머리를 끄덕였다.

“뭐, 상관없지. 너는 곧 죽을 테니까.”

화운평이 제 일을 남의 일 말하듯 한다면 곡수린의 말도 그에 못지않게 무심했다.

곡수린은 이렇게 화운평을 만났다는 게, 아니, 혈영자의 전인을 만났다는 게 즐거웠다. 강호를 헤매고 다닐 일이 줄었기 때문이다.

어쩌면 하늘에 닿은 귀령소 소양의 한이 자신의 걸음을 인도했던 건지도 모른다는 생각마저 들었다.

그랬기에 장청을 만났고 화운평을 만나지 않았겠는가.

운몽도 보았지만 그 일은 잠시 덮어두기로 했다. 언젠가는 귀령소와의 약속을 위해서라도 그를 죽여야 할 것이다. 그러나 지금은 눈앞의 화운평이 먼저인 것이다.

“귀령소 노선배님의 낯을 보아서 죽일 생각까지는 없었다. 하지만 장청의 일을 들었으니 죽일 수밖에 없겠어.”

그게 화운평의 진심이었다.

화운평의 말에 이번에는 곡수린이 피식 웃었다.

"그 귀령소 노선배님을 위해서 너를 죽이려는 거다."

"응? 그건 알 수 없는 말이군."

"귀령소 노선배님에게서 두 가지 부탁을 받았지. 그걸 해드리는 대가로 그분의 무공을 전해 받았다. 그중 하나가 바로 너를 찾아 죽이는 것이었어."

"어째서? 어째서 그분이 너에게 그런 조건을 단 거지?"

"네가 정주의 숭의산장에서 최명판관 염숭을 죽게 했으니까."

"아!"

"염 대협은 귀령소 노선배님의 유일한 혈육이었다. 여태까지 그분을 돌보아준 후견인이기도 했지. 그런데 너 때문에 죽었으니 그분의 노여움이 크지 않겠느냐?"

"그랬군. 그건 나도 알지 못하는 일이었다. 사부님께서도 아무 말씀 없으셨으니까. 알았다면 내가 그를 핍박했을 리가 없지."

화운평이 안타깝다는 듯 한숨을 쉬며 말했다.

"하지만 어쨌든 상관없어. 다 지나간 일이니까. 지금은 네가 나에게 살의를 품었고, 나 또한 그렇다는 게 중요할 뿐이다. 그렇지 않아?"

"술이 깰 때까지 기다려 줄 수 있다."

"핫하, 그럴 필요가 있을까?"

곡수린의 말에 화운평이 유쾌한 듯 웃었다. 어찌 보면 조금

도 곡수린을 꺼려하지 않는다는 거만한 태도였다. 곡수린이
귀령소의 전인이라는 걸 의식하지 못하는 것 같기도 했다.

"와라!"

화운펑이 두 발로 굳건히 버티고 서서 양팔을 활짝 벌리고
외쳤다.

조금 전까지만 해도 술에 취해 제 몸조차 가누지 못하더니
지금은 완전히 다른 사람이 된 것 같았다.

'내가 얼마나 강해졌는지 시험해 본다.'

곡수린은 어금니를 악물었다. 두 손에 한껏 공력을 불어넣
자 가슴이 터질 것처럼 흥분된다.

단전에 가득 차 있는 공력이 들끓어올라 금방이라도 폭발할
것만 같았다. 빨리 어디론가 분출해 버리지 않으면 안 될 지경
에 이르렀을 때, 곡수린의 입에서 굉렬한 기합성이 터져 나왔
다.

"끼요옷!"

콰쾅!

그의 두 손에서 쏟아져 나가는 장력은 마치 화탄을 쏘아낸
것 같았다. 뜨거운 열기가 순식간에 주변의 공기를 달구며 터
져 나간다.

귀령소로부터 전해 받은 나한추명권 중 극강한 위력을 자랑
하는 나한분천(羅漢分天)의 수법이었다.

좌수로 우수를 지탱하여 힘을 더해주며 밀어내는 것인데, 그
것에 귀령소의 내공이 고스란히 실려 있으니 가히 기암거석(奇

巖巨石)을 가루로 만들어 버릴 만했다.

　곡수린의 진경이 어떤 건지 한눈에 알아본 화운평도 얕잡아
보던 마음을 버리고 전력을 다해 쌍장을 밀어냈다.

第四章
변화(變化)

콰우우우―

두 사람의 기격이 산사태가 나는 것 같은 굉음을 내며 격돌했다.

쿠웅, 하는 웅장한 울림이 사방으로 퍼져 나가고, 풍혈사의 붉은 담장이 무너질 듯 요동을 쳤다.

화운평의 장력에는 혈영자 장학봉의 독문신공이자 옥황현문의 비전절기인 금황기공(金皇氣功)이 실려 있었다.

선천기문의 삼양신공과 함께 현천도련의 두 가지 기극기공(氣極氣功)이면서, 하늘 밖의 하늘에나 존재하는 신공이라고 해서 천외천공이라고 불리는 그것이다.

웅장한 기폭음(氣爆音)과 함께 충격파가 사방으로 터져 나갔다. 주변의 공기들이 한순간에 증발해 자욱한 수증기로 화한다.

"우욱!"

그 속에서 한마디 답답한 신음성이 흘러나왔다.

촤르르르―

기왓장이 마구 부서져 날리고, 붉은 담 위에 발자국 두 줄기가 길게 새겨졌다.

곡수린이 여전히 두 팔을 뻗어낸 채 무려 삼 장여나 주르륵 밀려났는데, 적지 않은 충격을 받은 듯 호흡이 뜨겁고 낯빛은 창백했다.

그에 비해 화운평은 제자리를 꼿꼿이 지키고 서 있었다. 그러나 입술을 악물었고, 두 발은 기왓장을 가루로 만들며 담장 속으로 발목 어림까지 빠져 들어가 있었다.

비록 그 한 번의 격돌로 곡수린을 물리쳤지만 그 또한 가볍지 않은 충격을 받은 것이다.

두 사람 모두 내부에 충격을 받았으나 곡수린이 내공 면에 있어서는 화운평에 비해 조금 부족하다는 게 여실히 드러난 일합이었다.

그도 그럴 것이, 화운평이 제 사부의 신공을 십이성 대성했다면 곡수린은 귀령소의 신공을 십성까지밖에 끌어올리지 못했기 때문이다.

화운평이 곡수린을 노려보며 흐흐, 하고 음침한 웃음을 흘렸다.

사부님 대에 있어서 아미검후 귀령소 소양은 그 무공의 화후가 혈영자보다 두어 푼 앞섰다고 했다. 그래서 천외삼비(天外三秘)를 아는 사람들은 항상 광명존자를 가장 우위에 두었고, 귀령소를 그다음에 두었다. 혈영자는 말석을 유지할 수밖에 없었던 것이다.

'하지만 이제는 아니다!'

곡수린의 혈색 없는 얼굴을 지그시 노려보며 화운평은 그렇게 자기 자신에게 소리쳤다.

비록 광명존자의 후인인 운몽과 싸워 동패구상(同敗俱傷)했지만 그것도 이제는 별 의미가 없다는 자신감이 있었다.

이제 귀령소의 전인까지 나타난 마당에 천외삼비의 서열은 제 손에 의해 새롭게 정해질 것이라는 자부심도 솟구친다.

"으ㅎㅎㅎ, 놈, 스스로 무덤 자리를 찾아왔으니 나를 원망하지는 못할 것이다."

화운평이 담장 속으로 푹 빠져 버린 발을 천천히 뽑아내며 음침하게 말했다.

곡수린도 두 발에 힘을 주어 신형을 더욱 안정시키며 눈빛을 빛낸다.

그는 한 번의 격돌로 화운평과 자신 사이의 내공의 고하를 확실하게 깨달았다. 그렇다면 미련하게 장력과 장력의 싸움을 고집할 필요가 없다.

"간다!"

아직 화운평의 왼발이 담장에서 뽑혀 나오지 않았을 때, 곡수린이 버럭 외치며 그대로 몸을 날려 부딪쳐 갔다.

그의 허리춤에서 번쩍이는 빛 한줄기가 찬란하게 뻗어 나왔다.

꽈르릉, 하고 벼락치는 것 같은 굉음은 억새 벌판 멀리까지 퍼져 나갔다.

허리띠로 허공을 쓸어가면서 운지는 저도 모르게 그곳을 바라보았고, 악착같이 그녀를 공격하던 흑의인들도 그랬다.

철담개 양우순이나 몰치광도 왕가기는 물론 그들을 공격하던 사령 또한 절로 고개가 돌아갔다.

그들은 모두 저 멀리 희끄무레한 어둠 속에서 두 사람이 격돌하는 걸 보았다.

스러져 가는 마지막 노을빛을 받아 붉게 타오르는 바위 비탈 위. 풍혈사의 붉은 담장 위에서 두 사람이 부딪치고 있는 게 환상처럼 보인다.

"공자!"

금쇄도 나평이 놀라 소리쳤고, 운지도 그 뜻밖의 일에 '아!' 하고 놀람의 외침을 터뜨렸다.

그녀의 밝은 눈은 그중 한 사람을 알아본 것이다. 역시 화운평이다.

그와 당당하게 맞서고 있는 자는 누구인지 모른다. 하지만 화운평을 상대하고 있다는 것만으로도 화후가 초절한 경지에 이른 자라는 걸 짐작할 수 있다.

또 한 명의 초인이 등장한 것이다.

"이렇게 시간을 끌 수 없다! 빨리 끝내 버려!"

금쇄도 나평이 악을 썼다.

제 뜻 같아서는 벌써 양우순과 왕가기를 쳐 죽이고 운지를 요절냈어야 하는데 그렇지 못하니 짜증이 나던 참이었다.

그러던 차에 화운평이 정체를 알 수 없는 자에게 공격당하고 있는 걸 보자 눈이 뒤집힌다.

이제는 무사히 임무를 마친다고 해도 화운평으로부터 신랄한 질책을 받게 될 것이다.

그가 자신의 금쇄도에 부쩍 힘을 실어 미친 듯 왕가기에게 부딪쳐 갔다.

그의 외침을 들은 자들도 정신을 차리고 목숨을 도외시한 채 운지와 양우순을 몰아쳤다.

"이것들이 죄다 미쳤나 보다! 오냐, 확실히 미치게 해주마!"

왕가기가 큰 칼을 마구잡이로 휘둘러 제 앞의 공간을 지키며 버럭 소리쳤다.

그의 험상궂은 얼굴 가득 불같은 화가 타오르고 있었다. 그 또한 좀체 끝나지 않는 이 싸움에 짜증이 솟구치고 울화통이 터졌던 것이다.

"우와악!"

야수가 울부짖듯 커다랗게 외친 왕가기가 미친 듯 칼을 휘두르며 좌충우돌하기 시작했다. 수비식이라고는 조금도 없는 무지막지한 공세다.

그의 힘은 대체 바닥이 없는 것 같았다. 두 명의 영주를 상대로 해서 벌써 수십 합을 겨루었는데도 전혀 지치지 않고 있으니 그렇다.

그에 비해 운지는 지친 기색이 역력했다. 그녀를 사방에서 몰아치고 있는 흑의무사들이 죽기를 무릅쓰고 달려드는 데 비해 운지는 그들의 목숨을 빼앗을 마음이 없으니 몇 배나 더 힘이 드는 것이다.

그녀의 깊은 내공도 샘솟듯 무한정 솟아나는 건 아니었다. 허리띠에 실려 있는 금황예편기가 처음과는 비교할 수 없이 약해져 있는 게 확연하다.

흑의인들은 반이 넘게 쓰러져 억새 벌판을 검게 채색하고 있었는데, 그것만으로는 충분치 않았다. 아직도 반이나 남아 있는 것이다.

남은 자들은 쓰러진 자들에 비해 현저하게 약해진 운지의 금황예편기를 상대하면 되었다. 상대적으로 그자들의 공세가 더욱 강해진 것처럼 느껴질 수밖에 없다.

'죽여! 죽여 버려야 해!'

운지의 마음속에서 운수 비구니가 그렇게 소리치고 있었다.

'아미타불.'

사부 소정 사태의 떨리는 불호 소리가 그것을 물리친다.

'극락이 있는데 지옥이 왜 있어야 하는지 그걸 잘 생각해 보아라.'

소령 사숙의 차가운 음성이 다시 그것을 억누른다.

‘그를 죽여야 한다.’

운지의 이성이 그렇게 알려주었다.

이제는 신검장의 공자 화운평이 혈영자를 대신하는 자라는 걸 의심할 필요가 없다.

혈영자와, 그의 전인을 죽여 아미산을 지키는 게 제가 강호에 나온 목적 아니던가. 그걸 잊어서는 안 된다.

그래서 운지는 위험을 무릅쓰고 이곳에 왔고, 그녀의 뜻대로 눈앞에 화운평을 두고 있었다.

그런데 그가 다른 사람과 싸우고 있다.

‘내 손으로 해결해야 한다.’

운지는 마음을 모질게 먹을 수밖에 없는 상황이라는 걸 잘 알았다. 자비심만으로는 마귀를 제도할 수가 없다는 것도 실감한다.

그러자 그녀의 수법이 달라졌다.

“비키지 않으면 이제는 목숨을 잃을 수도 있어요.”

경고해 주었지만 흑의인들은 조금도 달라지지 않았다. 여전히 지독한 살기를 품은 채 이를 악물고 달려들기만 한다. 그들의 번쩍이는 검광이 사방에서 우박처럼 떨어졌다.

결심을 했으면서도 또다시 망설이던 운지가 기어이 손을 떨쳤다.

“이얏!”

처음으로 그녀의 입에서 높고 맑은 기합성이 터져 나왔다.

꺼져 가는 불 위에 기름을 부은 것처럼 위축되었던 금황에

편기가 화르르 되살아난다.

그것이 허리띠를 타고 전류처럼 치달았다.

짜자자작—

허공에 뇌격음(雷擊音)이 작렬하고 뜨거운 열기가 되어 공기를 태우며 폭사되어 나갔다.

"끄아아악!"

최초의 비명이 터져 나왔다. 후두둑거리며 조각난 육신이 파편처럼 흩어지고 붉은 선혈이 소나기가 되어 쏟아진다.

운지의 허리띠는 이제 이글거리는 불의 채찍이 되었다. 그것이 꿈틀거리며 으르렁거리는 용트림을 할 때마다 살아 있는 한 마리의 화룡(火龍)이 이리저리 나는 것 같았다. 입을 쩍 벌려 불길을 토하고, 번쩍이는 몸뚱이로 제게 부딪치는 모든 걸 부수어 버린다.

돌변한 운지의 그 가공할 수법 앞에서 혈사대의 무사들은 비로소 당황하고 겁을 먹었다.

철담개 양우순과 몰치광도 왕가기가 그런 운지의 모습에 놀라 멍하니 멈추어 섰고, 그들을 공격하던 사령들 또한 찢어질 듯 눈을 부릅뜬 채 굳어버렸다.

그때 풍혈사의 붉은 담장 위에서도 가공할 싸움이 벌어지고 있었다.

피이잉—

곡수린의 검이 허공을 얼려 버릴 듯 차가운 냉기를 뿌리며 좌우로 어지럽게 떨어졌다.

현천지검의 그 차가운 검광에 갇혀 옴짝달싹하지 못하는 것처럼 보이던 화운평이 '이얏!' 하는 기합성을 터뜨리며 드디어 제 검을 뽑아 들었다.

따다다당—

요란한 몇 번의 쇳소리.

번쩍이는 검광과 그것이 뿌리는 피처럼 붉고 푸른 불똥이 마구 흩날린다.

"으음—"

화운평이 악문 이 사이로 무거운 신음을 흘리며 성큼 물러섰다.

곡수린의 검에 실려 밀려드는 기운이 생각보다 심중했던 것이다. 게다가 무쇠를 진흙 베듯 하는 자신의 보검이 상처를 입고 있지 않은가. 네 번의 검격을 정면에서 막아낸 대가로 네 군데나 보기 흉하게 이가 빠졌던 것이다.

곡수린이 이글거리는 눈으로 놀란 화운평을 직시하며 다시 검을 들어 올렸다. 가슴 앞에 누이고 왼손으로는 검결을 짚어 눈높이로 천천히 들어 올린다.

귀령소의 절세광검 십이식 중 운해옥궁(雲海玉宮)이라는 초식의 기수식이었다.

2

"절세광검!"

그것을 알아본 화운평이 낯을 찌푸렸다. 제 사부로부터 귀령소의 검법이 어떤지 익히 들어 알고 있던 터라 감히 경시할 수가 없다.

그는 곡수린을 또 한 명의 초인으로 인정하지 않을 수 없었다. 그에 대한 경계심과 함께 증오가 끓어오른다.

화운평도 천천히 검을 끌어 올려 제 가슴을 가리며 왼손으로는 검결을 짚었다.

사부인 혈영자 장학봉의 검법 중 정수라고 할 수 있는 철기패검(鐵氣覇劍)을 시전하려는 것이다.

그것은 세외이비(世外二秘) 중 하나인 옥황현문의 진산검법으로써 내력만 뒷받침되어 준다면 세상에 두려울 게 없는 검법이다.

오직 한 번, 선천기문의 분광십이검에 패했을 뿐, 패배를 모르는 절대검법이 바로 철기패검이었다.

사부는 한 번도 귀령소의 절세광검과 싸워본 적이 없지만 그녀의 검법은 결코 무시할 수 없다고 누누이 말했다.

세상에는 오직 세 개의 검법이 있을 뿐인데, 그중 하나가 바로 귀령소의 절세광검이라고도 말했었다. 그 나머지는 돌아볼 필요도 없는 것이다.

화운평은 제 대에 이르러서 그 절세광검 십이식과 싸워볼 수 있다는 생각에 긴장과 함께 더할 수 없는 흥분을 느꼈다.

내공에 있어서는 제가 곡수린보다 한 단계 위라는 게 증명

되었으니 두렵지도 않다.

그러나 그런 자만심도 잠시, 천천히 방위를 바꾸고 있는 곡수린의 검을 유심히 살펴본 화운평이 '아!' 하고 낮은 탄성을 흘리며 다시 두 걸음 물러섰다.

"그건, 그건… 현천지검이 아니냐? 어떻게 해서 네가 그것을 지니고 있는 거지?"

비로소 자신의 보검이 견디지 못했던 게 이해되었다. 곡수린의 손에 있는 검이 검 중의 검이라고 불려야 하고, 모든 보검의 으뜸으로 꼽히기에 부족하지 않은 현천도련의 보물이라는 걸 알아본 것이다.

세상에 나와 있는 현천삼보 중 두 번째로 꼽히는 것이기도 하다.

첫 번째는 현천도록인데, 그건 제 사부의 손에 있었고, 두 번째가 현천지검이며 세 번째는 광세동경(光世銅鏡)이다. 그건 어디에 있는지 알 수 없다. 어떤 쓰임이 있는 건지도 세상에 알려지지 않았다.

그 현천지검이 곡수린의 손에 있다는 걸 알았으니 더욱 긴장하게 된다.

'이건 기회가 틀림없다.'

화운평은 자신의 긴장을 달래주기 위해 애써 그렇게 생각했다. 곡수린을 죽이고 현천지검을 손에 넣으면 현천삼보 중 두 개를 제 사문에서 지니게 되지 않겠는가.

현천비동을 열려고 하는 사부의 소망이 이루어질 수 있다.

그리고 그로 인해 취하게 될 모든 영광은 결국 제 것이 될 터였다. 장청도 사라졌으니 사부 장학봉의 유일한 계승자는 바로 자기 한 사람뿐이지 않은가.

'내 대에서 드디어 옥황현문의 이름으로 천하를 손에 넣을 수 있게 된다.'

그건 생각만 해도 가슴이 뛰는 일이었다. 바로 그와 같은 날이 올 것을 바라며 아버지는 평생 쌓아온 신검장의 명예를 버렸고, 자신은 진면목을 감춘 채 이날까지 고된 수련을 해왔다.

지금은 그 모든 것을 이룰 수 있는 두 개의 기회 중 한 개가 이렇게 제 눈앞에 나타났다는 걸 기뻐해야 할 때라고 생각했다. 현천지검에 대한 두려움 따위는 잊어도 좋은 것이다.

곡수린이 검끝에 저의 모든 정신과 내공을 운집해서 그것의 힘을 극대화시키고 있다면 화운평은 고요함을 지키고 있었다.

그러던 어느 때부터인가 그의 검에서 우우우우— 하는 웅장한 소리가 나기 시작했다. 주변의 공기가 천천히 맴돌며 화운평의 검봉에 모이는 것 같다. 그러더니 기류의 요동이 점점 빨라졌다. 회오리치듯 한다.

천지간의 기운이 모두 화운평의 검 속으로 빨려 들어가는 것처럼 느껴지는 광경이었다.

드디어 그의 검에 뿌연 기운이 서려서 몽롱해지더니 그것이 화운평마저 감쌌다.

"차핫!"

그때 공력을 극대화시킨 곡수린이 우렁찬 외침을 터뜨리며 맹렬하게 검을 뿌렸다.

처음부터 절세광검 십이식 중 가장 빠르고 신랄한 제구식 음천분뢰(陰天分雷)를 펼친 것이다.

콰아아아—

엄청난 검기 검광이 수십 개의 번갯불이 번쩍이듯 쏟아져 들어왔다. 그 앞에서 화운평은 불타고 쪼개질 제 운명을 기다리는 한 그루 고목과 같았다.

그가 두 발을 담장에 박아 넣은 것처럼 우뚝 서서 천천히 검을 움직였다.

그를 감싸고 있던 몽롱한 기운이 일렁이며 커다란 너울을 만든다. 그것이 곡수린의 현천지검을 맞이했다.

쿠쿠쿠쿠—

거대한 바윗덩이들이 마구 굴러 내리는 것 같은 굉음이 무겁고 웅장하게 들려왔다.

화운평이 만들어낸 강기의 장막을 뚫는 곡수린의 검은 그 쾌속함이 반 넘게 감해져 있었다. 온 힘을 기울여 찔러 넣을 때마다 힘이 빠르게 감쇄된다.

곡수린은 제가 마치 수십 겹으로 쌓인 두텁고 질긴 육질(肉質)의 벽 속으로 검을 찔러 넣는 것 같은 느낌을 받았다.

더욱 공력을 주입해 검을 내뻗고 있지만 그만큼 반발력도 강해진다.

곡수린은 화운평의 화후가 저보다 한 단계 위라는 걸 절실히 느꼈다. 제 손에 있는 게 보검 중의 보검이 아니었다면 벌써 유리가 깨지듯 조각조각 깨져 버렸을 것이다.

숨이 막히는 중압감 때문에 곡수린의 얼굴이 벌겋게 달아올랐다.

이 난관을 뚫지 못하면 승리도 없다는 생각이 그를 초조하게 했다. 승리하지 못하면 귀령소와의 약속도 지킬 수 없게 된다.

"이야압!"

곡수린이 목청껏 기합성을 터뜨렸다. 자신의 모든 힘을 이 한 번의 검격에 쏟아 넣는 것이다.

콰아아—

기어이 그의 검이 화운평의 강막을 찢고 뚫었다. 웅웅거리며 검신이 비명 같은 울음을 터뜨리고, 금방이라도 부서져 버릴 것처럼 요란하게 진동을 한다.

검을 쥐고 있는 손아귀에 감각이 사라졌다. 그것이 팔꿈치를 타고 밀려들어 어깨까지 마비시킨다.

하지만 곡수린은 아직 검을 굳게 움켜쥐고 있었고, 그의 검봉에 실려 있는 막중한 내공은 흩어지지 않았다. 그것이 쇠뇌처럼 화운평의 가슴을 노리고 쏘아져 나간다.

"으음—"

자신이 전력을 다해 펼친 호신강기가 기어이 곡수린의 검에 의해 찢어지는 걸 보며 화운평은 무거운 신음을 흘렸다.

그는 직접 겪고 있으면서도 곡수린이 그 짧은 기간 동안 이처럼 놀랍게 변했다는 걸 믿기 힘들었다.

하지만 가슴에 닿을 듯 밀려들고 있는 검은 꿈이 아니다.

자신의 호신강기가 뚫렸다는 것 또한 믿기 싫지만 인정하지 않을 수 없다.

지금의 무림에서 이렇게 할 수 있는 자는 오직 운몽과 곡수린이 있을 뿐이라고 생각한다. 아니, 아미검후가 되어 나타난 운지의 능력도 이와 같을 것이다.

'갈 길이 멀다.'

화운평이 입술을 악물었다. 사부는 광명존자와 귀령소라는 장애물을 뛰어넘지 못해 좌절했지만 자신의 대에서는 반드시 운몽과 곡수린, 그리고 운지를 뛰어넘어야 한다는 각오를 새롭게 했다.

그리고 그 순간 화운평의 검이 웅장한 검명(劍鳴)을 터뜨리며 움직였다.

쩌르르릉, 하는 쇳소리가 그의 검에서 터져 나왔다. 수십 개의 쇠공을 굴리는 소리 같기도 하고, 그것들이 부딪치는 것 같기도 한 요란한 소리였다. 화운평이 호신강기를 거두고 드디어 본격적으로 철기패검식을 전개한 것이다.

그 이름처럼 그것은 극강한 철의 기운을 두르고 있는 검법이었고, 지극히 패도적인 검법이었다.

한 번 초식을 펼치기 시작하자 웅장한 기운과 함께 강렬하기 짝이 없는 검초가 둑 터진 물처럼 와르르 쏟아져 나왔다.

화운평의 호신강기가 사라진 즉시 곡수린의 검초도 제 본연의 모습을 되찾았다.

그의 공력을 가득 실은 현천지검이 꿈틀거리며 철의 기운을 헤치고 깨뜨려 간다. 그때마다 요란하면서 웅장한 쇳소리가 거푸 터져 나왔다.

곡수린은 부족한 자신의 내공을 보검으로 대신했고, 화운평은 자신의 두터운 공력으로 철극기공을 극한까지 끌어올리며 맞섰다. 그래서 두 사람의 싸움은 용호상박이라는 말에 부족함이 없을 만큼 치열하고 강렬했다. 어디에서도 이와 같은 싸움을 볼 수 없을 것이다.

살기와 살기가 부딪치고, 결연한 의지가 폭발하며, 이기고 말겠다는 신념이 지나쳐 죽음마저 도외시한 무모함이 되었다.

그 안에 담겨 있는 치열함이 그와 같았으나 겉으로 드러난 그들의 싸움은 아름다운 조화를 이루는 춤과 같았다.

남자들의 검무. 그것에 강한 기운이 흘러넘치니 단단함과 굳셈에서 느껴지는 아름다움이 극대화된다.

카카카카캉—

두 자루의 보검이 서로를 긁어대며 이를 갈았다. 폭죽을 터뜨린 것처럼 불똥이 튕겨져 나오고 쩌르릉거리는 쇳소리가 뇌성인 듯 울린다.

카카카카캉—

귀청을 찢어놓을 것 같은 소리. 그것에 실린 충만한 기운과 살기에 스멀스멀 밀려들고 있던 어둠마저 주춤거리며 숨을 죽였다.

팔목을 저르르 울리는 짜릿한 충격파. 그건 참으로 오랜만에 느껴보는 고통이면서 상쾌함이었다.

"좋구나!"

화운평이 저도 모르게 소리쳤다. 한껏 흥이 올라 제가 지금 목숨을 내놓고 싸우고 있는 건지, 홀로 검무를 추고 있는 건지도 잊을 지경이 된 것이다.

그 깊은 몰입 속에서 그의 내공은 더욱 활성화되었고, 그의 검법은 더욱 완벽해졌다.

그에 비해 곡수린은 초조함이 더해져 가고 있었다. 손에 현천지검을 쥐고 있지만 제 생각처럼 쉽게 상대를 이길 수 없다는 사실이 그렇게 만들어주었던 것이다.

초조해질수록 손발이 급해지고 마음은 더 급해졌다. 그러자 평정심마저 흔들린다.

검법의 수련과 그를 통한 수양이라는 의미에 있어서 곡수린은 화운평에게 미치지 못했던 것이다. 그건 생각지 못한 일이었다.

아무리 서로 간의 무공과 조예가 비슷하다고 해도 그와 같은 상황에서는 점차 차이가 벌어질 수밖에 없다.

무공이 어떤 경지에 오르면 수법과 능숙함의 차이가 없어지는데, 그때에 중요한 것이 바로 지금과 같은 마음의 상태였다.

타고난 기질과도 관련이 있고, 개인의 수양과도 관련이 있다. 그리고 그러한 점에서 곡수린보다 화운평이 앞섰다.

그것이 빠르게 두 사람 간의 격차를 벌려놓는다.

"이얏!"

자신의 검이 밀리고 있다는 걸 느낀 곡수린이 마지막 발악을 하듯 외치며 미친 듯 검을 휘둘렀다.

윙윙거리는 검명이 하늘에 닿고, 그것이 쏟아내는 기운이 땅을 뒤흔든다.

우르르르—

풍혈사의 붉은 돌담이 금방이라도 무너질 것처럼 요동을 쳤다. 그것을 떠받치고 있는 거대한 바위 비탈 전체가 신음을 흘린다.

"가랏!"

몰아의 경계에서 화운평이 붉은 입을 크게 벌리며 그렇게 외쳤다. 뜨거운 숨결과 함께 불길이 토해지는 것 같은 외침이었다.

콰르르릉—

이가 빠지다 못해 이제는 톱처럼 변해 버린 그의 보검에서 더욱 크고 웅장한 쇳소리가 터져 나왔다. 철갑마(鐵甲馬)들이 바위를 두드리며 질주하는 것 같은 소리였다. 충차(衝車)가 두터운 성문을 깨뜨리는 것 같은 소리다.

그것이 억새 벌판에 쩌르릉 울려 퍼지고, 곡수린이 피를 뿜어내며 붉은 담장 아래로 추락하는 게 보였다.

"크윽!"

화운평도 무사하지는 못했다. 그가 휘청거리더니 이제는 흉물스럽게 변해 버린 검에 의지하여 가까스로 쓰러지는 걸 면했다.

그의 부릅뜬 눈에 피를 뿌리며 달아나고 있는 곡수린의 모습이 흐릿하게 보였다.

3

곡수린은 화운평의 마지막 일검에 심중한 부상을 입었다. 어깨를 깊이 찔리고, 상처를 통해 파고든 철극기공에 의해 요혈에 손상을 입은 것이다. 급히 운기하여 중요한 몇 군데의 혈도를 스스로 봉했으나 더 버티고 있을 수가 없었다.

그는 화운평 또한 자신의 검초에 의해 부상을 당한 건 물론, 무리한 내공의 발출로 내상을 입었다는 걸 알았지만 마지막 검초를 떨쳐 내지 못했다. 저의 부상이 더욱 심각했기 때문이다.

분했다. 미친 듯 벌판을 등 뒤에 두고 달려가면서 이를 부드득 부드득 갈아댄다.

자신의 내공이 십이성에 이르지 못했다는 게 이처럼 억울할 수 없고, 화운평이 그새 혈영자의 신공을 대성했다는 게 이토록 분할 수가 없다. 그의 화후가 이미 과거의 혈영자를 대신할 만큼 높아졌다는 건 귀령소도 모르고 있을 것이다.

그녀와의 약속을 지키기가 어려워졌다는 생각에 아뜩해지기도 한다.

이래 가지고서야 언제 화운평을 죽이고 운몽을 죽여 자유로운 몸이 될 수 있단 말인가.

"돌아간다!"

금쇄도 나평이 힘껏 왕가기의 칼을 뿌리치고 물러서며 그렇게 소리쳤다. 그새 벌판에는 흑의무사들의 주검이 즐비하게 깔려 있었다.

한 번 마음을 독하게 먹고 살수를 펼치기 시작하자 운지는 조금 전까지의 그 청순하고 여리던 아가씨가 아니었다. 나찰이 따로 없다고 해야 할 만큼 무시무시하게 변했던 것이다.

상황이 급박하게 기울어가기만 하는데, 화운평마저 부상을 입은 듯 주저앉고 있지 않은가. 이래서는 다 틀린 일이었다. 이제는 운지를 잡는 것보다 화운평을 지키고 보호하는 일이 더 급하게 되었다. 이건 누구도 예측하지 못했던 변화였다.

나평이 몸을 빼서 힘껏 달리자 아직 살아남아 있던 자들이 모두 그 뒤를 따랐다.

놀란 메뚜기 떼가 흩어지듯이 전력을 다해 풍혈사의 붉은 담을 바라보고 달려간다.

운지는 더 움직일 수 없었다. 거친 숨을 헐떡이며 어느덧 핏물에 젖어 붉게 변해 버린 허리띠를 늘어뜨리고 있다.

지친 건 철담개 양우순이나 몰치광도 왕가기도 그녀 못지않았다. 그들은 일각만 더 시간이 지났더라도 사령의 파상적인 공세를 감당하지 못하고 스스로 주저앉아 버렸을 것이다.

죽음을 코앞에 두고 절망하던 참인데 그들이 갑자기 썰물처럼 빠져나가 버리자 허탈해지기도 한다. 그래서 운지처럼 꼼짝하지 못하고 멍하니 서 있기만 했다.

"제기랄."

왕가기가 핏물로 질펀해진 땅 위에 털썩 주저앉았다.

밤이 깊었다.

차가운 이슬이 내려 대지를 뒤덮지만 억새 벌판에 가득한 피 냄새마저 덮어버리지는 못했다.

운지는 넋을 잃은 사람처럼 어느덧 죽음의 땅으로 변해 버린 그 차갑고 습한 곳에 앉아서 멍하니 밤하늘만 바라보고 있었다.

별이 촘촘하게 박혀 있는 하늘은 밤안개에 덮여가는 땅과 달리 맑고 깊었다.

운지는 제가 저 하늘에 있기를 원했다. 이처럼 습하고 음산한 땅 위에 아직 남아 있다는 게 못 견디게 괴롭다.

제 손에 의해 죽어야만 했던 흑의인들을 생각하고, 그들이 뿌린 피 냄새를 호흡할수록 괴로움이 더해간다.

대체 몇 명이나 죽인 건지, 그들의 원망의 부르짖음이 금방이라도 젖은 땅거죽을 뚫고 솟구쳐 오를 것만 같아 무섭다.

"너는 이제 더 이상 운지가 아니야."

슬프게도 자기 자신에게 그렇게 중얼거려줄 수밖에 없었다. 그 현실이 비참하게 여겨지기만 한다.

아무리 힘들고 고된 수련을 쌓아 강호에 나왔다고 해도 처음 누구를 죽이는 일은 망설여질 수밖에 없다. 그리고 그 첫 경험이 주는 충격에서 한동안 벗어나지 못한다.

하지만 운지는 그런 충격보다도 제가 한 일에 대하여 실감할 수 없다는 허탈함 때문에 더욱 당황하고 있었다.

허리띠를 통하여 손바닥 가득 느껴지던 살아 있는 것들의 질량감은 충분히 느꼈다. 그것들이 갈라지고 터져 나가는 그 느낌도 질릴 만큼 느꼈다.

그게 문제였다.

적들에게 둘러싸인 채 심경이 급변하여 죽여야 한다고 생각한 순간 그렇게 했는데, 한꺼번에 수많은 무리를 상대하다 보니 제가 죽이는 자에 대하여, 제 행위에 대하여 돌이켜 생각해 볼 여유가 없었던 것이다.

본능적으로 살수를 뿌렸을 뿐이던 그 당시에는 제 행위의 끔찍함을 돌아볼 수가 없었다.

그런데 이제 모든 상황이 끝나고, 아직 이렇게 살아서 죽은 자들의 피 냄새를 호흡하며, 음습한 죽음의 기운을 느끼게 되자 비로소 걷잡을 수 없는 후회와 허탈함이 밀려들었다.

벌레 한 마리도 죽이지 못했던 제가, 자비를 근간으로 하는 불법을 배우고 수행해 온 제가 이처럼 무지막지한 일을 저질렀다는 자책감을 떨쳐 버릴 수가 없다.

그래서 운지는 스스로를 죽인 사람이 되었다. 이제 더 이상 아미산의 철부지 운지는 어디에도 없는 것이다.

강호에 나온 아미검후가 있을 뿐이고, 한 사람의 여협이 되어 남았을 뿐이다.

그리고 그 사람은 앞으로도 이와 같은, 아니, 이보다 몇 배는

더 지독한 심성이 되어서 더 많은 사람들의 목숨을 빼앗게 될
지도 모른다. 그럴 것이다.

그 생각에 운지는 슬퍼졌다. 제 초라한 모습을 보는 게 고통
스럽다. 그래서 운다.

운지가 그렇게 제 자신의 변해 버린 모습에 슬퍼하며 고통
스러워하고 있을 때, 다른 곳에서 다른 한 사람은 분노로 인한
고통으로 치를 떨고 있었다.

화운평이다.

"또 실패했다."

그의 두 눈 깊은 곳에서 분노의 불길이 이글거렸다.

누구도 아닌 제 자신에 대한 분노였다. 그리고 자꾸만 어그
러지는 이 상황에 대한 분노다.

이것을 운명이라고 한다면 그것을 만들고 주재하는 자를 찾
아 갈기갈기 찢어버리고 싶기만 하다.

그는 낡은 사당에 짐승처럼 웅크리고 앉아서 거친 숨을 씩
씩거리고 있었다.

곡수린과의 격전으로 입은 내상은 중요하지 않았다. 그를
고통스럽게 하는 건 자신의 보검을 잃어서도 아니다. 제 앞길
에 자꾸만 방해하는 자들이 나타난다는 사실이 불만스럽고 분
해서 고통스러운 것이다.

더구나 곡수린 같은 자에게 가로막혀 뜻을 이루지 못했다는
게 더욱 원통했다.

신룡검협이라고 불리며 강호의 후기지수 중 으뜸이라는 신분으로 활동하고 있을 때, 화산수재 곡수린은 제 발치에도 미치지 못하던 자 아니었던가. 그런데 지금은 귀령소의 전인으로서 자신과 대등하게 싸울 수 있는 자가 되었고, 이처럼 자신에게 좌절을 안겨주는 자가 되어 있다는 게 더욱 분하다. 자존심이 상했기 때문이다.

"사부님께 이번 일을 뭐라고 변명한단 말이냐."

한숨을 쉬고 중얼거리는 그의 얼굴 가득 허탈한 웃음이 배어났다.

정주 숭의산장에서는 운몽으로 인해 심각한 부상을 입고 손막소의 등에 업혀 겨우 금룡협의 비동으로 돌아갈 수 있지 않았던가.

사부는 그때 이미 저에게 실망했을지도 모른다.

그런데 제 가문인 신검장이 주최했던 사천에서의 계획이 운지의 등장으로 인해 실패하더니, 이곳에서의 일 또한 엉뚱한 자의 등장으로 실패했다.

'냉철한 사부는 당신의 후계자 감으로 내가 부족하다고 여길지도 모른다.'

그런 생각에 등골이 서늘해지기도 한다.

만약 제 사부가 만에 하나 그런 마음을 품는다면 여태까지 이루어왔던 것들이 한순간에 물거품이 될 수도 있다는 생각에 초조해졌다.

'내 아버지와 신검장, 그리고 나를 위해 스스로를 희생해 온

보옥에 대하여 나는 씻을 수 없는 죄를 짓게 된다.'

그건 있을 수 없는 일이고, 있어서도 안 되는 일이었다.

한동안 이를 부드득, 부드득 갈며 분해하던 화운평이 신경질적으로 소리쳤다.

"돌아가자! 돌아가! 금룡협으로 돌아간다!"

그곳에서 마지막 기회를 갖게 될 것이라고 생각하는 마음이 분하고 착잡하기만 했다.

그 마지막 기회마저 제대로 살리지 못한다면 정말 여태까지의 모든 노력과 인내가 물거품이 되어버리고 말 것이기 때문이다.

第五章
강호는 혼란에 빠지고

“정말 가보지 않을 거요?”

“…….”

“이건 운 소협 사문과도 심대한 관계가 있는 일로 알고 있소이다만…….”

그러나 운몽은 선뜻 대답하지 못했다. 그럴 수가 없었던 것이다.

대악 염창이 끌끌, 혀를 차고 다시 말했다.

“이렇게 망설이고 있는 시간만큼 늦게 된다는 걸 생각해 보기 바라오.”

“운 형제!”

답답함을 참을 수 없었던지 이청풍이 버럭 소리쳤다.

"대체 언제까지 그렇게 고집을 부릴 건가? 나는 운 형제가 크고 작은 일을 구분할 수 있을 만한 사람이고, 중요하고 덜 중요한 일을 가릴 줄 아는 사람이라고 믿네."

고개를 숙이고 있던 운몽이 천천히 그를 에워싸고 있는 사람들을 둘러보았다. 모두가 재촉하고 있는 눈길이다.

그러나 딱 한 사람. 운몽과 눈이 마주친 도척만은 그렇지 않았다.

"흥!"

그가 코웃음을 치더니 말했다.

"언제 현천지검을 찾으러 갈 테냐?"

그의 관심은 현천선부에 있지 않았다. 그것쯤이야 아무것도 아니라고 생각하는 것이다. 그 점에 있어서 그는 자유로운 사람이었다. 제가 상관하고 싶지 않으면 그만이기 때문이다.

하지만 운몽은 그럴 수 없었다.

—현천선부가 나타났다.

그 말은 바람결에 실려오듯 운몽의 귀에 들어왔고, 숭의산 장에서 할 일 없이 빈둥거리고 있던 모두에게 들려왔다.

어제의 일이었다.

답답해서 못살겠다고 벌컥 화를 내고 산장을 뛰쳐나갔던 소악 황령이 두어 시진 뒤에 헐레벌떡하며 뛰어들어 왔는데, 첫마디가 그 소리였다.

“현천선부가 나타났다!”

그의 한마디에 모두 크게 놀라 ‘억!’ 하고 비명을 터뜨렸다.

“밖에 소문이 쫙 퍼졌다!”

황령이 흥분하여 손가락으로 숭의산장 밖을 가리키며 마구 고함쳐 댔다.

“대체 우리는 뭐냐? 이 빌어먹을 산장에 처박혀서 꼼짝하지 않고 있으니 우물 안 개구리 꼴과 다를 게 없잖아!”

그러고 보니 다들 벌써 열흘 가까이 꼼짝하지 않고 있었다.

운몽은 낯이 뜨거워졌다. 저 때문에 괜히 많은 사람이 허송세월하고 있다는 생각이 들었던 것이다.

아무런 대가를 치러주지도 못하건만 다들 저를 떠나지 않고 있으니 더욱 미안한 마음이 든다.

하지만 망설이지 않을 수 없었다. 지금이라도 당장 운지가 숭의산장의 문을 두드릴 것만 같았기 때문이다.

여태까지 기다려 왔는데, 그 기다림의 시간이 십 년, 백 년인 듯했는데, 그걸 한순간에 내버리고 뛰쳐나갈 수가 없다.

운몽이 슬픈 얼굴로 말했다.

“나는 여기서 좀 더 기다리도록 하겠습니다. 그러니 여러분은 지금이라도 좋을 대로 하십시오. 현천선부를 찾고 싶은 마음이 있다면 당장 떠나도 상관없습니다.”

“운 소협!”

그의 말에 제일 먼저 대악 염창이 버럭 소리쳤다. 단단히 화가 난 사람 같았다.

"그런 서운한 말이 어디 있단 말이오? 우리는 모두 운 소협과 생사고락을 함께하기로 작정한 사람들이오. 운 소협도 모르지 않을 텐데? 그런데 이제 와서 우리를 떼어내 버리겠단 말이오?"

"아니, 제 말은 그게 아닙니다. 여러분께서 소악 황 선배처럼 마음이 급할 것 같아 드린 말씀입니다."

그 말에 대악이 제 동생을 무섭게 노려보았고, 황령은 쩔쩔매며 이런저런 변명을 마구 늘어놓았다.

도척이 넌지시 말했다.

"나는 쫓아낼 수 없을걸? 나야말로 너의 그림자가 되기로 작정한 사람이니까 말이다."

운몽이 지니고 있는 달마혜검 때문이다. 그것을 돌려받지 않는 한 도척은 제 말처럼 운몽의 그림자가 되어 따라다닐 것이다.

그날 밤 내내 운몽은 어떻게 해야 좋을지 고민했다. 상문경과 상문경가 번갈아 드나들며 그런 운몽을 위로했는데, 그녀들의 말은 하나같이 운지를 기다리라는 것이었다.

비록 현천선부의 비밀을 밝히는 게 중요한 일이기는 해도 운몽 개인을 위해서는 역시 운지를 기다리는 게 좋겠다며 힘을 실어주었던 것이다.

운몽은 그게 여자들의 공통된 마음이라는 걸 알았다. 사랑이라는 것 앞에서 신외지물은 아무 가치가 없는 것이다.

그렇게 그들 두 아가씨도 사랑에 눈이 멀어 제 곁을 떠나지 못하고 있지 않은가. 그녀들에게 있어서도 현천선부의 비밀 따위는 일고의 가치도 없는 신외지물일 뿐인 것이다.

지금 그녀들은 오직 운몽의 마음을 원하고 있었다. 하지만 운지가 등장하면 그 희망마저 사라져 버릴지도 모른다. 그걸 알면서도 운지를 기다리라는 쪽으로 설득하고 있는 것이다.

운몽이 그녀를 만나게 되면 지금처럼 이렇게 그의 곁에 머물 수 있다는 행복마저도 사라져 버릴지 모른다. 그런 불안을 느끼면서도 상문경와 상문경은 운몽이 운지를 만나 그토록 원하던 사랑을 이루는 게 보고 싶기도 한 것이다.

그렇게 긴 밤을 뜬눈으로 보내고 아침이 밝자마자 대악 등이 다시 우르르 몰려와 운몽을 재촉했다.

뜨거운 차가 다 식을 만큼의 시간 동안 묵묵히 생각에 잠겼던 운몽이 드디어 마음을 정한 듯 고개를 번쩍 들었다.

"그렇습니다. 조금 늦게 만난다고 해도 그녀와 저 사이가 크게 달라질 건 없지요."

여태까지 기다려 온 시간이 아깝고, 애태우던 그 마음을 두고 가기가 괴로웠지만 운몽은 더 이상 머뭇거리고 있을 수가 없었다.

세상은 어디를 가든 뒤숭숭했다. 마주치는 강호의 무리마다 긴장하고 흥분한 모습으로 주위를 두리번거렸다. 혹시 한마디라도 더 현천선부에 대한 말을 주워들을 수 있지 않을까 하는 욕심 때문이다.

운몽의 일행이라고 그건 다르지 않았다. 운몽과 도척을 제외한 모든 사람이 귀에 온통 신경을 곤두세웠고, 스쳐 가는 사람들을 살피느라고 눈이 충혈되었다.

현천선부를 여는 자는 가히 천하제일의 거부가 될 것이며, 천하제일의 고수가 될 수 있다는 건 굳이 강호인이 아니더라도 누구에게나 참기 힘든 유혹이었다.

숭의산장을 나와서 운몽은 잠시 어디로 갈지 몰라 막막해졌다. 하지만 곧 제 마음을 정할 수 있었다. 장청을 떠올린 것이다.

‘그녀는 장 대인의 여식이면서 화운평의 사매라고 했다. 화운평은 장 대인의 제자이고, 혈사기주를 사칭했다. 그렇다면 장 대인이야말로 왕년의 혈영자 본인이 틀림없을 것이다.’

지난 일들을 더듬어 생각해 보면 그런 믿음이 더욱 확실해진다.

일 년 전 항산 북면에 있는 잠촌의 금룡협에 찾아갔던 일이 떠올랐다. 잿더미가 되어버린 장 대인의 장원을 뒤지다가 이청풍 등을 만나지 않았던가. 그리고 그곳에서 흡혈검귀 손막소의 공격을 받았다.

그때의 일을 더듬어 생각하자 그곳에 단서가 있을 것이라는 심증이 굳어졌다.

금룡협에서부터 혈영자를 찾는 일을 다시 시작해야 하는 것이다. 현천선부에 대한 건 관심 밖이었다.

운몽에게 급한 건 장청을 붙잡아서 그녀로부터 현천도록을 빼앗는 것이고, 혈영자를 찾아내 죽이는 일이었다. 그래야 아미산이 무사할 것이기 때문이다.

아미산은 혈영자가 한때 그토록 사랑했던 귀령소 소양의 사문이 있는 곳 아닌가. 그런데 그가 왜 이제는 그곳을 불사르고 살아 있는 모든 걸 죽이려고 하는 건지 이해할 수 없었다.

사랑을 잃어버리고 나면 두 가지가 남는다.

하나는 추억이고 하나는 미움이다.

추억은 아름답지만 그래서 고통스럽고, 미움은 그 추억마저도 원망스런 것으로 만들어주기 때문에 더욱 고통스럽다. 그러니 사랑의 흔적은 결국 고통일 뿐인 것이다.

사랑을 잃어버리고 미움을 갖게 된 자는 원래 미움만 가지고 있던 자보다 더 지독하게 변하게 마련이다. 미움에 원망이 더해지기 때문이고 후회가 더해지기 때문이다.

사랑의 달콤함에 대한 기대가 무너진 자리에는 미움의 독초만 가득 자라는 것이다.

혈영자가 아미산에 대한 증오를 품었으며, 귀령소 소양이 혈영자에 대한 증오로 이를 가는 게 바로 그런 이치 때문이었다.

그러나 운몽은 아직 사랑의 모습이 그와 같다는 걸 알지 못하고 있었다. 하지만 어쨌든 혈영자가 그런 악행을 저지르도록 놓아둘 수는 없었다. 사부의 명이 없었더라도 제 손으로 막아야 한다는 사명감이 생긴 것이다.

아미산은 아미파의 사찰들이 산재해 있을뿐더러 제가 자라왔던 곳 아니던가. 그곳이 피로 더럽혀져서는 안 된다.

"잠촌으로 갑시다."

운몽의 말에 태백쌍악과 철선공자가 제일 먼저 반색을 했고, 이청풍과 상문경, 채시화 등은 떨떠름한 얼굴을 했다. 그들에게 잠촌의 금룡협은 기억하기도 싫은 장소였기 때문이다.

대악 염창이 너털웃음을 터뜨렸다.

"허허허, 운 소협은 역시 현천선부가 어디에 있는지 알고 있었구려? 그래서 그렇게 태평했던 게야."

그는 운몽이 광명존자의 전인이니 곧 선천기문의 계승자이기도 하다는 걸 알고 있다. 따라서 운몽이 현천선부에 대한 비밀을 풀 열쇠를 가지고 있으리라고 믿었던 것이다. 그래서 여태까지 한 번도 재촉하지 않았는데 이제 그가 잠촌으로 가겠다고 하니 그곳에 현천선부가 있는 모양이라고 지레짐작하고 좋아한 것이다.

그러나 운몽은 고개를 가로저을 뿐이었다.

"내 관심은 현천선부에 있지 않습니다."

"아니, 운 소협?"

"나는 오직 사문의 일을 마무리하려고 할 뿐이니 여러분과는 상관없지요. 그래서 누차 말씀드리지 않았습니까? 현천선부를 찾고 싶은 분은 나와 동행하지 말고 떠나라고 말입니다."

"이런, 이런……."

염창은 물론 황령과 철선공자 여상풍 등이 모두 낙심한 얼굴이 되어 탄식했다.

멀뚱멀뚱한 얼굴로 한쪽에 서 있던 도척이 버럭 소리친다.

"나도 상관없다! 하지만 너를 쫓아다니지 않을 수 없지. 제기랄, 너는 도대체 언제 소림사의 검을 돌려줄 작정이냐? 어서 현천지검이나 찾으러 가자!"

"당신, 산도적 같은 중은 역시 소림사로 돌아가서 불도에나 정진하는 게 좋겠어. 내가 현천지검을 되찾으면 어련히 소림사의 보물을 돌려줄까. 그러니 나를 귀찮게 하지 말고 사찰로 돌아가서 얌전히 기다리고 있는 게 서로 편하지 않겠어?"

"흥! 어림없는 소리! 중은 속세의 보물에 관심이 없지만 너는 중이 아니니 관심이 있겠지. 현천지검을 찾으면 달마혜검도 욕심이 나서 가지고 도망가 버릴지 누가 알아?"

"대체 말이 통하지 않는 중이로군. 이놈아, 그럼 네 마음대로 해라!"

운몽이 버럭 소리쳤다.

도척은 그보다 나이가 많은 사람이다. 그런데 운몽은 어찌된 일인지 그에 대해서만은 조금도 꺼려하지 않았다. 평소에는 얌전하고 부드럽게 말하면서도 도척에게 말할 때는 악동이라도 된 듯이 함부로 소리치곤 했다.

처음에는 그런 운몽의 모습에 다들 깜짝 놀랐지만 이제는 그러려니 여기고 그저 웃을 뿐이다.

한 번은 채시화가 운몽에게 물었다.

"당신은 어째서 도척 스님에게 그처럼 함부로 대하시나요? 그는 당신보다 나이도 많지 않아요?"

운몽이 빙긋 웃었다.

"불가의 스님들이야 법력의 높고 낮음이 곧 나이인 거지. 속세를 떠나 광명법계에서 노니는 스님들이 어디 속세의 예법 따위에 구애받아서야 되겠소?"

그 말에 채시화는 더 이상 물을 수가 없었다. 운몽이 도척을 함부로 대하기는 해도 그게 악의가 있어서가 아니고, 겉으로는 무시하는 것 같았지만 속으로는 도척이 법력 높은 스님이라는 걸 인정하고 있다는 걸 알았기 때문이다.

이청풍이 운몽과 도척 사이의 말다툼에 끼어들었다. 이제는 지겹다는 듯 잔뜩 인상을 쓰면서 두 손을 홰홰 내두른다.

"나도 어쨌든 운 소제를 따르겠네. 뭐 특별히 할 일도 없으려니와, 나 같은 필부가 현천선부와 인연이 있다고는 믿지 않으니까 어떻게 되어도 상관없어."

지그시 운몽을 바라보더니 헛기침을 하고 덧붙인다.

"그리고 운 소제가 강호의 영웅이 되는 과정을 곁에서 똑똑히 지켜보고 싶거든. 그래야 이다음에 자식을 낳으면 두고두고 해줄 이야깃거리가 있을 거 아니겠어? 하하하."

이청풍의 너스레에 다들 한바탕 웃는 것으로 분위기가 부드러워졌다.

2

그가 떠났다.

이틀 전이라는 말에 운지는 주저앉고 싶을 만큼 허망해졌다.

지친 걸음을 이끌고 이곳까지 왔는데, 그새를 기다리지 못하고 떠나 버린 운몽에 대하여 서운한 마음마저 든다.

하지만 언제 오겠노라고, 이리로 오겠노라고 약속했던 것도 아니니 혼자서 야속하고 슬플 뿐이다.

운몽이 기거했다는 후원의 난풍각(蘭風閣) 돌계단에 주저앉아서 운지는 엉엉 울어버리고 싶은 것을 억지로 참고 있었다.

"소저, 이제 어쩌시려오?"

철담개 양우순이 걱정스런 얼굴로 그런 운지를 들여다보며 물었지만 운지는 대답할 수 없었다. 입을 열면 울음이 먼저 쏟아져 나올 것 같아서이다.

철담개가 쯧쯧, 혀를 차고 허리를 폈다. 그러자 기다리고 있었다는 듯 몰치광도 왕가기가 그의 옷소매를 잡아당긴다.

"이제 약속을 지켰으니 나는 가도 되지? 간다?"

"에라, 이 무정한 놈아. 운 소저의 저런 모습을 두고 그래, 발이 참 잘도 떨어지겠다. 꼴 보기 싫으니 어서 꺼져 버려!"

애꿎은 왕가기에게 화풀이를 하자 한껏 그를 흘겨본 왕가기가 히히, 웃었다.

"운 소저는 네가 잘 모셔라. 이 형님이야 뭐 있으나마나 하지 않아? 히히, 그럼 나는 간다. 붙잡지 마라."

"어디로 갈 건데?"

"그거야 알 수 없지. 바람 불면 부는 대로, 물이 흐르면 흐르는 대로 칼 한 자루에 의지하여 정처없이 강호를 떠도는 구름 같은 몸이 되련다.”

“이런, 이런, 쯧쯧… 어디서 돼지가 밥 달라고 꽥꽥거리는 소리가 들리는 것 같구나. 제법 운율을 맞추지만 돼지 꽥꽥거리는 소리가 꾀꼬리 기침하는 소리만 하겠어? 꼴도 보기 싫다. 어서 꺼져 버려!”

철담개가 손사래를 쳤다. 말은 매몰차게 했지만 그의 시커 먼 얼굴에는 서운하고 섭섭해하는 기색이 가득했다.

왕가기가 한 가닥 마음에 걸리는 게 있는지 멋쩍어하며 철 담개의 손을 잡고 흔들었다.

“이 빌어먹는 친구야, 내가 가면 아주 가겠냐? 기다려라. 현 천선부인지 지랄인지를 찾으면 그 안의 보물을 너에게 나누어 줄 테니까. 요만한 보석 한 알이면 되겠지?”

제 손톱을 가리킨다. 철담개가 당장 눈을 부라렸다.

“다 필요없으니까 너나 보석 산에 깔려 뒈져서 보석 칠성판 을 지고 보석 무덤에 누워 보석 지옥으로 꺼져 버려라. 잘 처 먹고 잘살 거다.”

“히히, 그럼 너는 계속 빌어먹고 있어라. 나는 간다. 커흠.”

손을 흔든 왕가기가 운지를 한 번 힐끔 돌아보더니 성큼성 큼 떠나갔다. 다시는 뒤돌아보지도 않는다.

서운한 얼굴로 그가 사라진 곳을 내내 바라보던 양우순이 한숨을 쉬고 나서 다시 운지에게 말했다.

“소저, 이곳에 있어봐야 소용없으니 우리도 그만 갑시다.”

"어디로 가야 하지요?"

"운 소저는 무엇 때문에 아미산에서 내려왔소? 단지 운몽이라는 친구를 만나기 위해서였소?"

야속한 철담개의 말이 운지의 가슴을 더욱 아프게 했다. 하지만 그녀는 그 말에 스스로를 돌아보고 생각할 수 있게 되었다.

'내가 무엇 때문에 산에서 내려왔던가? 단지 운몽을 만나기 위해서?

스스로 철담개의 질문을 반복해 본다. 그러자 사부와 두 사숙의 얼굴이 커다랗게 떠올랐다.

―네 본분을 잊지 마라.

사부의 근엄한 얼굴이 그렇게 꾸짖는다.

―네 두 어깨에 본 문의 생사존망이 모두 걸려 있다. 지금 네가 고작 이런 곳에 와서 찔찔 눈물이나 흘리고 있을 때냐?

장문 사숙의 꾸짖음이 머릿속에 울리고,

―흥, 내 이럴 줄 알았지. 정신 차리지 못해!

셋째 소령 사숙의 매서운 음성이 귀에 쟁쟁하다.

운지가 자리를 털고 일어났다.

그녀도 지난 며칠 동안 내내 현천선부에 대한 소문을 들어 알고 있었다. 처음 그 소문을 들었을 때 가슴이 뛰던 걸 다시 생각한다.

그래도 정주에 거의 다 왔는데 운몽이 있었다는 곳을 그냥 지나칠 수가 없었다. 그의 흔적이라도 한 번 보지 않고서는 아무것도 할 수가 없었던 것이다.

그래서 현천선부에 대한 말들을 꾹꾹 눌러두고 찾아왔는데 이틀 전까지 운몽이 이곳에서 저를 기다리고 있었다니 하늘이 무너지는 것 같았다.

하지만 아직 희망은 남아 있었다. 오히려 이제는 그것이 더욱 구체적이고 실현 가능한 것이 되었을 뿐이다. 현천선부가 운몽의 사문과 관계가 깊은 곳이고, 또한 혈영자와도 그렇다는 걸 잘 알기 때문이다.

운몽이 급히 이곳을 떠난 건 바로 그 현천선부를 찾기 위해서일 것이다.

'그렇다면 나도……'

운지는 현천선부를 찾는다면 운몽을 만나게 될 것이라고 믿었다. 그러자 이제는 그녀의 마음이 급해진다.

"가요. 우리도 그곳을 찾아가도록 해요."

"정말이오?"

철담개가 입이 찢어질 듯 환하게 웃었다.

　　　　　　*　　　　　*　　　　　*

　말이 없는 사부 앞에서 화운평은 더욱 위축되기만 했다. 제 자신이 한없이 작아지고 있는 것 같다.
　"그녀가 제자를 키워냈단 말이지?"
　한참 만에야 떨어진 무심한 말에 화운평은 깜짝 놀라 어깨를 떨었다.
　"장청이……."
　곡수린에게 들었던 말을 전해주었건만 사부는 거기에 대해서는 아무런 말도 하지 않았던 것이다. 혹시 잊으신 건 아닌가 하여 다시 말을 하려 하자 사부가 손을 흔들어 막았다.
　"죽이지는 않을 것이다."
　"……!"
　그 한마디뿐이었다. 지극히 무심하다. 제 하나뿐인 딸이 죽지도 살지도 못하는 몸이 되어 귀령소에게 보내졌다는데도 이처럼 무심하기만 한 사부 앞에서 화운평은 치가 떨리도록 두려움을 느꼈다.
　'어쩌면 사부는 이곳에서의 일을 마친 다음에 몸소 귀령소에게 찾아가 장청을 구해오려는 것인지도 모르지.'
　그렇게 생각하며 가까스로 제 놀란 가슴을 달랜다.
　사부는 두 번의 계획이 뜻하지 않은 훼방꾼들의 등장으로 인해 실패로 돌아가자 마지막 계획을 준비하고 있었다.
　최후의 계책이면서 가장 위험한 것이기도 하다.

바로 이곳, 금룡비동을 드러냈기 때문이다.

"이번 일에 모든 걸 걸겠다. 너도 그와 같아야 한다."

사부의 말이 무엇을 의미하는 건지 누구보다 화운평 본인이 잘 알고 있다.

그가 깊이 고개를 숙였다.

"명심하겠습니다."

천하를 손에 넣느냐, 가지고 있던 것마저 모두 잃어버리고 마느냐 하는 게 머지않아 바로 이곳에서 결정될 것이라는 생각에 가슴이 떨려온다.

*   *   *

현천선부라는 말 한마디 때문에 강호가 온통 끓는 죽처럼 시끄러웠다.

오랫동안 은거하고 있던 고인들이 다시 나왔고, 좀체 볼 수 없는 구대문파의 명숙들이 대거 제자들을 이끌고 나왔으며, 이름만 들어도 치가 떨리는 대마두들도 그렇다.

그렇게 많은 사람들이 쏟아져 나왔으므로 어디를 가든 손에 잡히는 게 무림인들의 옷자락이요, 발에 밟히는 게 그들의 그림자였다.

수많은 억측들이 난무하는 건 당연한 일이다. 거기에 그럴 듯하게 포장된 유언비어들도 뒤섞여 세상이 시끄럽기만 했다.

그 많은 말들 중 가장 유력하게 사람들의 마음을 잡아끄는 건 현천선부의 위치에 대한 것이었다.

　―금룡비동이 바로 현천선부다.

　언제부터인지 알 수 없지만, 강호를 또 한바탕 들끓게 할 말
이 빠르게 퍼져 나갔다.
　어디에서 누구의 입으로부터 그런 말이 퍼지게 되었는지는
아무도 알지 못한다. 하지만 그 말은 퍼지기 무섭게 그동안 사
람들의 귀를 어지럽게 하던 모든 소문들을 잠재워 버렸다.
　이제 사람들의 관심사는 다른 곳으로 전이되었다.
　"금룡비동이 어디냐?"
　어디에서인가 들어본 듯한 이름인데 정작 그곳을 아는 자는
아무도 없었다.
　사람들은 뜬구름 잡는 것 같은 현천선부보다 이제는 금룡비
동을 찾아 강호의 구석구석을 뒤지고 다녔다. 어디엔가 있을
듯한 지명이고, 한두 번은 들어본 듯한 이름이니 더욱 의욕이
생기는 것이다. 그래서 깊은 골짜기이거나 높은 산에 있을 거
라는 짐작만으로 무턱대고 바삐 움직인다.
　금룡비동에 대하여 잘 아는 자들도 극히 소수가 있었는데,
그들은 과거 섬서 도호부의 추관을 지냈던 장봉학, 장 대인의
폐허가 된 장원 터를 한 번이라도 찾아가 본 적이 있던 자들이
었다.
　그들은 잠촌 북면에 금룡협이라는 이름의 험난한 협곡이 있

다는 걸 알고 있었다. 그곳에 금룡비동이 있을 게 틀림없다고
믿는다.

모래알처럼 많은 사람 중에 몇 사람이 알고 있는 사실이었
지만 그 말은 오래지 않아 바람에 날리기라도 한 것처럼 온통
세상에 퍼졌다.

소문보다 빠른 게 없고 말보다 무서운 게 없는 법 아니던가.
그리고 그것에 관계되어 있는 사람들은 훨씬 더 무섭다.

산서성 혼원현으로 향하는 길은 언제나 사람들로 미어 터졌
다. 대부분이 무림인들이었다.

그렇게 많은 사람들이 같은 길을 가고 있으니 원수도 만나
게 되고 미운 자들과도 마주치게 되는 건 필연이었다.

선대의 원한을 따지고 몇 년 전의 일들을 들추어내기 시작
하면 세상에 좋은 관계를 유지할 수 있는 사람이 없을 것이다.

하지만 강호의 무리들은 언제나 원한에 민감하고 자존심이
강한 자들이기에 선대의 일을, 몇 년 전의 일을 그대로 참고 넘
어가지 못했다.

그러니 그들이 향하고 있는 길 곳곳에서는 크고 작은 싸움
이 끊이지 않았고, 그때마다 죽는 자가 생겨났다.

강호의 인심이 극도로 흉흉해졌다. 언제 나와 원한을 맺은
자를 만나게 될지 모르고, 언제 내가 미워하는 자를 보게 될지
모르니 늘 긴장할 수밖에 없기 때문이다.

정파와 마도의 무리가 만나면 당연히 시비가 일고 싸움이
벌어질 수밖에 없지만, 때로는 같은 정파의 무리들 사이에서

도, 같은 마도의 무리들 간에도 싸움이 벌어져 죽고 죽이는 일
이 발생하곤 했다.

3

"금룡협이라오."

철담개 양우순이 뛰어들어 오더니 싱글벙글하며 하는 말에
운지는 긴장했다.

"산서 혼원현 소재 잠촌이라는 곳에 있는 골짜기랍디다. 작
년에 섬서 도호부의 명추관이었던 장학봉, 장 대인이 그곳에
장원을 짓고 은거했었는데, 이사한 지 열흘도 되지 않아 장원
이 불타 버리고 온 가족이 몰살을 당했다는 바로 그곳에 금룡
협이 있답디다. 이것 참 공교로운 일 아니오?"

"끔찍한 일이군요. 장 대인에게 원한을 품은 자들이 그곳까
지 쫓아가서 그런 흉악무도한 짓을 한 걸까요?"

운지의 순진한 말에 양우순이 빙긋 웃었다.

"그거야 알 수 없는 일이지요. 하지만 들리는 말에 의하면
그 안에는 무언가 더 복잡한 사정이 있는 듯한데……."

"그게 뭔가요?"

망설이던 양우순이 한숨과 함께 머리를 가로저었다.

"그저 소문일 뿐이니 신경 쓸 것 없소. 이 소리 저 소리 들어
봐야 괜히 머리만 아플 뿐이지. 아무튼 운 소저도 그곳으로 갈
거지요?"

“그래야겠지요.”

“잘 생각하셨소. 그곳에 가면 운몽인지 지랄인지 하는 그 친구도 만날 수 있을 거외다. 그 친구도 지금쯤 부지런히 그곳으로 가고 있는 중일 테니까.”

“혈영자도 그곳으로 올까요?”

“물론이오. 현천선부가 정말 금룡협 안에 있다면 그가 오지 않을 리가 있소?”

말을 하는 양우순의 얼굴에 불안한 그늘이 드리웠다.

“그래서 사실 나는 두렵기도 하다오. 혈영자가 온다면 금룡협이 애꿎은 자들의 주검으로 메워지게 될지도 모르니까. 그곳의 맑은 개울은 핏물이 되어 넘칠 것이오.”

운지의 얼굴도 어두워졌다. 입술을 잘근잘근 깨물던 그녀가 결연하게 말했다.

“그전에 반드시 혈영자를 제거해야만 해요. 그자가 그런 짓을 하도록 놔둘 수는 없잖아요?”

양우순은 대답하지 않았다. 더욱 어두운 얼굴로 먼 하늘을 바라볼 뿐이다.

운지는 그가 무엇인가 알고 있다고 생각했다. 하지만 스스로 말하지 않으니 참고 기다릴 수밖에 없다.

*　　　*　　　*

병장기 부딪치는 소리. 그리고 기합 소리와 거친 숨소리. 무접고 빠르게 움직이는 발소리…….

날카롭고 음침한 웃음소리가 어두운 숲을 마구 흔들어댔다.

"우하하하— 오늘에야 원한을 푸는구나!"

"무량수불……."

기운이 빠져 있는 도호 소리가 뒤를 잇는다.

'도사?'

느긋하게 제 길을 가던 한 사람이 우뚝 멈추어 섰다.

곡수린이다.

그도 금룡협에 대한 소문을 듣고 그리로 향하고 있는 중이었는데, 울울창창한 소나무 숲을 지나가다가 멀리서 싸우고 있는 소리를 들었던 것이다.

곡수린은 이제 지겨워졌다. 이곳까지 오는 동안 크고 작은 무림인들 간의 싸움을 수십 번도 더 보았기 때문이다.

그들은 십 년 전의 일을 들먹이며 싸웠고, 지금 당장의 작은 오해에도 발끈해서 싸우곤 했다.

무림 전체가 신경질적이 되었다고 해야 할 만큼 모두가 신경이 극도로 곤두서 있어서 터지기 직전의 폭약 같았던 것이다.

그런 일들이 비일비재하게 벌어졌으므로 저도 모르는 사이에 사람들은 누가 싸우는 것에 대해서, 누가 죽어나가는 것에 대해서 무감각해져 버리고 말았다.

길가에 버려져 있는 주검을 보아도 그저 혀를 한 번 차거나 아니면 아예 못 본 척하기 일쑤였던 것이다.

곡수린은 이곳까지 오는 동안 그런 강호의 삭막한 모습과, 사람들의 강퍅해진 마음에 대하여 걱정하지 않을 수 없었다.

현천선부라는 말 한마디가 강호를 이처럼 피폐하게 만들고 있다는 게 놀라우면서 두렵기도 했다.

자신의 능력은 생각하지도 않으면서 욕심만 앞세우다가 스스로 화를 맞곤 하는 사람들에 대하여 불쌍한 마음도 들었다.

그게 세상의 일인지도 모른다고 생각하면 덧없기도 하다. 그래서 짜증이 치밀 때도 있었다.

그럴 때면 곡수린의 마음도 강퍅해져서 눈빛이 날카로워지고 신경이 곤두섰다. 그러면 곡수린은 깜짝 놀라 마음속으로 경문을 외며 스스로를 달래곤 했다.

'나는 현천선부 따위에는 관심이 없다. 오직 귀령소와의 약속을 지키고 장차 인의와 협기로 강호의 정기를 바로잡기 원할 뿐이다. 그러면 누구나 화산파를 기억하고 내 이름을 기억할 것이다. 나는 오직 그것을 원한다. 화산파의 제자, 인의대협 곡수린이 되기 원할 뿐이다.'

곡수린은 자기 자신에게 그렇게 말해주기를 수백 번도 넘게 했다.

'어쩌면 현천선부에 대한 말을 흘린 자는 처음부터 이러한 것을 노렸는지도 모른다.'

계속되고 있는 고함 소리와 병장기 부딪는 소리를 들으며 그런 의심도 들었다.

강호가 이처럼 빠르게 병들어간다면 머지않아 스스로 회복할 수 없을 만큼 허약해질 것이다. 그러면 그때를 노려 일시에 강호를 장악하려는 자의 치밀한 술수일지도 모른다고 생각하자 소름이 돋았다.

만약 그렇다면 막아야 한다. 강호는 강호인 모두의 것이지 누구 한 사람의 것이 되어서는 안 된다는 생각은 곡수린의 머릿속 깊이 새겨져 있었다. 화산에서 수련할 때부터 사부로부터 귀에 못이 박히도록 들어온 말이었던 것이다.

그런 생각을 하며 무심히 지나가려 했는데 희미하게 들려온 도호 소리에 절로 걸음이 멈추어진 것이다.

'혹시 화산파의 제자들이 아닐까?

화산파에서도 강호의 소문을 듣고 제자들을 내려보냈을지도 모른다. 그들 중 누군가 과거의 원한을 들먹이며 덤벼드는 자들을 맞아 싸우고 있는데, 고전을 면치 못하고 있는 건지도 모른다고 생각하자 이제는 그냥 지나칠 수가 없었다.

다섯 명의 중년 도사들이 오행검진을 형성한 채 필사적으로 대항하고 있는 중앙에 흰 수염이 피로 붉게 물든 노도사가 가부좌를 틀고 앉아 있었다.

주변에는 네 명의 젊은 도사들이 이미 주검이 되어 널브러져 있고, 그들과 싸운 게 분명한 몇 명의 사내들도 주검이 되어 쓰러져 있었다.

도사들을 에워싼 채 미친 듯이 공격하고 있는 자들은 이십여 명이나 되는 장한들이었다. 한 명의 늙은이가 그들을 지휘

하고 있었는데, 생긴 몰골이 옹졸하지만 번쩍이는 눈빛만은 매의 그것처럼 날카로웠다.

노인이 버럭 소리쳤다.

"청곡! 기어이 항복하지 않을 작정이냐? 내가 원하는 건 네 놈 한 명이다! 하지만 애꿎은 제자들이 네 눈앞에서 몰살당하는 걸 보아야겠다면 그렇게 해주겠다!"

중앙의 노도사가 탄식하고 말했다.

"너는 아직도 흉심을 버리지 못했구나. 벌써 이십 년이 지난 일을 가지고 이처럼 악독하게 살인을 하니 그 악업을 어찌 씻으려고 하느냐?"

"으흐흐흐, 바로 이날이 오기를 기다리며 그동안 살을 찢고 뼈를 깎는 듯한 고통을 참아왔다. 그때는 네놈에게 일패도지 했지만 지금은 상황이 다르지. 흐흐흐, 이제는 너 말코도사 따위는 눈에 들어오지도 않을 만큼 나의 화후가 높아졌으니까 말이다. 그러니 어서 항복해라."

"무량수불……."

그들이 과거지사를 들먹이는 동안에도 오행검진을 펼치고 있는 중년의 도사들은 쉴 새 없이 위기를 맞고 있었다.

번갈아가며 그들을 몰아치고 있는 이십여 명의 장한들은 모두 무공이 대단해서 한 명 한 명이 강호의 일류고수 급이었던 것이다.

그런 자들이 이처럼 떼지어 다니는 걸 보아 강호의 어떤 방회에 속한 무리인 것 같았다.

그들은 화북 지방에 악명이 높은 혈웅방(血鷹幇)의 고수들로서, 그들을 이끌고 있는 매 눈의 노인이야말로 방주인 혈웅신(血鷹神) 부수천(扶首泉)이라는 자였다.

이미 중상을 입어 움직일 수 없게 된 노도사는 무당파의 다섯 장로 중 한 명인 청곡 상인(淸谷上人)이다. 그의 무공이 정심하고 내력이 충실해서 능히 무당파의 명성을 지킬 만한 명숙인데 오늘은 뜻밖의 위기를 맞은 것이다.

그건 혈웅신 부수천의 무공이 이미 조화지경에 이르렀다는 반증이기도 했다. 강호에 알려진 것보다 훨씬 더 강한 절정고수의 반열에 올라 있었던 것이다.

자신의 말처럼, 이십여 년 전 청곡 상인에게 패했던 걸 수치로 알고 그동안 절치부심하며 무공 수련에 매진했던 것이리라. 아니면 기연을 얻어 신공을 대성했던 건지도 모른다.

"치워라! 이 쓸모없는 것들 같으니!"

혈웅신이 무당오검이라 불리는 다섯 명의 중년 도사들을 아직도 해치우지 못하고 있는 수하들에게 버럭 소리쳤다.

그리고 즉시 몸을 날렸는데, 매가 병아리를 낚아채기 위해 쏜살같이 내리꽂히는 것 같았다.

"어서 비켜라!"

그것을 본 청곡 상인이 놀라 외쳤지만 무당오검으로 불리는 중년의 검사들은 그렇게 할 수가 없었다. 자신들이 물러선다면 청곡 상인이 혈웅신의 독수 아래 목숨을 잃을 게 뻔하기 때문이다.

“이얏!”

한마음이 된 그들이 일제히 기합성을 터뜨리며 검을 치켜들었다. 젖 먹던 힘까지 다 쏟아서 오행검진을 발동해 혈웅신을 물리치려는 것이다.

콰르릉—

허공에 뇌성벽력 같은 굉음이 울렸다. 오검사의 머리 위에서 쏟아내는 혈웅신의 장력이 산사태처럼 쏟아져 내렸다.

오검사들이 피가 나도록 입술을 악물고 그것에 대항해 파성세(破星勢)의 검진으로 대항했다. 그러나 오행검진 중 가장 위력적인 최후의 수단마저도 혈웅신의 장력을 모두 해소하지는 못했다.

쾅! 하는 요란한 소리가 터져 나온 순간 다섯 검사들이 울컥울컥 선혈을 토해내며 비틀거렸다.

다행히 혈웅신의 공격을 한 번은 막아냈지만 두 번째 공격에 대항할 가능성이 사라졌다.

그들과 두어 장의 거리를 두고 떨어져 내린 혈웅신이 빠드득 이를 갈았다.

“어린것들이 제법이구나. 흥, 무당파의 검법을 제대로 배웠어. 하지만 과연 이번에도 버틸 수 있을지 보겠다.”

혈웅신이 말을 마친 즉시 기합성을 터뜨리며 두 팔을 크게 휘둘러 기를 끌어 모았다.

검진 안에 앉아 그것을 모두 지켜본 청곡 상인의 얼굴에 절망이 드리웠다.

‘오행검진으로도 그를 막을 수 없다니, 강호에 과연 그를 막을 수 있는 자가 몇 명이나 될지 알 수 없구나.’

그런 한탄과 함께, 이곳에서 덧없이 생을 마감할 수밖에 없다는 게 원통하기도 했다.

산에서 도를 닦는 도사에게 있어서 현천선부는 뿌리칠 수 없는 유혹이었는데, 소림과 함께 정파의 기둥인 무당파도 그랬다.

그래서 급히 오행검사와 젊은 제자들을 이끌고 산에서 내려왔지만 이렇게 허무한 결말을 맞아야 한다니 원통하기만 하다.

대무당파의 장로이자 강호의 명숙 반열에 오른 자신마저도 혈웅신을 막을 방법이 없으니 저자의 악행을 누가 막을 수 있을 것인지 암담했다.

어쩌면 제이의 혈영자가 될지도 모른다는 불안한 생각마저 드는 건 그만큼 청곡 상인이 제 운명 앞에서 좌절하고 있다는 증거였다.

“합!”

혈웅신의 우렁찬 기합성이 어두운 소나무 숲에 쩌르릉 울렸다. 무당오검은 그의 이번 공격을 막지 못하면 자신들은 물론 사숙인 청곡 상인까지 살아날 수 없다는 걸 직감했다.

그의 공격을 무사히 받아낸다고 해도 과연 이십여 명이나 되는 혈웅방의 무리를 뚫고 달아날 수 있을지 의문이다.

‘어차피 이곳에서 다 죽는다.’

오검사의 머릿속에 그런 생각이 들었다.

그들이 이곳에 뼈를 묻는다는 각오로 내력을 남김없이 끌어올려 최후의 결전을 준비할 때 곡수린은 막 소나무 숲을 가로질러 와 그것을 지켜보고 있었다.

'무당파의 형제들이다.'

그는 혈응방이 어떤 곳인지, 혈응신이라는 자가 누구인지 모르지만 무당오검을 저토록 핍박하고 청곡 상인에게 중상을 입혔다는 것만으로도 그들이 대단한 자들이라는 걸 충분히 짐작할 수 있었다.

저대로 두면 전멸을 면치 못할 것이다. 그렇게 되도록 구경만 할 수는 없는 일이라는 생각에 나서려던 그가 멈칫했다.

'청곡 상인에게 대정환이 있을 것이다.'

문득 그 생각이 든 것이다.

대정환(大精丸)이라면 소림사의 대환단, 화산의 옥로환과 함께 무림의 지보(至寶)로 꼽히는 영단이다.

만들기가 지극히 까다롭고 어려워서 소수만 존재하는데, 현재 무당파에는 다섯 알의 대정환이 있다고 알려져 있었다.

그것을 무당파의 다섯 장로가 각기 한 알씩 지니고 다닌다는 건 세상이 다 아는 사실이다.

대정환을 복용하면 아무리 중한 내상을 입었다고 해도 생명을 구할 수 있다.

또한 그것을 복용한 후 운기조식을 하여 약효를 십분 흡수한다면 십 년간 수련해야 할 내공을 단번에 얻을 수 있는 것으로 유명하다.

곡수린은 화운평과의 일전을 통하여 자신의 내공이 아직 부족하다는 걸 절감하고 있었다. 하지만 대정환을 복용한 후 사흘 밤낮으로 운기행공하여 그 약효를 흡수한다면 부쩍 내공을 증진시킬 수 있을 것이니 부지불식간에 욕심이 생겼다.

귀령소로부터 받은 내공에 자신의 화산파 내공을 더해 대성 지경에 들 수 있는 것이다.

그렇게만 된다면 다음에 다시 화운평을 만나 싸우게 된다고 해도 두려울 게 없다.

그러나 그것은 무당파가 자랑하는 보물이 아닌가. 청곡 상인이 순순히 대정환을 내줄 리 없었다.

'이것이 마지막인가?

오행검진의 가운데에 앉아서 청곡 상인은 자신에게 시간이 없는 걸 한탄했다.

한 시진의 시간만 주어진다면 대정환을 복용하여 내상을 치료할 수 있고, 사흘의 시간이 있다면 내공을 끌어올려 다시 한 번 혈웅신과 싸울 수 있지만 지금은 촌각을 다투는 때인 것이다.

자신이 이미 싸울 능력을 잃었으니 무당오검만으로는 저 악독한 혈웅신의 마수를 물리칠 수 없으리라는 생각에 절망적이 되었다.

청곡 상인은 최후의 순간이 오기 전에 대정환을 없애 버려

야 한다고 생각했다. 그것이 혈응신의 손에 들어가서는 안 되
는 것이다.
　상인이 품속에 손을 넣어 대정환을 움켜쥐었다.
　원기를 보호하기 위해 남겨두고 있던 마지막 진기를 운용해
삼매진화를 일으켜 대정환을 태워 버릴 작정인 것이다. 그리
고 담담하게 죽음을 맞을 각오를 했다.

第六章
운몽의 분노

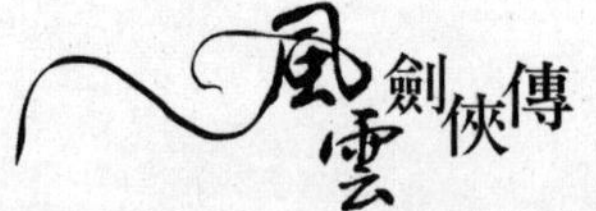

“상인께서는 서두르실 것 없습니다.”

불쑥 청곡 상인의 귓속에 한줄기 전음이 스며들었다.

“한 가지 약속만 해주신다면 소생이 상인과 오검사들을 구해 드리겠습니다.”

청곡 상인이 어리둥절해서 주위를 두리번거렸다. 하지만 전음을 보낸 자를 찾아낼 수 없다.

“상인의 품속에 대정환이 있는 걸 알고 있습니다. 그걸 소생에게 주겠다고 약속하시면 됩니다. 그러면 모두 무사히 이곳을 떠날 수 있습니다.”

누구인지 모르지만 말투에 자신감이 넘치는 게 듬직했다. 청곡 상인은 오래 생각할 시간이 없었다. 자신과 오검사들의 목숨이 무사할 수만 있다면 대정환쯤은 아깝지 않았다. 어차피 없애 버리려고 했던 것 아닌가.

그것이 정체를 알 수 없는 자의 손에 들어간다는 게 꺼림칙하기는 했지만 혈응신에게 넘어가는 것보다는 나을 것이다.

청곡 상인이 더 이상 생각하는 걸 멈추고 약속한다는 의미로 커다랗게 머리를 끄덕였다.

그 순간 우렁찬 기합성과 함께 혈응신이 다시 오검사를 덮쳤고, 거의 동시에 소나무 숲에서도 얼굴을 수건으로 가린 괴한 한 명이 번갯불처럼 달려나와 곧장 혈응신을 향했다.

"으악!"

"캑!"

몇 마디의 참혹한 비명성이 울렸다.

복면괴인의 진로에 서 있던 혈응방의 무사들이 집단처럼 무너지고 있었다.

복면괴인은 한 자루 눈부신 검을 휘두르고 있었는데, 그것의 검광이 휩쓸고 지나가는 곳마다 비명성과 함께 붉은 선혈이 뿌려졌다.

"응?"

막 오검사를 향해 최후의 일격을 날리려던 혈응신이 뜻밖의 일에 놀라 손을 멈추었다.

그러는 사이에도 몇 차례의 비명성이 더 들려왔고, 복면괴인의 신랄한 검격이 빠르게 다가오고 있었다.

혈응신의 여유만만하던 낯빛이 순식간에 소태 씹은 얼굴로 변했다. 복면괴한의 놀라운 검법을 본 탓이다.

자신이 데리고 나온 수하들은 혈웅방 내에서도 고수로 꼽히는 자들이었다. 몸소 무예를 가르치고 훈련을 시켜 친위대처럼 부리는 자들인 것이다.

그런 자들이 스무 명이나 있는데 복면괴한의 검 앞에서는 무용지물이나 다름없었다.

싸늘한 검광이 번쩍이는 곳마다 비명과 선혈이 난무할 뿐, 누구 한 놈 제대로 된 저항을 해보는 자가 없었다.

복면괴한의 검이 한순간 쭉, 늘어나는 것처럼 보였다. 족히 일 장은 되어 보인다.

"검강!"

혈웅신이 놀란 외침을 터뜨렸다.

그건 분명히 검강이었다. 검의 기운 자체가 극강한데, 그것을 열 배는 증폭시켜 주는 강기다.

이제 남은 혈웅방의 무사들은 그 검강 앞에 놓여 있는 제물에 지나지 않았다.

"으아악!"

다시 몇 번의 비명이 터져 나오더니 잠잠해진다. 불과 큰 숨을 두어 번 들이마실 만큼의 시간밖에 지나지 않아서 다 죽은 것이다.

혈웅신이 미처 사태를 파악하기도 전이었고, 정신을 차리기도 전이었다.

전광석화.

복면괴한의 검법은 그렇게 말하는 것밖에 달리 적당한 표현을 떠올릴 수 없었다. 그래서 혈응신은 더욱 기가 막히고 어이가 없었다. 세상에 저런 놈이 다 있었던가? 하는 의문은 그다음의 일이다.

복면괴한이 핏물이 방울져 떨어지는 보검을 뒤로 감춘 채 성큼성큼 다가오고 있었던 것이다.

"너, 너는 누구냐?"

혈응신이 비로소 정신을 차리고 소리쳐 물었지만 복면괴한은 침묵할 뿐이었다. 천천히 검을 들어 혈응신의 가슴을 가리킨다.

혈응신이 부드득 이를 갈았다.

"죽일 놈!"

자신이 아끼던 수하들을 남김없이 도륙해 버린 복면괴한에 대한 원한이 하늘에 닿는다.

촤악—

어느새 혈응신은 허리띠처럼 두르고 있던 그의 독문병기인 혈아편(血牙鞭)을 풀어 들고 있었다. 그것을 한번 크게 휘둘러 허공을 치자 항아리가 깨지는 듯한 요란한 소리가 났다.

혈응신은 자기가 채찍을 손에 잡아본 게 얼마 만인가, 하고 생각했다. 지금의 무공 성취라면 다시는 이것을 쓸 일이 없을 줄 알았는데 혈아편을 풀어 들었으니 감회가 새로웠다. 역시 사람의 일이란 장담할 수 없는 거라는 생각이 절로 든다.

다시 한 번 위협적으로 휘둘러 복면괴한의 발아래를 때린 혈응신이 음침하게 말했다.

"흐흐, 네놈의 검법이 대단하다는 건 인정하마. 하지만 너는 오늘 상대를 잘못 골랐다. 흐흐흐, 내가 혈응신이라는 것쯤은 알고 재롱을 떨었어야지."

"흥!"

복면괴한에게서 돌아온 건 냉랭한 코웃음일 뿐이다.

혈응신은 미칠 듯 화가 났다. '감히 나를 무시하다니!' 하는 생각이 곧장 살기로 이어진다.

그가 무당오검과 청곡 상인은 버려둔 채 그대로 복면괴한에게 달려들었다. 힘껏 채찍을 휘둘러 허공에 커다란 원을 그리며 무시무시한 기합성을 터뜨린다.

"이야아!"

윙윙거리는 파공성이 그 기합성에 더해져 소름 끼치는 괴성으로 변했을 때 혈응신의 채찍은 낙뢰처럼 복면괴한의 몸뚱이에 떨어지고 있었다.

한 번 맞으면 날카로운 도끼에 찍힌 것처럼 살점이 갈라지고 뼈가 절단될 채찍질이었다.

복면괴한이 방심하지 못하고 가볍게 몸을 움직였다. 신묘한 신법을 밟아 세 번 자리를 바꾸는 동안 혈응신의 채찍이 세 번 그가 있던 땅을 덧없이 때리고 지나갔다. 그때마다 단단한 바위와 무른 땅이 똑같이 쩍쩍 갈라지고 깊이 파인다.

위이잉—

혈응신의 채찍이 머리 위에서 요란한 괴성을 내며 크게 맴돌았다. 그리곤 기세가 바뀌어서 다시 떨어지는데 이번에는 징그러운 구렁이가 목을 칭칭 감으려고 꿈틀거리며 달려드는 것 같았다.

세 번 양보해서 그런 혈응신의 편법을 살펴본 복면괴한이 이제 더 이상 볼 게 없다는 듯 성큼 앞으로 나섰다.

빠르고 크게 두 걸음을 내딛어 다가서는 것으로 혈응신의 채찍질을 물리치더니 늘어뜨리고 있던 검을 힘껏 그어 올린다.

씨잉, 하는 매서운 바람 소리와 함께 번쩍이는 검광이 그대로 혈응신의 채찍 그림자를 갈랐다.

땅에서 거꾸로 솟구쳐 오르는 한줄기 뇌전의 형상이었다.

"흥!"

혈응신이 그때를 기다렸다는 듯 코웃음을 쳤다. 팔목을 털어서 채찍을 꿈틀거리게 하며 그것으로 복면괴한의 검을 감아버리려고 한다.

그의 혈아펀은 이무기의 힘줄과 현철석에서 뽑아낸 가느다란 철사를 배합해 꼬아서 만든 것으로 질기고 단단하기가 천잠사보다 더한 보물이었다.

그 어떤 보검으로도 그것을 자를 수 없음은 물론, 한 번 휘감기면 무엇으로도 끊어낼 수가 없는 것이다.

하지만 혈응신은 자신의 기대가 무참히 깨지는 걸 제 눈으로 보아야만 했다.

카캉!

복면괴한의 검과 부딪친 혈아편에서 요란한 쇳소리가 나는 것 같더니 그게 뭉텅 잘려 덧없이 허공을 나는 믿을 수 없는 광경을 본 것이다.

썩은 새끼줄을 자르듯 간단히 혈아편을 잘라 버린 검이 제 속도를 조금도 잃지 않은 채 그대로 코앞에 닥쳐든다.

"이놈!"

혈웅신이 악에 치받친 고함을 터뜨리며 자루밖에 남지 않은 채찍으로 그것을 두드렸다.

카카캉!

요란한 쇳소리와 함께 새파란 불똥이 마구 흩날리더니 자루마저 뭉텅뭉텅 잘려 나갔다. 그리고……

"으헛?"

혈웅신은 제 눈앞에서 허공에 둥실 떠오르고 있는 제 손목을 보아야 했다. 절로 찢어질 듯 눈이 부릅떠지고 놀란 외침이 터져 나온다.

허공을 날고 있는 그것은 아직도 채찍의 자루를 꽉 움켜쥐고 있는 채였다. '저게 뭐지?' 하는 생각과 함께 오른팔에 허전한 감각이 느껴졌다.

비로소 제 팔목이 매끄럽게 잘려지고 없다는 사실을 깨닫는다.

"으아악!"

혈웅신의 입에서 공포로 질린 비명이 터져 나왔다. 그리고 자신의 목을 관통하는 차가운 검광을 마지막으로 보았다. 서

늘한 중에 불처럼 뜨거운 느낌이 불쑥 찾아오더니 까마득하게
멀어진다.

“아아—”
청곡 상인이 자신도 모르게 뛰듯이 벌떡 일어났다. 놀람과
감탄의 외침을 터뜨린다.
오검수들 또한 너무 놀라 입을 딱 벌린 채 눈을 부릅떴다.
그들은 혈웅신이 그처럼 맥없이 당할 줄 몰랐던 것이다. 아
니, 갑자기 뛰어든 복면괴한의 무공이 그토록 초절할 줄 꿈에
도 생각하지 못했던 것이다.
‘초인!’
그들의 머릿속에 하나같이 그 단어가 뇌성이 되어 울린다.
천천히 보검을 갈무리한 복면괴한, 곡수린이 청곡 상인 앞
에 서서 공손히 포권했다.
조금 전에 보여주었던 그 무시무시하고 냉혹무정한 절정의
검사라고는 믿어지지 않는 태도여서 청곡 상인은 더욱 얼떨떨
해지고 말았다.
그런 상인의 귓속으로 곡수린의 말이 파고들었다.
“약속을 지키시리라 믿습니다.”
상인은 곡수린이 악당이 아니라는 걸 확인할 수 있어서 정
말 다행이라고 생각했다.
그가 악당이었다면 언제든지 자신을 죽이고 대정환을 빼앗
아갈 수 있을 텐데 그러지 않고 이처럼 대해주니 오히려 고맙

기만 하다.

청곡 상인이 크게 머리를 끄덕이고 말했다.

"물론이오. 귀하가 누구인지는 모르나 나는 한 번 한 약속을 저버리지 않소."

청곡 상인이 망설임없이 품에서 작은 옥병을 꺼내 곡수린에게 넘겨주었다. 그 안에 한 알의 대정환이 들어 있는 것이다.

그것을 받아 든 곡수린이 다시 정중하게 포권했다. 하직인사인 셈이다.

청곡 상인이 그런 곡수린에게 다급한 음성으로 말했다.

"귀하는 아마도 천하에서 가장 뛰어난 검객일 것이오. 구명지은을 입었는데 나는 아직 귀하가 누구인지조차 모르니 난감하오."

"무명소졸입니다. 그리고 이번 일은 계약에 의한 것이니 구명지은이라고 말할 것도 없습니다. 괘념치 마십시오."

냉정하게 말한 곡수린이 훌쩍 몸을 날려 피 냄새가 진동하는 그곳을 떠났다.

소나무 숲 속으로 사라지는 그의 뒷모습을 보던 청곡 상인이 탄식했다.

"헛되구나. 모든 게, 나의 삶이라는 것·자체가 헛될 뿐이야."

그는 곡수린의 음성과 태도에서 그가 젊은 청년이라는 걸 짐작한 것이다. 복면으로 얼굴을 가려서 진면목을 알아보지는 못했지만 그 눈매와 윤곽으로 볼 때 제법 준수하기까지 할 것이다.

　무당파의 다섯 장로 중 한자리를 차지하고 있는 자신은 혈응신을 당하지 못해 중상을 입고 목숨이 풍전등화의 위기에 몰리지 않았던가. 그런데 젊은 청년이 불쑥 뛰어들어 낫으로 벼 밑동을 베듯이 아무렇지 않게 혈응방의 무사들과 혈응신을 처치해 버렸으니 기가 막힌다.

　청곡 상인은 자신의 명성이 헛되다는 걸 절감하지 않을 수 없었다. 강호에서는 명숙의 반열에 올랐고, 무당파의 절정고수이자 도인으로서 명예로운 삶을 살았다고 여겼는데 그 모든 게 한순간에 허무해져 버리고 말았다.

　천천히 어두운 소나무 숲 속을 걸어가면서 곡수린도 마음이 착잡했다.

　혈응방의 무리들과 혈응신이라는 자를 용서없이 베어버린 건 마음에 거리끼지 않았다. 다만 형제 문파나 다름없는 무당파의 존장을 속이고 대정환을 받아냈다는 게 양심에 걸렸던 것이다.

　무당파의 도우들이 곤경을 당하고 있는 걸 보았다면 화산파의 제자로서 아무런 사심 없이 달려들어 제 일처럼 도와주어야 마땅하지 않은가. 하지만 자신은 그러지 못했으니 스스로에 대한 책망을 하지 않을 수 없었다.

　'곡수린아, 곡수린아. 너는 변해도 너무 많이 변했구나. 네 가슴속에는 대체 무엇이 자라고 있단 말이냐? 화산파의 기린아라고 불리던 명예와 자부심 대신 이제는 지독한 집념만 남았으니 너는 과연 화산수재 곡수린이 맞는 것이냐?

그런 한탄과 함께 어쩔 수 없었다는 변명도 했다.

자신이 나쁜 일에 쓰기 위해 대정환을 필요로 한 것도 아니고, 강제로 강탈한 것도 아니니 훗날 무당파에 찾아가 청곡 상인 앞에 자초지종을 아뢴 다음에 무릎 꿇고 사죄한다면 용서받을 수 있을 것이라고 생각한다.

2

채시화와 상문경 두 아가씨가 납치되었다.

한나절의 연공을 마치고 방에서 나온 운몽에게 그 소식은 청천벽력 같은 것이었다.

그는 매일 한 시진씩 시간을 내어 연공을 했는데, 아무리 급한 일이 있어도 그건 빠뜨리지 않았다.

연공을 할 때는 고요한 곳에 혼자 있어야 하므로 객잔에 들었을 경우에는 가장 구석진 방을 택해 문이란 문은 모두 닫고 홀로 있었다.

그럴 때마다 문밖을 이청풍과 여상풍, 채시화와 상문경 등이 번갈아 지키곤 했다.

그런데 다음 조와 교대하고 객방으로 돌아간 채시화와 상문경이 감쪽같이 사라진 것이다.

그것을 눈치 챈 이청풍이 급히 추격에 나섰고, 태백쌍악 또한 운몽의 호법을 도척에게 맡긴 채 철선공자 여상풍과 함께 추격에 나선 것이다.

"어서, 어서 가보자."

운몽에게 던지듯이 그런 일들을 말하고 난 도척이 마구 서둘렀다. 운몽도 마음이 급해지기는 마찬가지인지라 얼굴색마저 변하여 물었다.

"어떤 자가 어디로 그녀들을 납치해 갔단 말이냐?"

"그거야 모르지. 제기랄, 납치해 가는 놈들이 어디 어디로 데려갈 거라고 말해준다더냐?"

"아니, 그러면 염창 선배님 등은 어디로 따라갔단 말이야?"

"제길, 보다시피 나는 이렇게 꼼짝하지 못하고 팔자에 없는 호법을 서고 있었는데 그걸 어떻게 알겠어?"

운몽은 기가 막혔다.

"그럼 대체 너는 어디로 그들을 찾으러 갈 생각이었느냐?"

"그거야……."

도척이 비로소 사태를 깨닫고 어리둥절해하더니 제 머리를 벅벅 긁었다.

"빌어먹을. 태백쌍악도 정신없는 늙은이들이지. 어디로 갈 테니까 찾아오라고 말이라도 해주고 갔어야 할 거 아냐? 그렇게 앞뒤 판단을 못해가지고 무슨 일을 하겠어. 쯧쯧……."

제 정신이 산란한 건 모르고 애꿎은 대악 평계를 대는 도척이 더욱 어이없어 보이기만 한다. 운몽이 한숨을 쉬고 말했다.

"동쪽으로 갔느냐, 서쪽으로 갔느냐?"

"저쪽!"

그건 자신있다는 듯 도척이 손가락으로 북쪽을 가리켰다.

칠흑 같은 어둠 속을 얼마나 헤맸는지 모른다. 바짓가랑이가 밤이슬에 젖어 물에 빠진 사람처럼 되었지만 운몽과 도척은 쉴 새도 없이 산을 온통 뒤지며 뛰어다니고 있었다.

도척이 가리킨 곳을 향하고 북쪽으로 두어 마장 달려가자 숲이 울창한 시커먼 산이 앞을 가로막았던 것이다.

운몽은 두 아가씨를 납치해 간 자들이 멀리 가지는 않았을 것이라고 짐작했다. 그러기에는 두 아가씨가 짐이 될 것이기 때문이다.

가까운 곳에 숨어 있을 텐데, 그렇다면 이 산중 어디엔가 있을 확률이 높았다.

잠시 생각하던 운몽이 도척에게 말했다.

"이 근처에 혹시 이 산에 대해서 잘 아는 사람이 없을까?"

"그거야 물론 있겠지. 잠시만 기다려라."

운몽 못지않게 마음이 급한 도척이었다. 운몽이 뭐라고 주의를 주기도 전에 쏜살같이 달려 사라져 버린다.

그리고 잠시 후 그가 숨을 헐떡이며 다시 달려 올라왔는데, 등에 노인을 업고 있었다.

"마침 이 아래에 화전을 일구는 집이 한 채 있더라. 거기서 이 노인을 모셔왔지."

말은 그렇게 하지만 보나마나 호랑이가 개를 물고 담을 뛰어넘듯, 못된 장정 놈이 과수댁을 보쌈하듯이 했을 것이다. 새파랗게 질려서 바들바들 떨고 있는 노인의 모습이 다 말해주고 있다.

운몽이 부드러운 말로 노인을 달래고 나서 이 산에 사람이 임시로 기거할 만한 곳이 있는지 물었다.

은밀하고 인적이 드문 곳이어야 한다는 단서를 붙이자 잠시 생각하던 노인이 손가락으로 가리키며 말했다.

"남쪽 골짜기에 낡은 산신당이 하나 있는데 버려진 지가 꽤 되어서 거의 폐허나 다름없지만 그런대로 밤이슬은 피해갈 만하다네. 또 동쪽 능선 중턱쯤에 역시 버려진 작은 암자가 하나 있지. 마찬가지로 폐허나 다름없어서 산짐승들의 소굴이 되었지만 몇 사람이 비와 이슬을 피해갈 수 있을 만해."

"됐습니다."

운몽이 노인의 손에 몇 냥의 은자를 쥐어주고 도척에게 말했다.

"먼저 남쪽 골짜기에 있다는 산신당을 살펴볼 테니 너는 노인을 집까지 모셔다 드리고 와라."

그리고는 도척이 뭐라고 할까 봐 무섭다는 듯 그대로 몸을 날려 사라져 버린다.

남쪽 골짜기의 산신당은 텅 비어 있었다. 먼지와 거미줄만 가득할 뿐 누가 다녀간 흔적이 없다.

"동쪽의 폐찰이다."

운몽은 두 아가씨를 납치해 간 자들이 그곳에 숨어 있을 것이라고 믿었다.

급히 동쪽 능선을 향해 달려가는 걸음이 바람에 떠밀리는 것 같았다. 그새 두 아가씨가 나쁜 일이라도 당하지 않았을까 하고 걱정하는 마음이 급해서 정신이 없을 지경이었다.

바람처럼 몇 개의 울창한 숲을 가로지르고 골짜기를 건너뛰어 동쪽 능선을 타고 오르기 얼마쯤이었을까.

서늘한 밤바람 속에 병장기 부딪는 소리가 은은히 실려왔다.

"저기다!"

운몽은 제 생각이 맞았다는 게 너무 기뻤다. 이 밤중에 폐찰에서 병장기를 부딪치며 싸우는 자들이라면 보지 않아도 뻔했던 것이다.

운몽이 발에 힘을 더하여 커다란 새처럼 나무에서 나무로 건너뛰어 날 듯이 다가갔다.

과연 어둠 속에 낡은 사찰 하나가 음산하게 엎드려 있었다. 그 마당에 몇 개의 횃불이 밝혀져 있었는데, 그 불빛 아래 어지럽게 얽혀 싸우고 있는 사람들이 보였다.

상처 입은 멧돼지처럼 길길이 날뛰고 있는 두 노인은 과연 태백쌍악이었다.

그들을 에워싸고 있는 자들은 모두 시커먼 경장을 입고 있는 장정들이었다. 일견 서른 명 가까이나 된다. 하나같이 무공이 녹록치 않은 듯 강호의 마두로 오래전부터 악명을 떨쳐 온 태백쌍악이 그들의 합공을 뚫지 못하고 있었다.

폐허나 다름없는 대전의 돌계단 위에는 세 사람이 우뚝 서서 마당에서 벌어지고 있는 싸움을 지켜보고 있는 중이었다. 한 명의 노인과 마르고 뚱뚱한 두 명의 중년 장한이다.

소나무 가지 끝에 서서 그런 광경을 한눈에 훑어보던 운몽이 의아해했다.

이청풍과 여상풍이 보이지 않았던 것이다.

다시 한 번 전황을 살펴보던 운몽이 '억!' 하고 신음성을 터뜨렸다.

비로소 돌계단 아래에 쓰러져 있는 두 사람을 발견했기 때문이다. 몇 명의 흑의장한들과 뒤섞여 쓰러져 있었으므로 눈에 잘 띄지 않았던 것이다.

남빛 두루마기를 걸치고 섭선을 쥔 채 모로 쓰러져 움직이지 않는 자는 철선공자 여상풍이 분명했다. 이청풍은 계단에 반쯤 몸이 걸쳐져 있었는데, 무엇을 붙잡으려는 듯 한 손을 계단 위로 뻗치고 있었다. 그대로 죽었는지 역시 꼼짝도 하지 않았다.

태백쌍악 또한 늑대 떼에게 에워싸인 두 마리의 늙은 범 꼴을 면치 못하고 있었다. 차륜전을 펼쳐 가며 숨 돌릴 새 없이 몰아치는 장한들을 물리치기에 급급할 뿐 제대로 공격조차 하지 못하고 있었던 것이다.

저대로 두면 일각을 넘기지 못하고 제풀에 지쳐 주저앉고 말 것 같았다.

이청풍과 여상풍의 상태를 본 운몽은 더 이상 여유를 가질 수 없었다.

삐이익―

그가 날카로운 휘파람을 불며 몸을 날렸다.

진기가 충만하게 실린 그의 휘파람 소리가 어두운 밤하늘을 찢는 유성처럼 쏜살같이 달리고, 운몽의 신형은 그보다 더 빨리 허공을 날아 태백쌍악 곁에 우뚝 내려섰다.

"물러가라!"

버럭 외치며 힘껏 두 팔을 좌우로 맹렬하게 뿌렸다. 연타를 날리듯 두 손을 후려칠 때마다 위맹한 장력이 태풍처럼 모든 걸 휩쓸고 뻗어나갔다. 그것에 맞은 도검이 부러지거나 서로 부딪쳐 쨍강거리는 소리를 시끄럽게 쏟아내고, 장력의 권역에 있던 흑의장한들이 신음을 흘리며 무더기로 쓰러져 뒹굴었다.

"운 소협! 용케 찾아왔군!"

그를 확인한 대악 염창이 구세주를 만났다는 듯 반갑게 소리쳤다. 황령도 비지땀을 훔쳐 내며 마구 악을 쓴다.

"바로 저 늙은이와 두 젊은 놈들이 원흉이다! 저놈들이 두 아가씨를 잡아가고, 이청풍과 여상풍을 죽였어!"

"그들이, 그들이 죽었단 말입니까?"

황령이 손가락으로 깡마른 흑의중년인을 가리켰다.

"저놈이 그렇게 했다! 저놈이 이청풍을 죽이더니 그를 구하기 위해 달려드는 여상풍마저 검으로 찔러 죽였다!"

황령이 원한의 불길이 화르르 쏟아지는 눈으로 돌계단 위의 흑의인들을 노려보며 소리쳤다.

이곳까지 동행해 오는 동안 그는 철선공자 여상풍에게는 물론 태을산장의 이청풍에게도 정이 들었던 것이다.

운몽이 돌계단 위의 노인에게 침중한 음성으로 물었다.

"두 아가씨는 대전 안에 있소?"

매부리코에 세 가닥 짧은 수염을 기른 검은 얼굴의 노인은 말이 없었다. 번갯불 같은 눈으로 운몽을 쏘아볼 뿐이다.

잠시 그들과 눈싸움을 하던 운몽이 말없이 뚜벅뚜벅 걸어갔다. 그를 가로막고 있던 흑의장한들이 눈치를 보며 좌우로 갈라져 길을 터준다.

운몽은 곧장 계단 아래로 다가가 먼저 철선공자 여상풍을 살펴보았다.

그는 온몸에 대여섯 군데나 되는 깊은 검상을 입은 채 칠공으로 아직도 가느다란 피를 흘리고 있었다. 내상마저 입었던 모양이다.

그 상태로 안타깝게도 숨이 멎은 여상풍이었다.

그의 주검을 부둥켜안은 운몽의 두 손이 가늘게 떨리기 시작했다. 이곳까지 묵묵히 자신을 따라왔던 여상풍 아니던가.

때로는 형처럼 자상하게 조언과 충고를 해주기도 했고, 때로는 친구가 되어서 적적함을 달래주기도 했다.

자유롭고 호방하게 살던 기질을 버린 채 저의 그림자가 된 것처럼 늘 곁에 있던 여상풍 아니던가.

그의 죽음 앞에서 운몽은 혈육의 원통한 죽음을 본 것처럼 분노의 불길에 휩싸여 갔다.

이청풍 또한 대여섯 군데의 심각한 부상을 입은 채였다. 하지만 그는 아직 한 가닥의 숨길이 붙어 있었다. 의식을 잃었기에 운몽이 저를 어루만지는 걸 알지 못한다.

그를 안고 일어난 운몽이 다시 천천히 걸어 태백쌍악의 곁으로 돌아왔다.

"두 분께서 잠시 이 형을 돌봐주시기 바랍니다."

"알았네."

대악 염창이 즉시 품에서 몇 알의 영단을 꺼내 이청풍에게 먹여주었다. 그런 다음에 그를 안듯이 하고 앉아 자신의 내력을 주입해 주기 시작했다.

소악 황령이 눈을 부릅뜬 채 그런 대악 곁에 서서 호법을 선다.

3

"흐흥, 네가 운몽이라는 어린놈이지?"

운몽이 대충 사태를 수습하고 나자 비로소 매부리코의 노인이 차갑게 코웃음을 치며 말했다.

"그렇소. 소생이 바로 운 씨 성을 쓰는 자외다."

가슴을 펴고 늠름하게 대답하는 운몽을 쏘아보던 매부리코의 노인이 흐흐, 하고 음침하게 웃었다.

"네놈이 오지 않고는 배기지 못할 줄 알았다."

노인의 말에 운몽은 즉각 이들이 저에게서 무언가 노리는 게 있을 것이라고 생각했다. 하지만 복잡한 저자에서 많은 사람들의 눈을 무시하면서까지 요란하게 강탈할 수 없으니 조용한 이곳으로 유인해 들인 것이다. 아무도 모르게 감쪽같이 빼앗아가고 싶었던 것이리라.

노인이 원하는 게 무언지 모르지만 운몽에게는 순순히 굴복할 마음이 조금도 없었다.

그가 더욱 매서워진 눈길로 노인을 직시하며 힘주어 말했다.

"그렇다면 당신은 나를 이리로 꾀어내기 위해서 두 아가씨를 납치했고, 저들 두 사람을 살상한 것이오?"

노인이 음침하게 웃으며 이청풍과 여상풍을 가리켰다.

"흐흐, 저놈들이야 제 분수를 알지 못하고 설쳤으니 응분의 대가를 받은 것이지."

운몽은 노인이 이청풍과 여상풍에 대하여 함부로 말하는 데에 더욱 화가 치솟았지만 간신히 참고 침착하게 말했다.

"두 아가씨를 돌려주시오."

"그게 다냐?"

"그런 다음에 저 사람을 죽여 두 형의 복수를 해주겠소."

운몽이 손가락으로 깡마른 흑의중년인을 가리키며 말하자 매부리코의 노인이 비웃음을 흘렸다.

"네 눈에는 다른 사람이 보이지 않는 모양이구나? 아무리 철부지라고 해도 노부 앞에서 과연 그런 망발을 서슴없이 할 수 있을까?"

"나는 당신이 누구인지 모르오. 알고 싶지도 않소."

"흐흐흐, 가르쳐 주마. 그래야 염라대왕 앞에서 할 말이라도 있겠지."

매부리코의 노인이 지그시 운몽을 노려보며 한자한자 힘주어 말했다.

"노부는 곽음수라고 한다."

운몽은 어리둥절하기만 한데 저쪽에서 황령이 놀란 외침을 터뜨렸다.

"곽음수! 당신이 정말 철지사괴 곽음수란 말이오?"

그는 매부리코의 노인을 본 적이 없어 알지 못하지만 그의 명호만큼은 귀가 따갑게 들었던 것이다.

철지사괴(鐵指邪怪) 곽음수(郭陰水)는 대강남북을 오가며 흉명을 떨치던 대마두였다.

무정하고 악독한 손속 못지않게 심성 또한 지독해서 도처에 원한을 맺지 않은 곳이 없다. 하지만 그의 무공이 기이하도록 높아 누구도 그를 잡지 못했다.

십여 년 전부터는 그도 나이가 들었는지 활동이 뜸했다. 그 결과 지금은 사람들의 기억에서 거의 사라져 가고 있었는데 오늘 뜻밖의 곳에 모습을 드러냈으니 소악 황령이 놀랄 만도 했다.

그런 사정을 알 리 없는 운몽에게 있어서 철지사괴 곽음수는 그저 원한의 대상일 뿐이었다.

운몽이 더욱 매서워진 눈으로 곽음수를 노려보며 천천히 말했다.

"당신이 누구이든 상관없소. 지금 당장 두 아가씨를 곱게 돌려주고, 저 사람을 나에게 넘겨준다면 당신의 목숨은 빼앗지 않겠소."

그가 깡마른 흑의중년인을 가리키며 말하는 동안 곽음수는 물론 흑의중년인의 얼굴에도 지독한 살기가 떠올랐다.

"하룻강아지 같은 놈."

부드득, 이를 갈며 중얼거린 곽음수가 흑의중년인에게 말했다.

"먼저 저놈의 한 팔과 다리를 잘라놓은 다음에 말하는 게 좋겠다. 그러기 전에는 당최 말귀를 알아듣지 못할 놈이야."

"명을 받듭니다."

기다리고 있었다는 듯 흑의중년인이 허리를 굽실하더니 훌쩍 몸을 날렸다.

서른 개나 되는 계단을 한 번에 건너뛰어 매가 머이를 노리듯 그대로 운몽의 머리 위로 내리꽂혔다.

"이놈!"

벼락같은 외침이 정수리에 떨어진다. 하지만 운몽은 눈썹 하나 까닥하지 않았다.

흑의중년인이 몸을 날리는 순간 그는 이미 마음을 독하게 먹고 있었던 것이다.

'내 오늘 저자를 죽여 여 형과 이 형의 복수를 하고야 말리라.'

그런 지독한 살심을 일으켜 보는 건 처음이었다. 아직까지 한 번도 누구를 죽이겠다는 마음을 먹어보지 않았는데 오늘은 여상풍의 죽음과 이청풍의 중상 앞에서 평상심을 잃어버린 것이다.

벼락처럼 정수리에 떨어지는 흑의중년인을 조금도 의식하지 못하는 것처럼 우뚝 서 있던 운몽이 슬쩍 어깨를 기울였다. 오른팔을 노리고 무시무시하게 떨어진 검격이 실낱같은 차이로 흘러간다.

운몽의 그런 담대함과 자신감 넘치는 움직임에 흑의중년인이 흠칫 놀랐고, 계단 위에서 지켜보던 매부리코의 노인 곽음수도 살짝 눈살을 찌푸렸다.

"이얏!"

흑의중년인이 빠르게 흐르는 물처럼 좌로 돌아나가며 매서운 기합성을 터뜨렸다.

쉬잉—

그의 검격이 운몽의 다리를 노리고 쓸어간다. 그는 곽음수의 명령대로 운몽의 팔과 다리를 자를 심산인 것이다. 그것을 운몽이 허락할 리가 없다.

번쩍 한 발을 들어 올린 운몽이 그대로 스쳐 지나가는 검신을 밟아버렸다.

빠르게 흘러가는 검을 정확하게 밟아버린 것이니 그 발놀림은 누구도 흉내 내지 못할 것이다.

뚝, 하고 철검이 맥없이 부러져 버린 순간 운몽이 몸을 틀며 주먹을 휘둘러 그대로 흑의중년인의 옆머리를 후려쳤다.

퍽!

기이한 소리와 함께 흑의중년인의 머리가 홱, 돌아갔다. 그대로 일 장이나 날려가 땅바닥에 처박혔는데, 이미 이 세상 사람이 아니었다.

"억!"

설마 운몽의 주먹질 한 번에 아끼는 제자가 맥없이 죽어버릴 줄 몰랐던 곽음수가 놀란 외침을 터뜨렸다.

운몽이 그런 곽음수를 가리키며 말했다.

"이제 두 아가씨만 무사히 돌려주면 된다. 그러면 당신의 늙은 목숨만은 붙여주지."

말투마저 냉랭하고 아랫사람을 꾸짖는 듯했다.

"이런, 죽일 놈!"

곽음수 곁에 서서 얼떨떨한 얼굴을 했던 뚱뚱한 흑의인이 버럭 외치더니 그대로 몸을 날려 운몽에게 부딪쳐 왔다.

자신의 사제가 당하는 걸 보자 처음에는 어이없다가 이제 붙같이 화가 났던 것이다. 그래서 사부인 곽음수의 명령이 있기도 전에 앞뒤 가리지 않고 달려들었는데, 제 분수를 모르는 짓이었다.

살심을 크게 일으킨 운몽의 손속은 여태까지와는 전혀 달랐다.

몸을 뒤로 크게 기울여 누울 듯이 하자 흑의인이 운몽의 몸통을 타넘고 지나가는 형세가 되었다.

불쑥 손을 뻗은 운몽이 그런 흑의인의 멱살을 움켜잡았다. 그리고 가볍게 허리를 튕기며 머리 너머로 메다꽂았는데, 흑의인이 달려들던 힘과 기세를 그대로 이용한 것이라 제 힘은 하나도 들이지 않았다.

쾅!

흑의인의 정수리가 단단한 땅바닥에 꽂혔다. 그 즉시 요란한 소리를 내며 깨져 선혈과 뇌수를 낭자하게 뿌린다.

어깨가 거의 땅에 닿을 듯이 누웠던 운몽이 펄쩍 뛰어 몸을 일으켰을 때 흑의인은 얼굴을 알아볼 수 없는 끔찍한 몰골이 되어 마지막 경련을 일으키고 있었다.

"저, 저런!"

그때까지도 설마, 하는 마음으로 돌계단 위에서 지켜보던 철지사괴 곽음수가 분노의 외침을 터뜨렸다.

"으흐흐흐, 과연 한 수가 있는 놈이로군."

한 걸음, 한 걸음 무겁게 계단을 내려오며 음침한 소성을 흘리는 곽음수의 두 눈이 불타올랐다. 자신의 제자가 덧없이 당한 걸 보자 미칠 듯 화가 솟구친 것이다. 그런 한편 마음속으로는 적지 않게 놀라기도 했다.

두 제자의 무공이 자신의 진전을 칠팔 성 물려받아 이미 일류고수를 능가할 만하고, 그의 내공 수위 또한 얕지 않은데 손을 써볼 새도 없이 당했으니 그렇다.

"오늘 네놈을 죽여 갈가리 찢어놓고 말 테다."

곽음수가 품에서 한 쌍의 철조를 꺼내 손에 끼우며 이를 뿌드득 갈았다.

그 한 쌍의 철조는·그에게 철지사괴라는 별호를 안겨준 기병(奇兵)이었다.

반 자 길이의 쇠 손가락이 거무튀튀한 죽음의 기운을 마음껏 뿌리고 있다.

곽음수가 그것들을 부딪치자 쩌르릉, 하는 위협적인 소리가 울렸다.

그는 좀체 자신의 기병을 꺼내는 일이 드물었다. 이미 절정고수의 반열에 올라 있는 그로서는 그럴 만한 일이 거의 없기 때문이기도 하다.

하지만 지금은 새까만 후배로밖에 보이지 않는 자를 상대하기 위해 선뜻 철조를 꺼내 끼운 것이다.

운몽은 바깥의 이 떠들썩한 소란에도 상관없이 고요하기만 한 대전에 신경이 쓰여 초조했다. 그 안에 채시화와 상문경 두 아가씨가 있을 것이기 때문이다.

대체 이 노인이 자기에게서 원하는 게 무엇인지 모르지만 지금은 우선 그녀들을 구하고 볼 때였다.

'혹시 그녀들이 벌써 돌이킬 수 없는 해를 당한 건 아닐까?'

그런 생각이 불쑥 들자 눈앞에 있는 노인에 대해 살심이 솟구쳤다.

"괘씸한 놈!"

쩌르릉—

곽음수가 노하여 소리치며 다시 철조를 부딪쳐 강한 쇳소리를 냈다.

내공을 주입한 탓에 어지간한 사람이라면 그 소리를 듣는 것만으로도 기혈이 진탕되어 어지럽고 힘이 빠질 것이다.

하지만 그는 운몽이 어떤 사람인지 조금도 깊이 생각하지 않는 우를 범했다.

"흥!"

운몽의 싸늘한 코웃음 소리가 들렸을 때 곽음수는 벼락처럼 제 눈앞에 닥친 수영(手影)을 보아야 했다. 오히려 그가 어지러워진다.

깜짝 놀란 곽음수가 즉시 옆으로 맴돌며 철조를 활짝 펼쳐 십지괵룡(十指摑龍)의 수법으로 운몽을 후려치고 찔러갔다.

그가 자신의 절초를 펼치자 허공에 거무튀튀한 철조의 그림자가 가득해지고, 음냉한 기운이 사방에 뿌려졌다. 죽음의 냄새인 듯 차가운 쇠 냄새가 맡아진다.

운몽이 가볍기가 깃털 같은 신법으로 옆으로 반걸음 물러서서 몸을 틀었다. 그 간단하고 경쾌한 한 번의 움직임만으로 아주 쉽게 십지괵룡의 초식을 피해 버린다.

"이 어린놈이 제법 재롱을 떠는구나!"

곽음수가 버럭 외치며 더욱 사납게 철조를 뿌려댔다. 허공에 촘촘한 그물을 쳐놓은 것처럼 가득해진 조영(爪影)이 금방이라도 운몽의 온몸을 옭아맬 것처럼 보였다. 귀조만천(鬼爪滿天)이라는 수법이다.

원래 많은 수의 적들에게 에워싸였을 때 펼치는 최고의 수법인데 곽음수는 이리저리 번쩍이는 운몽의 그림자를 잡으려면 그 수법밖에 없다고 판단한 것이다.

노회한 자신이 아직 새파란 애송이를 상대하면서 귀조만천의 수법까지 펼쳤다면 세상 사람들의 비웃음을 살 일이지만 지금은 그런저런 것을 따질 경황이 없었다.

운몽이 소요산보(逍遙散步)를 밟아 어지럽게 맴돌며 열 손가락을 일제히 떨쳐 냈다. 그러자 열 가닥의 강력한 지풍이 뻗어 나가 하나하나 곽음수의 철조를 때렸다.

따다당―

요란하고 날카로운 쇳소리가 허공에 울렸다.

어지럽게 쓸고 할퀴고 찔러대는 열 개의 철조를 일시에 가격하는 것이니 운몽의 그 지법은 신속함과 정확함만으로도 세상을 놀라게 할 만했다.

"으앗!"

곽음수가 쇳소리 같은 비명을 터뜨렸다.

허공을 뒤덮었던 철조의 그림자가 한순간에 싹 가셔 버리고 비틀거리는 곽음수만 남았다.

열 개의 철조는 그의 열 손가락과 함께 모두 부러져 버렸는데, 처참하게 꺾인 손가락들에 아직도 달라붙어서 덜렁거리고 있었다.

운몽의 지력에 실린 무지막지한 힘을 곽음수로서는 감당할 수 없었던 것이다.

곽음수가 불신으로 눈을 부릅뜨고 이를 악물었다. 미끄러지

듯 그런 곽음수에게 다가선 운몽이 한 손가락을 꼿꼿이 펴 미간을 눌렀다.

곽음수로서는 미처 피하거나 방비할 생각도 들기 전에 이미 운몽의 손가락이 닿은 것이다.

"끄으으—"

곽음수가 답답한 신음을 흘리며 천천히 뒤로 넘어갔다. 등짝이 마루에 부딪쳐 쿵, 하는 소리가 울리고 먼지가 풀썩 날린다.

몇 번 숨을 헐떡이던 곽음수가 잠잠해졌다. 세상을 떠들썩하게 했던 마두 한 명이 목숨을 잃은 것이다.

운몽의 지풍은 그의 뇌호를 파괴했는데, 마치 지독한 면장이 나무의 겉모습은 그대로 놔둔 채 속을 가루로 만들어 버린 것과 같았다. 겉모습은 멀쩡하지만 뇌호는 모래처럼 부서져 버린 것이다.

곽음수는 죽으면서도 제가 왜 죽는지 모르겠다는 듯 눈을 부릅뜨고 있었다. 그런 그의 동공에 마지막으로 새겨진 건 의아함과 놀람의 기색이었다.

第七章
명예는 욕망보다 가치있다

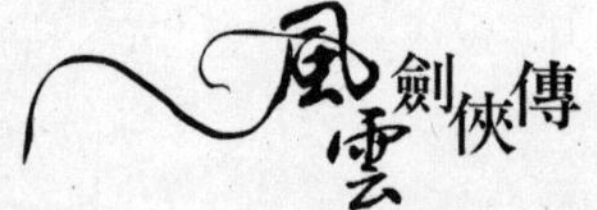

"으음, 정말 지독한 수법이구나."

대전 안에서 천천히 걸어나온 노인이 질렸다는 듯 머리를 설레설레 흔들며 말했다.

흰 머리카락이 까치집처럼 헝클어져 있고, 주름살 가득한 시커먼 얼굴에는 검상(劍傷)인 듯 보이는 굵은 상처 자국이 이리저리 나 있어서 흉측하기 짝이 없는 얼굴이다.

노인이 나타나자 아직 살아남아서 태백쌍악을 포위하고 있던 흑의장한들이 일제히 한 무릎을 꿇고 소리없는 예를 취했다.

운몽은 이 노인이 우두머리라는 걸 짐작했다.

하지만 대전 안에 아직 사람이 더 남아 있다는 걸 감지할 수 있으니 헷갈리기도 했다. 채시화와 상문경 두 아가씨와는 다른 자의 기척을 느낄 수 있었던 것이다. 어쩌면 그자가 정말 원흉인지도 모른다는 생각이 들었다.

운몽이 노인의 흉측한 얼굴에서 시선을 떼지 않으며 차갑게 말했다.

"또 몇 명이나 숨어 있지? 시간이 없으니 다 나오라고 해."

"으흐흐흐, 건방진 놈. 노부 앞에서 감히 그런 식으로 말을 하다니. 그것만으로도 너는 백번 죽어도 부족하다."

노인의 스산한 눈길이 꿰뚫을 듯이 운몽을 노려보았다. 다른 사람들은 보이지도 않는 것 같다.

태백쌍악 중 대악 염창은 아직 이청풍의 운기요상을 돕는 중이고, 황령은 그 곁에 호법을 서고 있었는데, 흉측한 노인의 말에 그를 돌아본 황령의 얼굴이 금방 새파랗게 질렸다.

"나는, 나는 당신을 안다! 당신을 알아!"

황령이 떨리는 손으로 흉측한 노인을 가리키며 악을 썼다.

운몽은 그의 태도가 심상치 않은 걸 보고 눈앞의 노인에 대하여 경계하는 마음이 생겼다.

황령이 흉측한 노인을 향해 소리쳤다.

"당신은 갈두충이다! 갈두충이야! 어떻게 당신이 아직 살아 있는 거지?"

"흐흥, 태백쌍악이 뭐가 그리 대단한 물건이라고 감히 내 이름을 함부로 부른단 말이냐? 보지 못한 사이에 너희들의 담력이 많이 커진 모양이로구나?"

흉측한 노인, 갈두충(葛斗充)이 음충맞은 음성으로 말하자 소악 황령이 더욱 놀라 한 걸음 물러서기까지 했다.

"산서일마 갈두충이 살아 있었다."

중얼거리는 그의 얼굴에 떠올라 있는 건 놀라움이고 그보다 더 큰 두려움이었다.

'산서일마 갈두충?'

운몽은 그 이름을 들어보지 못했던지라 어리둥절하지 않을 수 없었다.

소악 황령은 엉뚱하고 무딘 사람인지라 여태까지 저렇게 놀라거나 무엇을 두려워한 적이 없었다. 그런데 눈앞의 흉측한 노인을 보고는 그렇지 않으니 자못 궁금하기도 했다.

그는 산서 지방에만 웅크리고 있던 강호의 대마두이지만 그 악명은 전 무림에 떨쳐 울린 자였다.

그의 명성과 솜씨와 행실이 얼마나 지독한 것인지는 철지사괴 곽음수라는 거물급 마두를 수하로 부리고 있었다는 것만 보아도 알 수 있다.

그의 악행이 도를 넘어섰으므로 정파의 고수 오십 인이 그를 잡기 위해 산서에 모여든 적이 있었는데, 이십여 년 전의 일이었다.

석 달에 걸쳐 갈두충을 추적한 그들은 산서성 면산현(綿山縣)에 소재한 석골산(石骨山)의 포복암(抱腹岩) 아래에서 기어이 그를 잡은 적이 있었다.

그곳에서 갈두충은 오십 인의 고수를 상대로 하여 사흘 동안 경천동지할 격전을 벌였다고 한다.

사람들이 소식을 듣고 달려왔을 때는 정파의 고수 오십 인의 주검만 남아 있을 뿐 갈두충은 사라지고 없었다.

그 놀라운 일에 강호가 숨을 죽였다. 곧 정파에 대한 갈두충의 무자비한 복수가 있을 것이라고 수군거리며 긴장하고 있었던 것이다.

하지만 갈두충은 그 일이 있은 이후 다시는 강호에 모습을 나타내지 않았다. 그래서 지금은 다들 그가 그때 입은 부상으로 인해 어디에서인가 죽어버린 모양이라고 믿었다.

그런데 그 갈두충이 보기 흉한 몰골을 한 채 이렇게 다시 나타난 것이다.

태백쌍악은 아직 젊었을 때 몇 번 갈두충을 본 적이 있었다.

그를 만나 영향을 받기도 했는데, 갈두충이 태백쌍악보다 연장자였으므로 선배를 자처하기도 했을 만큼 친분이 있었다.

황령은 그 갈두충을 평소에도 두려워하고 꺼려했는데 이렇게 보게 되니 마치 귀신을 본 것처럼 놀랄 수밖에 없었다.

대악이 품에 안고 있던 이청풍을 떼어놓고 일어섰다. 이제는 이청풍의 기혈이 어느 정도 안정되어 안심할 수 있게 된 것이다.

그가 갈두충에게 포권하고 말했다.

"갈 형, 오랜만이외다. 나를 알아보시겠소?"

"흥, 대악 염창이 아니더냐? 세월이 그만큼 흘렀건만 너는 아직 예전의 모습 그대로이군."

“다들 갈 형이 그때 포복암에서의 일전으로 인해 죽었다고 수군거렸는데 이렇게 살아서 강호에 다시 나왔으니 축하할 일이오.”

대악의 부드러운 말에 갈두충의 흉측한 얼굴에도 한줄기 따뜻한 기운이 떠올랐다. 한때는 그가 아끼던 후배 아니던가.

대악의 재기발랄함과 훌륭한 무공, 그리고 악착같고 독하던 기질을 칭찬해 주던 일이 떠올랐다.

장차 섬서 태백산에는 태백쌍악이 있다는 말이 강호 전체에 울려 퍼질 것이라고 했었는데, 그 후 태백쌍악은 과연 강호에 상대할 수 없는 지독한 마두로 이름을 날렸다.

그의 표정이 부드러워진 걸 본 대악이 다시 조심스럽게 말했다.

“소제의 낯을 보아서라도 이번 일은 갈 형이 양보해 주실 수 없겠소?”

“내가 왜 그래야 하지?”

“만약 그렇게 해준다면 나는 갈 형이 무사히 강호를 떠날 수 있도록 도와드리겠소.”

“내가 강호를 떠난다고?”

“그렇소. 지금이라도 강호를 떠나 산수간에 한가로이 노니면서 천수를 다할 수 있다면 그거야말로 복이 아니겠소?”

“무슨 소리냐? 너는 지금 나에게 욕을 하는 것이냐? 네가 정말 내가 아는 대악 염창이 맞는 게냐?”

“예전의 나는 죽었고, 지금 갈 형이 보고 있는 사람은 새로

태어난 염창이라오. 나는 이미 아우와 함께 마두로서의 악명
을 버리고 바른길로 들어섰으니 말이오."

염창의 간곡한 말에 갈두충이 어리둥절한 얼굴을 했다. 그
가 알고 있는 염창은 저런 말을 할 사람이 아니었던 것이다.

염창이 부끄러워하는 기색을 띠고 말했다.

"한때는 손에 피를 묻히고 사람들의 원망을 들으며 사는 게
통쾌한 삶이라 생각하고 기고만장했던 적이 있었지요. 내 앞
에서 두려워하는 자들을 거만하게 바라보는 게 유일한 즐거움
이었던 적이 있었소."

"그렇지. 그거야말로 통쾌한 일이고 거리낄 것 없는 영웅호
한의 삶이지."

갈두충이 크게 머리를 끄덕여 동의하자 염창이 쓰게 웃고
말을 이었다.

"하지만 그런 삶이 얼마나 허망한 것인지 깨달을 수 있게 되
었다오. 바로 여기 있는 운 소협의 덕에 죽을 목숨을 구하게
되면서부터 여태까지의 생각이 잘못된 것이었음을 알게 된 거
지요."

"그래서 네가 이 어린놈과 붙어 있는 것이고, 이놈을 위해서
감히 나와 맞서 싸울 작정을 했던 것이로구나?"

"꼭 운 소협을 위해서라고 할 수는 없지요. 다만 이제는 어
떤 게 옳은 일이고 어떤 게 그른 일인지 분별할 수 있게 되었기
때문이라고 해야 할 것이오. 환갑을 넘기고서야 비로소 철이
들었다고 할 수 있을 것이니 참 늦어도 많이 늦은 셈이지요."

"그 말은 마치 나에게, 너는 그 나이가 되었으면서도 아직 철이 없는 망나니라고 욕하는 것 같구나?"

"소제가 감히 갈 형에게 어찌 그런 마음을 먹을 수 있겠소? 아, 그건 갈 형의 오해요."

머리를 흔들고 난 염창이 더욱 진지해져서 말했다.

"불가에서도 이르기를, 회두피안이라고 하지 않소이까? 지금이라도 개과천선하여 바른길을 걷는다면 누가 갈 형을 욕할 수 있겠소? 오히려 갈 형이 진정한 용기를 냈다며 칭송할 것이오."

"……."

"죽고 죽이는 이 무정한 강호를 떠나 한가롭게 산다면 그 말년이야말로 복받은 게 아니겠소? 갈 형이 그렇게 하기로 결심만 한다면 내가 갈 형의 종이 되어서 모시고 살겠소이다."

염창의 말은 진정이 넘쳐 나는 것이었다.

잠시 그 말을 듣고 있던 갈두충이 흐흐흐, 하고 음충맞은 웃음을 흘렸다.

"내 종이 되겠다면 기꺼이 받아들이지. 지금 당장 그렇게 하도록 해라."

염창이 반색을 했다. 갈두충이 제 설득을 받아들인 거라고 여긴 것이다.

"그러면 갈 형은 나와 함께 이 강호를 떠나 은거하겠소?"

"흐흐흐, 강호에 나온 목적을 이룬다면 기꺼이 그렇게 하겠다."

“그게 무엇이오? 갈 형을 위해서라면 이 아우가 힘을 아끼지 않고 도와드리겠소.”

“그렇다면 지금 즉시 저 어린놈을 때려눕히고 그 품속에서 구리거울을 빼앗아 내게 가져오너라.”

“아!”

그 말에 운몽과 대악 염창이 동시에 놀란 외침을 터뜨렸다.

“당신이 그걸 어떻게 알았지?”

운몽이 소리치자 갈두충이 음침한 웃음을 띠고 말했다.

“흐흐흐, 강호에 비밀이 있는 줄 아느냐? 아무리 깊이 감추어둔 비밀이라고 해도 곧 드러나게 마련이다. 하물며 현천동경은 세상에 나와 있는 현천삼보 중 하나로써 선부를 여는 보물인데 그것에 대한 비밀은 절대로 오래 감추어질 수가 없는 거지.”

“당신 외에 또 아는 사람이 있소?”

“하늘이 알고 땅이 알고 이미 내가 알았으니 또 다른 놈들이 없다고 할 수 없겠지.”

“그래서 당신은 과거의 명성마저 내버린 채 이렇게 야비한 짓까지 서슴지 않으면서 서두르는 것이로군.”

“보물에는 임자가 따로 없는 법. 먼저 빼앗는 자가 임자 아니겠느냐? 너 어린 녀석은 좋은 말로 할 때 동경을 내게 바치는 게 좋겠다. 그러면 너의 두 계집애와 함께 무사히 이곳을 떠나도록 해주겠다.”

갈두충에게는 느물거리는 여유가 있었다. 운몽은 그가 이토

록 인적 없는 곳을 택해 두 아가씨를 납치해 온 이유를 비로소
알 수 있었다.

 그는 사람들의 이목을 최대한 피함으로써 운몽에게서 현천
동경을 탈취했다는 비밀을 오래 보존하고 싶은 것이다. 그렇
다면 동경을 내주었다고 해도 살려 보낼 리가 없었다.

 오랫동안 비밀이 유지되던 현천동경에 대한 소재가 갑자기
유출되어 엉뚱한 자가 알게 되었다는 건 의아해질 수밖에 없
는 일이었다.

 동경이 소림사에서 나오자마자 세상에 알려진 것이라고 보
아야 하니 의혹이 더 커진다.

 운몽은 잠시 침묵하며 어디에서 이 비밀이 새나갔을까, 하
고 더듬어 생각해 보았다.

 제 일행 중에 그것을 발설했을 사람은 없다고 믿었다. 동굴
속에 갇혀 있는 귀령소가 발설했을 리도 없고, 소림사의 혜원
선사가 그렇게 했을 리도 없다.

 그렇다면 단 한 사람, 동경을 가지고 혜원 선사를 찾아가 현
천지검과 바꾸었다는 나대헌이다.

 운몽이 싸늘한 얼굴로 물었다.

 "너 늙은 괴물은 신필수사 나 대협을 어떻게 했느냐?"

 "흐흐흐, 신필수사라고? 웃기는 소리지. 제 분수도 모르는
그까짓 놈이 무슨 대협 소리를 들을 수 있단 말이냐?"

 "역시 그에게서 들었군."

 "노부의 손에서 이틀 동안이나 입을 다물고 버텼으니 그 점

은 대단하다고 인정해 줄 수 있지."

운몽은 나대헌이 갈두충의 손에 의해 온갖 고통을 받다가 결국 참혹하게 죽었다는 걸 짐작할 수 있었다.

나대헌은 제가 모시던 주인, 최명판관 염숭의 복수를 위해 저의 모든 걸 기꺼이 버리겠다고 맹세했던 충직한 사람이었다.

그런 그가 갈두충에 의해 덧없이 죽었다는 게 운몽의 분노를 더욱 증폭시켰다.

운몽이 살기가 풀풀 날리는 눈으로 갈두충을 노려보며 스산하게 말했다.

"이제는 복수해 주어야 할 사람이 한 명 더 늘었다. 그러니 너는 편하게 죽을 수 없을 것이다. 절대로 그렇게 해줄 수 없지."

그 말을 하는 운몽은 전혀 다른 사람이 된 것 같았다. 순박하고 정이 많던 청년이 아니라 냉혹하고 무정하기 짝이 없는 대마두의 모습으로 변했다고 해도 과언이 아니다.

운몽의 그런 모습에 흠칫 놀랐던 갈두충이 버럭 화를 냈다.

"어린놈이 터진 주둥이라고 말을 함부로 하는구나! 오냐, 네놈을 죽이고 빼앗아가도 상관없으니 오늘 네놈의 버릇을 죽음으로 가르쳐 주겠다."

2

노련한 갈두충은 길길이 화를 내면서도 내심으로는 운몽을 세세히 뜯어보며 탐색했다.

'이놈이 정말 소문처럼 그렇게 대단한 고수일까?'

아직 앳된 티가 남아 있는 운몽의 모습에 그런 의문을 가질 수밖에 없었다.

그가 들은 바로 운몽은 혈사기주를 자칭하고 숭의산장에 나타났던 자와 당당히 싸워 물리칠 만큼 초절한 고수라고 했다.

혈사기주라면 왕년의 혈영자 본인이 아니더라도 그의 제자쯤 되는 자일 테니 혈영자의 무공을 물려받았을 테고, 강호에서 적수를 찾아볼 수 없을 만큼 무시무시한 고수일 게 틀림없었다.

그런데 눈앞의 이 서생처럼 여리고 철없어 보이는 운몽이 그런 혈사기주와 대등하게 싸웠다는 걸 믿기 힘들었다.

하지만 방금 눈앞에서 운몽이 악명 높은 철지사괴 곽음수를 간단히 처리하는 걸 보았으니 경계심이 들기도 한다.

'이 어린놈이 대체 얼마나 대단하기에 내 앞에서까지 이처럼 뻣뻣하게 굴 수 있단 말이냐? 태백쌍악이 스스로 이놈의 종이 된 것처럼 행동하니 어이없는 일이다. 흥, 하지만 내 손에 걸린 이상 어림없지.'

갈두충은 운몽을 제 손으로 죽여 없애겠다는 결심을 새로이 했다. 그렇다면 저의 명성이 더욱 높아질 것이고, 강호에 재출도한 효과가 더욱 커질 것이라고 생각하자 살심이 걷잡을 수 없이 솟구친다.

'내가 누구냐? 바로 한때 장강 이북을 두려움으로 떨게 했던 산서일마 갈두충이 아니더냐. 내가 한창 명성을 날리고 있을 때 저 꼬마 놈은 태어나지도 않았을 것이다. 그런데 저까짓 꼬마 놈 하나 마음대로 해치우지 못한다면 그건 말이 안 되지.'

그런 자부심과 함께, 여태까지 모든 계획이 원하던 이상으로 순조롭게 진행되었다는 것도 그의 충동을 부채질했다.

'이제 남은 건 저놈을 죽여 버리고 동경을 빼앗아 누구보다 먼저 현천선부를 찾는 일뿐이다.'

그런 생각이 마음을 급하게 하고 손발을 재촉했다.

"이얏!"

그가 벼락처럼 외치며 단번에 계단을 뛰어 내려오더니 그대로 출수했다.

부릅뜬 눈에 살기가 가득해지자 허연 구레나룻이 올올이 곤두서고, 봉두난발한 머리카락이 하늘로 뻗쳤다.

이를 악물고 눈을 부릅뜬 모습이 흉측하기 짝이 없어서 어지간한 사람은 그의 그런 모습을 보는 것만으로도 혼백이 달아날 것이다.

갈두충의 출수는 그의 명성에 걸맞게 강력하고 신속했으며 흉흉했다.

초자괴소(樵子壞巢)의 수법으로 주먹을 내뻗고 후려치자 윙윙거리는 매서운 바람 소리가 허공을 가득 메운다.

일권 일권을 때릴 때마다 그것에 실린 강맹하고 웅장한 내력이 과연 일품이었다.

운몽은 입을 꾹 다물고 서서 그것에 맞섰다. 조금도 비키거나 물러설 마음이 없는 것이다.

'기필코 해치운다.'

운몽은 갈두충과 마주 선 순간 그렇게 작정하고 있었다.

야비하게 두 아가씨를 납치해서 협박하는 그의 행동으로 보아 동정의 여지가 없는 늙은이라고 생각한 것이다. 더구나 그가 괴롭힌 사람들이 하나같이 자신과 정이 돈독한 지인들이라는 게 운몽을 더욱 노엽게 했다. 철선공자 여상풍은 갈두충의 사주를 받은 게 틀림없는 곽음수의 무리들에 의해 목숨을 잃기까지 했지 않은가.

"얍!"

갈두충의 주먹이 가까이 다가오기를 기다렸던 운몽이 날카로운 기합성을 터뜨리며 주먹을 곧장 내질렀다.

꽝!

두 사람의 주먹이 한 점에서 부딪쳤다. 바위가 깨지는 것 같은 굉장한 소리가 터져 나왔다. 살과 뼈로 된 주먹끼리 부딪쳐서 나는 소리라고는 누구도 믿지 않을 것이다.

"흠!"

갈두충이 침음성을 흘리며 재빨리 한 걸음 물러섰다. 주먹을 부딪친 순간 느낀 운몽의 권경(拳勁)이 뜻밖에 드세어서 놀란 것이다.

팔을 타고 치달려 온 통증 때문에 어깨까지 은은히 저려온다.

'이 어린놈의 내력이 설마 나를 능가한단 말인가?'

그건 있을 수 없는 일이라고 생각한 갈두충이 눈을 부릅떴다. 운몽은 태연히 버티고 서 있는 것이, 조금의 충격도 받지 않은 것 같았다.

부드득—

갈두충이 누런 이를 갈아댔다. 눈에 선 핏발이 더욱 짙어진다.

"어디 다시 한 번 받아보아라!"

버럭 외친 그가 더욱 맹렬하게 달려들며 어지럽게 손을 내뻗었다.

정면으로 부딪치는 것보다 지독하고 강력한 자신의 수법으로 제압하겠다고 생각한 것이다.

그의 손이 윙윙거리는 바람 소리를 토해내며 종횡으로 어지럽게 허공을 갈랐다.

왼손을 활짝 펼치더니 다섯 손가락을 갈퀴처럼 만들어서 운몽의 가슴을 잡아채 온다. 동시에 오른손의 수도(手刀)가 도끼처럼 목덜미를 찍고 무릎을 번쩍 들어 옆구리를 걷어차는 수법이 지독하기 짝이 없었다.

어느 것에 걸리더라도 죽지 않으면 운신이 불가능할 만큼 커다란 타격을 받을 것이다.

"흥!"

그러나 운몽은 조금도 당황하거나 놀라지 않았다. 냉랭한 코웃음과 함께 와락 상체를 기울여 그대로 갈두충의 공세 속으로 몸을 밀어 넣었다.

파라라락!

두 사람이 어찌나 격렬하게 움직이는지 옷자락이 센 바람을 맞은 깃발처럼 요란한 소리를 내며 펄럭였다.

운몽은 연자십팔권(燕子十八拳)으로 갈두충의 파옥마장(破獄魔掌)에 맞섰다.

연자십팔권은 사부 광명존자에게서 권장법을 배울 때 운몽이 가장 마음에 들어했고, 그래서 가장 열심히 배웠던 권법이었다.

그 이름처럼 빠르고 경쾌하면서 그 안에 권각법은 물론 지법과 조법, 금나수가 두루 들어 있었으므로 수법이 지극히 복잡하고 변화가 많은 권법이다.

그것의 변화가 재빠르고 치밀해서 임기응변에 그보다 적합한 권법은 또 없을 것이다.

운몽은 그 연자십팔권 중 금나의 절초인 금쇄봉운(金鎖封雲)이라는 수법으로 갈두충의 파옥마장에 맞섰는데, 이는 이로 상대해 주겠다는 오기 때문이기도 했다.

갈두충의 손이 운몽의 가슴을 움켜쥘 듯했을 때 운몽이 다섯 손가락을 구부려 오히려 그의 팔목을 거머쥐려 했고, 다른 손은 접어서 팔꿈치로 머리통을 부수려고 했다. 쇠도리깨를 휘두르는 것 같은 위력을 실은 일격이었다. 동시에 왼발을 재빨리 내뻗어 뒤꿈치로 갈두충의 기둥발을 찼는데, 거기에 걸린다면 무릎뼈가 박살나 버리고 말 위맹한 기세였다.

갈두충은 운몽의 반격이 거센 데에 놀랐고, 그의 수족에서 뻗어 나오는 강력한 기운에 놀랐으며, 그 수법의 치밀하고 재빠른 대응에 놀랐다.

그가 급히 천근추의 수법으로 두 발을 무겁게 하여 굳건히 버티면서 초식을 바꾸었다. 삼두괴사(三頭怪蛇)의 수법에서 쌍교승파(雙蛟乘波)의 수법으로 바꾸는 게 순식간이다.

오직 두 손에만 정신을 집중하여 운몽의 수법을 파훼하면서 그에게 강력한 타격을 주려는 것이다.

파파파팟—

두 사람의 손과 손이 한 치의 어그러짐도 없이 얽혀 부딪쳤다. 도검을 쥔 것보다 오히려 더 치열하고 위험한 순간의 연속이었다.

과연 산서일마 갈두충의 명성은 거짓이 아니었다. 십여 초가 넘도록 운몽을 상대하면서 조금도 굴하는 기색이 없이 버틸 뿐 아니라 매서운 공격까지 가하고 있었던 것이다.

운몽은 혈사기주로 변해 있던 자와 싸웠던 이래 이와 같은 고수를 처음 대하는 것이라 더욱 호승심이 치솟았다.

"이얏!"

그가 날카로운 기합성을 터뜨리며 연자십팔권을 더욱 빠르고 맹렬하게 쳐냈다.

금쇄봉운의 초식에서 제십초 취선농운(醉仙弄雲)의 초식으로 변하는 게 물이 흐르듯 자연스러웠다. 그것이 갈두충의 공세와 부딪칠 때는 장마철의 급류처럼 격하고 무시무시해진다.

갈두충의 안색이 변했다. 그는 이와 같이 고명한 수법을 처음 대하는 것이다. 그것에 실려 있는 뜨거운 열기가 무엇인지 알지 못해 당황했다.

운몽이 초식에 삼양신공을 불어넣기 시작하자 갈두충은 더 견디기 힘들었다. 점차 공수의 범위가 위축되더니 어느 순간부터는 운몽의 손과 발을 막기에 급급해졌다. 가까스로 버티고 있는 것이다.

어느덧 이십여 초가 지났다.

이미 한창 때의 광명존자를 능가할 수준으로 화후가 뛰어난 운몽을 상대로 해서 그만큼이나 버틸 수 있다는 게 기적 같은 일이련만 갈두충이 그런 사정을 알 리 없다.

빠드득!

그가 부서질 듯이 이를 갈아붙이며 젖 먹던 힘까지 다 쏟아 두 손에 불어넣어 후려치고 뿌리쳤다. 그러나 여전히 운몽의 초절한 공세에서 벗어날 수가 없었다.

갈두충은 이제 달아나고 싶은 마음이 간절해졌다. 운몽을 경시했던 자신의 자만심이 뼈저리게 후회된다. 그가 곽음수를 간단히 처치하던 일이 우연이라거나, 곽음수가 방심했기 때문이 아니라는 걸 확인했을 뿐, 자기 자신도 곽음수처럼 운몽의 공세에 사로잡혀 옴짝달싹할 수 없는 신세가 된 것이 믿어지지 않았다.

아무리 기를 써도 갈두충은 몸을 뺄 수 없었다. 사나운 호랑이 앞에 놓인 개와 같다. 오금이 저려서 움직일 수도 없으려니와 기세에 사로잡혀 숨이 막힐 지경인 것이다.

붉게 핏발 선 갈두충의 두 눈에 살기 대신 절망이 어린 순간, 운몽의 일장이 그의 호신수영(護身手影)을 젖히고 가슴에 밀려들었다.

꽝!

어깨를 비틀어 밀어 넣으며 힘껏 내뻗은 좌장에 실린 기운인 그대로 갈두충의 가슴을 으깨어 버렸다.

"끄윽!"

그가 울컥 핏물을 토해내며 줄 끊어진 연처럼 훌훌 날려가 대전을 떠받치고 있는 축대에 부딪쳤다.

쾅! 하는 소리와 함께 단단한 돌벽을 뚫고 박힐 것처럼 부딪치더니 튕겨져 나와 코를 땅에 처박고 엎어졌다.

철퍽! 하는 그 소리와 함께 한때 세상을 풍미했던 거마가 비참한 최우를 맞은 것이다.

더 이상 위협적이지 못하고, 더 이상 증오의 대상도 아닌 갈두충의 초라한 주검을 보면서 운몽은 한 가닥 연민과 함께 허무함을 느끼기도 했다.

욕망을 버리고 정도를 걸었더라면 죽어서도 명예를 지켰을 것이다. 그런 죽음은 갈두충의 경우처럼 초라하지 않을 테니 욕망보다 가치가 크다고 해야 하리라.

그런 생각 끝에 갈두충에 대한 연민의 감정이 한 가닥 드리웠다. 그래서 낮게 탄식하는 운몽의 귓전에 광명전을 떠날 때 해주었던 사부의 말이 울렸다.

"죽여야 살리고, 죽어야 다시 사는 이치를 궁리해 보거라."

'바로 이런 것이리라.'
운몽은 화두처럼 던져 준 사부의 그 말을 이해하지 못했는데, 곽음수와 갈두충을 죽이고 난 이 순간에 그중 '죽여야 살린다'는 이율배반적인 말의 의미가 비로소 이해되었다.
누구를 죽인다는 건 좀체 하고 싶지 않은 일이지만 다른 사람을 위해서는 어쩔 수 없이 그렇게 해야만 하는 경우도 있다는 걸 깨달은 것이다.
갈두충을 죽이지 않았다면 그에 의해 많은 사람들이 죽거나 고통을 받을 것이다. 당장 이청풍과 여상풍, 그리고 채시화와 상문경의 일만 보아도 명백하다.
운몽은 갈두충과 같은 자 하나를 죽임으로써 수십, 수백 명의 목숨을 구해주는 일이 된다는 걸 생각했다.
그래서 사부는 죽여야 살린다고 말했던 것이다.
'죽어야 다시 산다는 건 나에게 해당되는 말일 것이다.'
그런 생각이 들었다. 아직은 그게 어떤 의미의 말인지 알 수 없지만 조만간 그것도 알게 되리라는 느낌이 온다.

3

대전 안에서 갑자기 우당탕거리는 요란한 소리와 함께 고함 소리가 들려왔다.

퍼뜩 자신의 상념에서 깨어난 운몽이 단숨에 돌계단을 뛰어 올랐을 때 검은 그림자 하나가 부딪칠 듯이 튀어나왔다.

이것저것 생각할 새 없이 운몽이 즉각 일장을 때렸다.

파앙!

그의 장심에서 뻗어 나온 위맹한 장력이 허공을 격하고 때려가자 검은 그림자 또한 마주 일장을 뻗었다.

두 사람의 장력이 정면으로 부딪쳤다.

우르릉—

웅장한 충돌음이 터져 나오고 비산하는 기파가 폭풍처럼 사방을 휩쓸어갔다.

운몽이 가슴을 압박해 오는 충격에 비틀거리며 반걸음 물러설 때, 그에게 부딪쳤던 검은 그림자도 신형을 움찔거리며 돌진을 멈추었다. 그 또한 같은 충격을 받은 것이다.

그 짧은 시간에 운몽이 횃불처럼 이글거리는 눈으로 검은 그림자를 꿰뚫어 보았다.

흑의 경장을 입고 검은 피풍의를 두른 괴한이었는데, 얼굴마저 검은 두건을 뒤집어쓰고 있어서 어떻게 생긴 자인지 알아볼 수 없었다.

뚫린 구멍을 통해 뻗어 나오는 두 줄기 눈빛만 비수처럼 날카롭다.

"흥!"

흑의괴인이 코웃음을 치더니 재차 운몽에게 부딪쳐 왔다.

파라라락—

옷자락 날리는 소리가 요란하게 들렸을 때, 흑의괴인의 두 손은 상하 좌우를 온통 검은 수영(手影)으로 뒤덮은 채 맹렬하게 운몽의 전신 요혈을 노리고 짓쳐들고 있었다.

운몽은 괴인의 장법에서 심상치 않은 기운을 느꼈다.

차갑고 냉랭한 강철의 기운과 함께 단단하기 이루 말할 수 없는 느낌을 받았던 것이다.

기선을 빼앗긴 운몽이 할 수 없이 세 걸음을 거푸 물러서며 즉시 연자십팔권의 금쇄봉운 수법으로 요혈을 가리며 반격에 나섰다.

갈퀴처럼 웅크린 열 손가락을 휘둘러 사방에 가득한 검은 수영을 가르고 찢어대는데, 그것과 부딪칠 때마다 침중한 충격과 함께 귀청을 따갑게 하는 소성이 터져 나왔다.

"고작 연자십팔권이냐?"

검은 복면 안에서 괴인의 음침한 음성이 낮게 흘러나왔다.

운몽은 대경실색했다. 강호에 나온 이래 자신의 장법을 알아보는 자를 처음 만났기 때문이다.

"너는 누구냐!"

운몽이 매섭게 외치며 두 손에 더욱 힘을 주어 괴인을 붙잡으려고 했다.

"흐흐흐, 어림없는 짓."

흑의괴인이 음충맞은 웃음을 터뜨렸다. 왼손으로는 두텁기가 열 겹의 쇠가죽 같은 장력을 뻗어내 운몽의 접근을 차단하면서 오른손 다섯 손가락을 번갈아 튕겨냈다.

핑핑핑핑!

그때마다 날카롭기가 쇠꼬챙이 같은 지력이 뿜어져 나와 운몽의 요혈을 두드려 댄다.

지력에서도 역시 냉랭한 쇠의 냄새와 기운이 느껴지고, 그것의 단단함과 날카로움이 느껴졌다. 그것만으로도 두려움을 느낄 만큼 위협적인데, 지력의 신속함과 강력함은 가히 지척에서 쏘아대는 쇠뇌와 같았다.

크게 놀란 운몽이 즉시 소요산보(逍遙散步)의 신법으로 몸을 이리저리 움직여 상대를 현혹시키면서 사부의 절기인 뇌정신장(雷精神掌)을 뻗어냈다.

강력하고 빠르며 변화무쌍한 것을 극대화시킨 광명존자의 장법을 처음 선보인 것이다.

"핫!"

흑의괴인이 그것을 알아보는 듯 짧은 기합성과 함께 즉시 수비세로 돌아서며 신중하게 대처했다.

운몽은 뇌정신장 중의 비격여궁(飛擊如弓)의 수법으로 두 발을 번갈아 걷어차며 의아하게 생각했다. 아무래도 흑의괴인이 자신의 절기를 알아보는 것 같았기 때문이다.

사부가 강호에서 활동하던 때는 이미 오십여 년이 넘게 지나갔고, 그로부터 오늘에 이르기까지 사부의 절기는 한 번도 세상에 나온 적이 없었다. 당연히 아는 자가 없어야 하는데 흑의괴인은 뇌정신장을 펼치자마자 한눈에 그것을 알아보는 것 같지 않은가.

하지만 지금은 그런 의문을 가지고 고심할 때가 아니었다.

"어린놈이 과연 제법이구나!"

몇 걸음 밀리게 되자 잔뜩 화가 났던지 흑의괴인이 냉랭하게 말하며 장력에 더욱 힘을 실어 좌우로 용맹하게 후려쳐 왔던 것이다.

그의 장력이 아직 와 닿지도 않았는데 가슴을 억누르는 웅장한 강철의 기운 때문에 숨 쉬기가 어려울 지경이었다.

"누구냐!"

더욱 놀란 운몽이 목청껏 소리치며 삼양신공을 십이성 끌어올려 두 손을 밀어냈다.

성큼 내딛은 왼발을 굽혀서 체중을 싣고 오른발을 곧게 뻗어 몸이 밀리지 않도록 받친 좌굴보(左屈步)의 자세로 허리를 앞으로 숙이고 왼손을 오른 팔꿈치에 붙여 보조하며 오른손을 쭉 뻗어 위맹한 장력을 쏟아낸 것이다.

역시 사부인 광명존자의 절기 중 하나인 귀왕권(龜王拳) 중 귀왕번자(龜王藩雌)라는 수법이었다. 맨손으로 능히 바위를 두부처럼 으깨고 보검을 꺾어버리는 위력을 발휘한다는 중수법(重手法)이다.

우르릉거리는 소리와 함께 주위가 삼양신공이 발산하는 열기로 인해 용광로 속처럼 뜨겁게 달아올랐다. 치이익, 하고 공기 중의 수분이 증기가 되어 증발한다.

콰앙!

두 사람의 장력이 격돌하자 천번지복의 굉음이 터져 나왔
다. 쇳덩이가 마구 부딪치며 굴러내리는 것처럼 우르릉거리는
굉음이 천지간에 가득해지고, 지진을 만난 것처럼 그들이 딛
고 있는 땅이 흔들렸다.

마당에 서서 멍하니 그들의 싸움을 바라보고 있는 태백쌍악
의 얼굴에서 핏기가 가셨다. 지나친 두려움과 놀람 때문에 넋
이 나간 것 같다.

그들은 저것이 과연 인간들의 싸움인가? 하고 의심했다. 운
몽의 출수도 놀랍거니와, 그것에 조금의 부족함도 없이 맞서
고 있는 흑의괴인에 대한 놀라움 때문에 가슴이 오그라들 지
경이었다.

"으하하하하—"

문득 날카롭고 요란한 웃음소리가 밤하늘 멀리 퍼졌다. 운
몽과 싸우던 흑의괴인은 언제 몸을 빼낸 건지 대전의 지붕 위
에 우뚝 서 있었는데, 한바탕 요란한 웃음을 터뜨리고는 픽, 하
고 꺼지듯 사라져 버렸다.

대전 앞에서 운몽은 두 손으로 가슴을 감싼 채 홀로 우뚝 서
있었다. 미동도 하지 않는 것이 심각한 부상을 입은 듯이 보인
다.

"운 소협!"

놀란 태백쌍악이 동시에 외치며 돌계단을 뛰어올라 왔다.
운몽이 휴— 하고 길게 숨을 내쉬더니 머리를 흔들었다.

“걱정하지 마세요. 저는 괜찮습니다.”

“정말 괜찮소? 혹시 내상을 입은 건 아니오?”

대악의 말에 운몽이 쓴웃음을 지었다.

“잠시 기혈이 들끓어 안돈시켰을 뿐, 부상을 입은 게 아니니 걱정하지 마십시오.”

태백쌍악은 멍하니 흑의괴인이 사라진 허공을 바라보는 운몽의 얼굴에서 그가 몹시 허탈해하고 있다는 걸 눈치 챘다.

“그는, 그는… 설마…….”

운몽이 멍한 눈길을 허공에 둔 채 중얼거렸다. 마음속에 무언가 복잡한 생각이 있는데, 갈피를 잡지 못해 당황하는 것 같기도 했다.

그러는 사이 대전 안으로 뛰어들어 간 태백쌍악이 놀라 외치는 소리가 들려왔다.

“너는 도척이 아니냐? 왜 이 꼴이 되었지?”

그 소리에 퍼뜩 정신을 차린 운몽이 대전 안으로 달려들어 갔다. 난장판이 되어 있는 상황을 한눈에 파악했는데, 그 중심에 쓰러져 있는 건 바로 도척이었다.

두 아가씨, 채시화와 상문경은 마혈을 제압당한 채 한쪽에 얌전히 누워 있었다.

바닥에 큰대 자로 쭉 뻗어 있던 도척이 끙, 하고 된 숨을 내쉬더니 부스스 몸을 일으켜 앉았다. 멍한 얼굴로 두리번거리는 것이 크게 놀란 모양이었다.

“그놈은? 그 검정귀신은 어디로 갔어?”

"이 중놈이 웬 헛소리냐?"

대악 염창이 버럭 소리치며 장심에 공력을 모아 도척의 명문을 후려쳤다. 퍽, 하는 소리가 들리더니 도척이 앉은 채 앞으로 풀썩 고꾸라졌다가 다시 부스스 몸을 일으켰다. 염창의 일장에 척추와 비장에 자극을 받고 나서야 비로소 온전한 정신이 돌아온 것이다.

"아!"

사람들을 둘러본 도척이 한마디 외치고는 부르르 몸을 떨었다. 놀라도 단단히 놀란 모양이었다.

"어떻게 된 일이냐?"

염창의 물음에 도척이 다시 한 번 부르르 몸을 떨고 더듬더듬 말했다.

"지독한 귀신이었다. 나는 그자의 세 초식을 받아내지 못했어. 한 대 얻어맞았으니 이런 창피한 일이 또 어디 있단 말이냐?"

정말 부끄러워 견딜 수 없다는 듯 두 팔로 머리통을 감싸안고 어쩔 줄 모른다.

그때 운몽은 두 아가씨의 막힌 혈도를 추궁과혈의 수법으로 풀어주었는데, 비록 옷 위를 통해서라지만 아가씨들의 따뜻하고 탄력있는 살결을 쓰다듬고 누르자 가슴이 두근거리는 걸 어쩔 수 없었다.

"휴—"

공력이 깊은 상문경이 먼저 답답한 숨을 내쉬고 몸을 움직였으며, 잠시 후 채시화도 굳었던 몸을 움직일 수 있게 되었다.

"운 상공에게 또다시 구명지은을 입었군요."

상문경이 쓸쓸하게 말하고 그를 외면했다. 채시화는 말없이 운몽을 바라보았는데, 안타까우면서 원망하는 눈길이었다.

대체 무엇 때문에 그녀들이 이와 같이 자신을 대하는지 몰라 운몽은 어리둥절하기만 했다.

뒤늦게 이 폐찰을 찾아온 도척이 밖에서 운몽과 갈두충이 싸우는 틈을 타 아가씨들을 구하려고 소리없이 대전 안으로 뛰어든 게 분명했다.

하지만 그곳에 남아 있던 흑의괴인이 그런 도척을 그대로 둘 리가 없었다. 그 즉시 도척은 괴인과 싸웠는데, 밖에서 운몽이 들었던 시끄러운 소리가 그것이었다.

소림사의 고승인 혜원 선사의 적전제자로서 자부심이 유별났던 도척이었다. 그런데 정체조차 알지 못하는 흑의괴인에게 삼 초식 만에 패하여 정신을 잃었으니 충격이 큰 모양이었다. 여전히 멍한 얼굴로 허공을 바라보며 주저앉아 한숨만 푹푹 쉬어댄다.

이청풍이 운신할 수 없는 중상을 입은 걸 보고 채시화는 그를 부둥켜안은 채 한동안 엉엉 울기만 했다.

여상풍의 죽음 앞에서 다른 사람들은 모두 숙연해져서 서 있었는데, 도척은 여전히 무언가 깊이 생각하는 듯 멍하니 허공을 바라보기만 했다. 그에게는 여상풍의 죽음도 별 의미가 없고, 이제는 운몽이 지니고 있는 달마혜검에 대해서도 별로 신경 쓰는 것 같지 않았다.

"저는 사형을 모시고 태을산장으로 돌아가겠어요."

울기를 마친 채시화가 그렇게 말했다. 운몽은 아쉬웠지만 이청풍의 상태가 위중하다는 걸 잘 알기에 그녀를 만류할 수가 없었다.

마음 같아서는 그녀와 이청풍을 태을산장까지 호위해 주고 싶은데 그럴 처지도 되지 못하니 안타깝기만 할 뿐이다.

그런 운몽의 마음을 안다는 듯 채시화가 애써 웃어 보이며 말했다.

"마을에 내려가면 마차를 구할 수 있을 거예요. 빠른 인편을 구해 산장의 사부님께 보고하고 천천히 가면 되겠지요. 그러면 도중에 사부님이 보낸 산장의 사람들과 만날 수 있게 될 테니 염려할 것 없어요."

"내가 바래다주고 오겠다."

내내 시무룩하던 도척이 그녀에게서 이청풍을 빼앗아 업고 누가 뭐라고 할 새도 없이 성큼성큼 산을 내려가기 시작했다.

"그럼, 부디 원하시는 걸 이루기 빌겠어요."

채시화가 그렁그렁 눈물이 맺혀 있는 눈으로 운몽을 물끄러미 바라보더니 겨우 그 말을 하고 고개를 숙였다.

달아나듯이 서둘러 멀어지는 그녀의 뒷모습을 바라보던 상문경이 한숨을 쉬었다.

운몽 또한 알 수 없는 감정으로 가슴이 먹먹해져서 길게 한

숨을 쉴 뿐이다.

"이제 어쩌려오?"

한동안 무거운 침묵이 흐르고 나서 대악 염창이 조심스럽게
물었다.

폐찰의 마당에는 그 많던 흑의무사들도 비로 쓴 듯이 사라
져 버리고 없었다. 그들은 소리없이 떠났는데 곽음수와 갈두
충은 물론 죽은 동료들도 남김없이 들쳐 업고 갔으므로 폐찰
의 마당은 언제 무서운 싸움이 있었느냐는 듯 깨끗했다.

거기 철선공자 여상풍의 주검만 쓸쓸히 남아 있어서 더욱
눈을 아프게 했다.

第八章
사랑이라는 것. 그 무서운 집착

양지바른 곳에 여상풍을 묻어주고 나무를 깎아 그를 기리는 목비를 세웠다.

그는 차가운 땅에 남고 운몽은 떠나지만 가슴속에는 여상풍의 웃는 모습이 언제까지나 남아 있을 것이다.

"이제부터는 결코 순탄한 길이 되지 않을 것이오."

염창의 걱정스러워하는 말에 운몽이 머리를 끄덕였다.

"그렇겠지요. 현천동경에 대한 소문이 이미 퍼졌다면 가는 곳마다 그것을 노리는 자들과 부딪치게 될 것입니다."

"어쩌시겠소?"

한참 생각하던 운몽이 말했다.

"역시 피할 수 있는 싸움은 피하는 게 좋겠지요."

가는 길마다 욕망에 사로잡혀 이성을 잃은 자들과 부딪친다면 피를 보게 될 것이다. 운몽은 그것을 원하지 않았다.

저 때문에 태백쌍악이 위험에 처하는 것도 원하지 않았고, 아직 곁에 머물러 있는 상문경도 그렇다.

대악 염창이 한층 밝아진 얼굴로 북쪽을 가리키며 말했다.

"산을 타고 간다면 며칠 더 걸리겠지만 그래도 열흘 안에는 금룡협에 이를 수 있소이다."

도척이 돌아오기를 잠시 기다렸던 운몽 일행은 그때부터 가능한 한 사람들의 눈을 피해 산과 골짜기로만 길을 잡아 움직였다.

그렇게 사흘이 지나자 운몽만 아직 멀쩡할 뿐, 어지간한 도척이며 태백쌍악도 지친 기색이 역력했다. 상문경은 울상을 한 채 묵묵히 따라오고 있는데 거의 기진한 상태였다.

운몽은 하루쯤 쉬어서 그들이 기력을 회복한 다음에 다시 길을 가는 게 좋겠다고 판단했다.

지친 사람들을 독려하고 상문경을 부축하여 산봉우리 하나를 넘어서야 골짜기의 개울가에 버려진 신당 하나를 찾을 수 있었다.

어느덧 밤이 찾아오고 있었다.

운몽이 제법 살이 통통한 어린 멧돼지 한 마리를 잡아 둘러메고 왔을 때 태백쌍악 등은 먼지 가득한 신당의 마룻바닥에

눕거나 벽에 기대앉아서 곤히 잠자고 있었다.

도척의 코 고는 소리가 우렁차건만 아무도 깨어나지 않는
것이 피곤의 포로가 되어 꼼짝하지 못하는 게 분명했다.

운몽은 그들이 깨지 않도록 조심하며 마당에 마른나무를 모
아 불을 지폈다. 개울에 내려가 멧돼지의 가죽을 벗기고 손질
을 해서 돌아왔을 때도 태백쌍악 등은 깨어나지 않았다.

멧돼지를 나무에 꿰어 통째로 구우면서 타오르는 불길을 멍
하니 바라보고 있노라니 어느덧 운몽에게도 졸음이 밀려들었
다.

지난 며칠 동안 마음 놓고 쉬어보지도 못했으니 아무리 강
철 같은 사람이라고 해도 누적된 피곤을 이길 수 없었던 것이
다.

불가에 앉아서 꾸벅꾸벅 조는 동안 멧돼지는 어느덧 익어가
고 있었다.

지글거리며 떨어지는 기름이 숯덩이에 닿을 때마다 불길이
화르르 살아나곤 한다. 구수한 냄새가 밤공기 속으로 넓게 퍼
져 나갔다.

그 때문인지, 멀리서 늑대들의 울음소리가 들려왔고, 푸드
덕거리는 올빼미의 날갯짓 소리도 머리 위에서 들려왔다.

그리고 한 사람이 소리없이 찾아왔다.

나뭇잎을 밟아도 소리 하나 나지 않는 최상승의 경공신법을
지닌 자였다.

그자가 곁에 다가오건만 운몽은 알아차리지 못했다.

신경을 곤두세우고 있었더라도 감지하기 어려울 만큼 은밀한 신법을 지닌 자였기 때문이기도 하려니와, 정신을 놓은 채 반쯤 잠에 빠져 있는 상태였으니 더욱 그렇다.

흑의를 입고 흑건으로 얼굴을 가린 자.

바로 며칠 전 폐찰에서 격돌한 적이 있던 바로 그 흑의괴인이었다.

유령처럼 소리없이 다가온 그가 흔들리는 불가에 서서 운몽을 내려다보았다.

복면 속에서 번쩍이는 눈빛에 음침한 살기가 어리기 시작했다.

운몽은 고기가 익어 타 들어가고 있다는 것도 모르는 채 가늘게 코마저 골고 있었다.

인적 없는 골짜기라는 데에 안심했고, 사람이 찾아올 리 없는 버려진 산신당이라는 데에 마음을 놓았으며, 그동안 쌓인 피곤 때문에 더 긴장을 유지하기 힘들었던 것이다.

신당 안에서 코를 골며 잠에 곯아떨어져 있는 태백쌍악이나 도척, 상문경 등도 마찬가지다.

그러므로 그들은 불침번도 없이 모두 잠들어 버린 실수를 범한 셈이었다.

피로가 방심을 불러왔고, 방심이 피로를 더 크게 해준 것이라고 해야 하리라.

운몽을 내려다보며 곧 후려칠 듯이 어깨를 움찔거리던 흑의괴인이 들릴 듯 말 듯 한숨을 쉬었다. 번쩍이는 두 눈에 어려 있던 살기가 슬그머니 사라진다.

말없이 운몽과 마주 앉은 그가 복면을 벗어 허리춤에 쑤셔 넣더니 번쩍이는 소도(小刀)를 꺼냈다. 그것으로 잘 익어 갈색으로 변한 멧돼지의 허벅지에서 고깃점을 숭덩 썰어낸다.

그때에 운몽이 비로소 수상한 기척을 느끼고 정신을 차렸다. 번쩍, 눈을 뜨자 마주 앉아 있는 흑의괴인이 정면으로 보이는 것 아닌가.

크게 놀라야 당연하련만 운몽은 침착했다. 조금도 놀란 기색이 없이 흑의괴인을 뚫어지게 바라본다.

흑의괴인은 아무 말도 없었다. 썰어낸 고깃점을 으적으적 씹을 뿐이다.

"소금을 뿌려야 하는 걸 잊었소."

운몽이 품에서 유지에 싼 소금을 꺼내 내밀자 흑의괴인이 남은 고기를 그것에 찍어 입으로 가져갔다. 여전히 말이 없다.

기름 범벅이 된 손을 옷자락에 쓱쓱 문질러 닦은 흑의괴인이 다시 한 덩이의 고깃점을 썽둥 잘라냈다. 그것을 비수에 찍어 불쑥 내민다.

운몽이 말없이 받아 뜯어 먹는 걸 보던 흑의괴인이 불쑥 말했다.

"술은 없는가?"

"안에 있소."

운몽이 볼이 미어지도록 베어 문 고기를 우물거리며 턱짓으로 신당 안을 가리켰다.

벌떡 일어난 괴인이 서슴없이 신당 안으로 들어갔다. 그리고 조금 후 술이 담긴 호로를 들고 나왔는데, 소악 황령이 늘 허리띠에 묶어 가지고 다니던 것이었다.

꿀꺽꿀꺽 몇 모금을 들이켜고 난 흑의괴인이 술 호로를 불쑥 내밀었다.

운몽도 받아 몇 모금을 마셔서 목을 축이고 다시 고깃점을 뜯어 씹는 일에 열중했다.

두 사람은 마치 먼 길을 가는 일행인 것 같았다.

한동안 그렇게 서로 먹고 마시기를 계속했는데, 운몽이 빈 손을 내밀면 흑의괴인이 소도로 고깃점을 저며서 건네주고, 그가 손을 내밀면 운몽이 술 호로를 던져 주는 식이었다.

끄윽, 하고 트림을 하고 난 운몽이 비로소 배가 찬 듯 옷자락에 기름 묻은 손을 문질러 닦고 물끄러미 흑의괴인을 바라보았다.

"당신을 본 적이 있습니다."

그의 말에 흑의괴인이 머리를 끄덕였다. 운몽이 마주 머리를 끄덕이고 다시 말했다.

"당신이라고 생각했었는데 역시 내 짐작이 맞았군요."

흑의괴인이 다시 머리를 끄덕여 시인한다.

그는 섬서도호부의 추관을 지내다가 은퇴하여 혼원현으로 이주했던 장 대인, 장학봉이었다.

운몽은 서안 낙성표국의 쟁자수 신분으로 그와 그의 가족

들, 그리고 가재도구를 운송해 주면서 먼발치에서 그를 본 적
이 있었던 것이다.

그리고 지금은 그 장 대인이 바로 혈사기주이면서 혈영자
본인일 것이라는 확신을 가지고 있기도 하다.

또한 며칠 전 폐찰에서 전력을 다해 싸운 적이 있는 그 흑의
괴인이기도 하다.

소도에 잔뜩 낀 기름을 옷자락에 문질러 닦은 그가 그것을
갈무리하며 지나가는 말처럼 물었다.

"네 사부는 아직 살아 있느냐?"

"연로하여 기력이 예전 같지 않지만 아직 살아 계십니다."

"흥, 그 나이가 되었으면 기꺼이 무덤 속에 들어갈 줄 알아
야지. 이 세상에 무슨 미련이 더 남아 있기에 아직도 죽지 않
고 살아 있단 말이냐?"

흑의괴인, 장학봉이 심통난 아이처럼 볼을 씰룩이며 말했
다. 운몽이 빙긋 웃는다.

"그 말을 하려고 일부러 나를 찾아오셨습니까?"

"하긴, 나 또한 아직 이렇게 살아 있으니 그를 욕할 처지가
못 되지."

운몽의 말을 듣지 못한 것처럼 제 푸념을 한 장학봉이 무섭
게 이글거리는 눈길로 운몽을 노려보았다.

"나와 네 사부 간에 얽힌 이야기는 알고 있겠지?"

"알고 있습니다."

"그는 나에 대해서 뭐라고 하더냐?"

"당신을 죽여야 한다고 하셨습니다."

"홍, 그렇겠지."

장학봉의 눈에 원망과 미움이 가득해졌다. 그것을 보며 운몽이 또렷한 음성으로 물었다.

"당신은 정말 아미산을 불태워 버릴 작정입니까?"

"그렇다."

장학봉의 서슴없는 말에 운몽이 흠칫 놀란다.

"그렇다면 그것은 귀령소 소양이라는 분 때문입니까?"

"홍, 그녀에 대한 한이 깊으니 아미파를 피로 씻으려는 거지. 그리고 네 사부에 대한 미움이 깊으니 아미산을 불태워 없애 버리려는 것이다."

"지독하군요."

"지독한 게 무언지 너는 과연 알기나 하고 말하는 것이냐?"

"당신의 그런 마음이 지독한 거겠지요. 반세기가 더 지난 일을 아직도 마음에 담아두고 있으면서 그때의 원한을 곱씹고 있으니 그게 지독하지 않단 말입니까?"

"배신보다 큰 원한을 남기는 건 없다."

단호하게 말하는 장학봉의 얼굴이 불빛을 받아 이글거렸다.

"사랑에 대한 배신이라면 더욱 그렇지. 그래서 나는 귀령소를 용서할 수 없고, 네 사부에 대한 원한을 잊을 수가 없다."

"그렇다면 지금 그것을 해결하는 게 좋겠군요. 저는 사부님을 대신하여 당신과의 묵은 일을 매듭짓고자 하니 저에게 원한을 풀어도 좋습니다."

"흥, 너는 나를 이길 수 있다고 자신하는구나?"

"이기지 못하더라도 당신과 함께 죽을 수는 있을 것입니다."

"나는 늙었고 너는 한창의 나이인데 억울하지 않겠느냐?"

"당신과 함께 죽을 수 있다면 아미산을 구하고 수많은 사람들의 목숨을 구할 수 있을 테니 오히려 기뻐해야 할 일이지요."

운몽은 그것 또한 죽여야 살린다는 사부의 화두에 맞는 일이라고 생각했다.

2

장학봉이 어색한 미소를 짓고 나서 말했다.

"좋다. 그 문제는 나중에 다시 논하기로 하자. 지금은 그것보다 현실적인 문제를 이야기하도록 하지."

"……."

"내가 이렇게 너를 찾아온 것을 아는 자는 아무도 없다."

그 말속에는 자신의 제자인 화운평도 포함된다는 의미가 깃들어 있었다.

운몽이 의아한 얼굴로 그를 빤히 바라보았다.

"나는 너에게 한 가지 제안을 하려고 한다. 네가 그걸 받아들여 줄 것을 기대하고 있다."

말을 마친 장학봉이 운몽의 의중을 탐색하듯 빤히 바라보왔다.

"말씀하십시오."

"함께 큰일을 도모해 보지 않겠느냐?"

"……?"

엉뚱한 말이라 운몽은 미처 파악하지 못하고 어리둥절했다.

"함께 현천선부를 찾아 열자."

"현천선부……."

"그렇다. 너도 잘 알고 있겠지? 네 자신이 바로 그곳의 주인이라는 걸 말이다."

"……."

"현천선부는 현천도련의 모든 것이 감추어져 있는 곳이니 곧 선천기문과 옥황현문의 근원이 되는 곳이라고 해야 할 것이다. 내가 옥황현문의 유일한 계승자라는 걸 너는 잘 알고 있겠지?"

"그렇습니다."

"그렇다면 너 또한 선천기문을 계승한 유일한 자라는 것도 잘 알 것이다."

운몽은 제가 사부로부터 무공을 물려받았지만 과연 그것만 가지고 선천기문의 계승자라고 해도 좋을지 자신이 없었다.

선천기문이 도를 수련하는 곳이라면 무언가 그곳에만 전해지는 비전이 있어야 할 것 아닌가. 그것마저 전해 받아야만 비로소 선천기문의 전인이라고 할 수 있으리라는 생각이 든 것이다.

운몽이 머리를 가로저었다.

"저는 아직 선천기문의 전인이라고 말할 수 없습니다."

"어째서?"

"사부께서는 무공을 전해주었을 뿐, 선천기문의 비전에 대해서는 한 가지도 전해주지 않았기 때문입니다."

"그렇다면 너는 더욱 내 말을 들어야 할 것이다."

장학봉의 눈에 담겨 있는 열기가 더해졌다.

"현천도련의 비동을 다른 사람이 여는 걸 원하느냐?"

운몽은 그 말에 대답하지 못했다.

'사부님이었다면 어떻게 하셨을까?'

그런 생각이 들자 더욱 망설이게 된다.

눈앞의 혈영자 장학봉이 옥황현문의 유일한 계승자이듯, 사부 광명존자는 선천기문의 유일한 전승자다. 그렇다면 사부 또한 사문의 비밀이 모두 들어 있는 현천선부를 다른 사람이 차지하는 걸 바랄 리가 없다는 생각이 들었다.

만약 그 다른 사람이 나쁜 마음을 먹은 자라면 그자로 인해 현천선부가 세상에 해악을 끼치는 결과가 될지도 모른다. 그건 강호를 위해서뿐만 아니라 사문의 명예를 위해서도 막아야 할 일이 아닐 수 없다.

운몽이 신중한 안색으로 비로소 대답했다.

"나 또한 현천선부가 엉뚱한 사람의 손에 들어가는 걸 원치 않습니다."

"그럴 것이다. 당연한 일이지."

흡족하다는 듯 미소마저 머금은 장학봉이 끄게 머리를 끄덕이고 나서 다시 말했다.

"그렇다면 너는 나와 힘을 합쳐 현천선부를 찾고 그것을 지키는 것에 동의하겠지?"

"이상하군요."

운몽이 알 수 없다는 듯 머리를 갸웃거렸다.

"현천선부는 금룡비동에 있다고 합니다. 금룡비동은 금룡협에 있을 테니 그곳은 곧 당신의 장원이 있던 혼원현 북쪽 잠촌이겠지요."

운몽이 말을 하며 탐색하듯 장학봉의 기색을 살폈다. 장학봉은 알 듯 모를 듯한 미소를 띤 채 운몽을 마주 보며 그의 다음 말을 기다리고 있었다.

"당신의 장원이 금룡협 입구에 세워졌던 것도 이상하려니와 그것을 군이 불태우면서까지 세상 사람들의 이목을 속이려했던 것도 이상합니다. 당신은 장원을 그렇게 소멸한 후 금룡비동으로 은거했던 것 아닙니까?"

"그렇다. 너의 말이 하나도 틀리지 않다."

"그렇다면 당신이 있는 곳이 바로 현천선부라는 말인데 군이 나에게 그곳을 함께 찾자고 할 필요가 있을까요?"

"현천선부를 열려면 세 개의 물건이 필요하다. 세상 사람들이 말하는 현천삼보라는 것이지."

"당신은 나를 원하는 게 아니라 내 품속에 있는 구리거울을 원하는 것이군요."

"그것과 너를 함께 원한다."

장학봉이 품에서 한 권의 낡은 비급을 꺼냈다. 그것을 본 운몽이 '아!' 하고 짧은 탄성을 터뜨렸다. 바로 그가 찾고 있는 현천도록이었기 때문이다.

"이것과 네가 지니고 있는 현천동경, 그리고 현천지검이 함께 있어야 선부를 열 수 있다."

"두 가지는 한군데 모였군요. 나머지 하나는 어쩔 작정입니까?"

"흐흥, 나는 그것을 누가 가지고 있는지 잘 알고 있지. 그자 또한 금룡비동을 찾아오고 있는 중이니 조만간 만나게 될 것이다."

"누구입니까?"

"화산수재 곡수린."

"아!"

운몽이 놀란 외침을 터뜨렸다. 그가 어떻게 해서 현천지검을 지니게 되었는지 알 수 없었던 것이다.

"너에게 한 가지 비밀을 가르쳐 주지."

마치 큰 선심이라도 베푼다는 듯 장학봉이 뜸을 들이며 말했다.

"그는 귀령소 소양의 전인이 되었다."

"어떻게… 그가 어떻게 귀령소를 만났단 말입니까?"

운몽으로서는 이해할 수 없었다.

그는 숭의산장에 혈사기가 나타난 직후 화산으로 돌아가 그 일을 보고해야겠다며 떠나지 않았던가.

운몽은 상문경으로 인해 그가 가슴에 자기를 원망하는 마음을 품고 있다는 걸 눈치 채고 있었다. 그래서 곡수린을 보고 있으면 늘 마음 한구석에 미안함을 느꼈는데 그가 스스로 떠나자 차라리 잘된 일이라고 여기기도 했었다.

그런데 화산에 있어야 할 그가 갑자기 귀령소의 전인이 되었고, 현천지검마저 지니고 있다니 어리둥절하기만 했다.

"그런 걸 두고 운명이라고 하는 거지. 아니, 기연이라고 해야 할까? 그 녀석에게는 화가 변하여 복이 된 건데 그걸 깨닫지 못하고 오히려 내 딸을 곤경에 빠뜨렸으니 고약한 놈이지."

그 말을 할 때 장학봉의 눈에서 살기가 번쩍이는 걸 운몽은 놓치지 않았다.

그는 곡수린이 장청을 죽지도 살지도 못하는 곤경에 빠뜨린 일을 알지 못하고, 그전에 장청이 곡수린을 그렇게 만들었던 일도 알지 못하기 때문에 장학봉의 그런 증오가 단지 현천지검 때문이라고 추측할 뿐이었다.

"그놈이 왜 현천지검을 지니고 강호에 나왔을 것 같으냐?"

"역시 현천선부 때문입니까?"

"흥, 그건 순진한 생각이지."

가볍게 비웃은 장학봉이 운몽을 직시하며 천천히 말했다.

"그놈은 너처럼 나를 죽이려는 것이다. 어쩌면 너까지도 그렇게 하려는 것인지도 모르지. 아니, 그럴 것이다."

"그가 왜 나를……"

운몽은 곡수린이 저를 죽이려 할 것이라는 말을 받아들이기 힘들었다.

상문경을 두고 서운한 감정이 생겼을 뿐, 그게 죽이려고 들 정도로 큰 원한을 맺을 일은 아니라고 여긴 것이다.

"귀령소가 그에게 명령했을 것이다. 나에 대한 그녀의 원한은 지독한 것이니까."

"그 말은 이해할 수 있습니다. 그런데 나를 죽이려고 할 것이라는 말은 이해하기 힘들군요."

"호호호, 광명존자에 대한 그녀의 원한 또한 나에 대한 것 못지않게 지독하지. 너는 그래도 모르겠느냐?"

"그렇다면 사부님 때문이란 말입니까?"

"그게 여자의 사랑이라는 것이다."

그 말을 할 때의 장학봉은 회한에 푹 젖어 있는 사람이었다. 두 눈에 아쉬움과 안타까움, 그리고 후회가 어른거렸다.

"늘 미움과 함께 붙어 있는 괴물이지. 달콤한 사랑이었다가도 뒤집어 보면 지독한 미움이 붙어 있는 것이다. 그것이 증오가 되고 원한이 되어서 서릿발 같은 한을 품는 건 순식간이다."

그건 아미산을 불태워 버리겠다고 하는 장학봉 자신의 말이기도 했다.

운몽은 이처럼 오랜 세월이 지났음에도 불구하고 그들 사이의 정이라는 게 여전히 강한 미움으로 남아 있다는 게 불가사의하게만 여겨졌다.

아니, 그 미움이라는 게 실은 잊을 수 없는 사랑을 뒤집어놓은 것에 지나지 않는다는 걸 이해할 수 있을 것도 같았다.

그러자 장학봉에 대한 연민의 마음이 생겼다.

그 나이가 되었으면서도 사랑 때문에 미워하고 증오한다는 건 그만큼 순수하다는 것 아닐까? 하고 생각한 것이다.

장학봉뿐 아니라 귀령소도 마찬가지일 것이다.

그들이 서로에 대하여 그토록 증오하고 미워하는 건 결국 반세기가 지나도록 서로에 대한 사랑을 버리지 못했다는 것과 다르지 않기 때문이다.

'그렇다면 곡수린에게 있어서는 내가 열 번 죽여도 부족할 원수일지도 모른다.'

그런 생각이 들었다.

곡수린은 제 사랑을 빼앗겼다고 여기고 있을지 모르지 않는가. 그 원한이 깊어서 어쩌면 상문경에 대한 미움마저 생겼는지도 모른다.

애증이라는 말이 서로 붙어 있는 것처럼 사랑과 미움이 둘이 아니라는 걸 생각하자 더욱 허무해졌다.

처음에는 사소한 오해에서 비롯되었을지 몰라도 시간이 지날수록 그로 인한 미움은 눈덩이처럼 불어나기만 한다. 그러면 과격한 성품의 사람은 제가 만들어낸 미움 때문에 스스로를 파괴하고 사랑하는 사람을 파멸시키는 어리석은 짓을 아무렇지도 않게 저지르곤 하는 것이다.

운몽은 장학봉과 귀령소가 그런 사람들이라고 생각했다. 사랑 때문에 집착이 생겼고, 그것이 사랑을 미움과 증오로 변질시켜 버린 것이리라. 그리고 그것 때문에 오늘날까지 이토록 서로를 파괴하려 하고 있다.

그들의 그 어리석음에 대한 안타까움이 운몽의 마음을 짠하게 했다.

운몽은 결국 집착을 버리는 일만이 유일한 해법이라고 생각했다.

누구를 사랑하되 그를 소유하려는 집착을 버릴 수 있다면 사랑이 미움으로 바뀌는 일도 없을 것이라고 생각한다. 그러면 오히려 사랑을 더 오래, 더 순수하게 지킬 수 있으니 집착을 버리는 일은 사랑을 떠나보내는 게 아닌 것이다.

'그것이야말로 참된 사랑의 방법이 아닐까?' 하고 생각하자 가슴이 시원해졌다.

운몽은 비로소 사랑에 대한 자신만의 정의를 내릴 수 있게 된 것이다. 그건 그가 이제 한 사람의 완전한 성인이 되었다는 의미이기도 했다.

3

돌이켜 보면 사부인 광명존자와 혈영자, 그리고 귀령소와 복호암의 소정, 소령 사태 등이 이렇게 복잡한 은원과 애증으로 얽힌 것은 혈영자와 귀령소가 가지고 있던 집착 때문이었다.

그것이 서로에 대한 불신을 낳았고, 불신이 미움을 잉태했으며, 결국 돌이킬 수 없는 증오와 원망을 만들어낸 것이다.

귀령소는 혈영자와 광명존자를 증오하고, 혈영자는 귀령소와 광명존자를 증오한다.

운몽은 그들이 공통으로 광명존자를 증오하는 건 질투 때문이라는 걸 알았다.

귀령소는 광명존자가 소정 사태를 사모하는 걸 증오했고, 혈영자는 귀령소가 광명존자를 사모하는 걸 증오했던 것이다.

그것이 오십 년이 넘도록 사라지지 않고 있으니 참으로 지독한 사랑이요, 증오라고 할 수 있었다.

운몽은 늙었다고 해서 사랑의 감정마저 사라지는 건 아닌 모양이라고 생각했다.

한때 사랑했던 사람에 대한 질투와 원망을 평생 가슴에 간직하고 살아가야 한다는 건 지독한 일이다.

그래서 운몽은 눈앞의 장학봉은 물론 귀령소 소양에 대해서도 불쌍하다는 마음을 가졌다. 그들의 이 지독한 집착이 무섭기도 하다.

"하겠느냐?"

운몽의 생각을 방해하지 않으려는 듯 말없이 이글거리는 숯불만 바라보고 있던 장학봉이 불쑥 물었다.

운몽이 고개를 들고 그를 마주 보았는데, 연민이 가득한 얼굴이었다.

"나는 사문의 보물이 세상에 흩어져 돌아다니도록 할 수 없습니다. 그것을 모두 거두어들일 생각입니다."

“잘 생각했다.”

장학봉이 활짝 웃었다. 그는 운몽이 저의 제안을 받아들였다고 여긴 것이다. 하지만 운몽의 생각은 그와 달랐다.

“당신은 이미 사문의 고귀한 이름을 더럽혔습니다. 그러므로 사부님께서도 당신을 더 이상 사문의 형제로 생각하지 않는 것이겠지요. 내가 당신을 사숙이라고 부르지 않는 것도 그런 까닭입니다. 그러므로 나는 당신이 현천삼보를 얻는 걸 반대합니다.”

“뭐라고? 너는 나와 손잡겠다고 결심한 게 아니었단 말이냐?”

“나는 아직 사부님으로부터 선천기문의 비전을 물려받지 않았으니 완전한 현천도련의 제자라고 하기에는 부족하지요.”

“그렇지 않다. 너는 네 사부로부터 선천기문의 무공을 배우지 않았느냐? 그 속에는 선천기문의 비결이 녹아 있지. 그러니 너는 선법을 닦아 도에 이르는 구결을 받지 않았을 뿐이지 선천기문의 진전을 물려받은 것이다.”

장학봉의 말에 운몽이 환하게 웃었다. 마음에 남아 있던 한 가닥 꺼림칙함이 깨끗이 사라진 것이다.

그가 자신있게 말했다.

“그렇다면 더욱 잘되었군요. 사부님을 대신해서 현천도련의 문호를 정리할 의무와 함께 권한이 생겼으니 말입니다. 나는 당신이 나를 따라 반정도관으로 가기를 원합니다.”

장학봉이 어이없다는 듯 실소를 흘렸다.

"허허, 너를 따라서 네 사부에게 가자고? 그래서 뭘 어쩌겠다는 것이냐?"

"당신은 그곳에서 사부님이 내리는 벌을 받아야 마땅하다고 생각합니다. 그렇게 하지 않겠다면 내 손으로 문호를 정리할 수밖에 없지요."

"괘씸한 것!"

여태까지 참고 있던 장학봉이 기어이 노기를 터뜨리고는 자리를 박차고 벌떡 일어나 운몽을 무섭게 노려보았다.

"흐흐흐, 나는 너에게 한 번의 기회를 주고자 했다. 네가 사문의 후학이고, 사사롭게는 사질뻘이 되기 때문이었지. 그래서 일부러 이렇게 찾아와 호의를 보였건만 그것을 뿌리쳤으니 너의 복이 다한 것이라고 해야 하리라."

"흥! 나는 당신을 결코 사숙이라고 인정할 수 없소."

"함께 손을 잡고 선부를 열어 현천도련의 모든 것을 나누어 가진 다음에 무림을 발아래 둔다면 가히 여태까지 아무도 이루지 못했던 패왕의 명예를 얻을 수 있을 것이다."

장학봉의 말에는 노여움과 함께 아쉬움이 깃들어 있었다.

"나는 머지않아 우화등선할 테니 결국 그 모든 것이 너에게로 돌아가게 마련이다. 너는 강호의 패자로 군림하면서 곤륜산 위에 제왕성을 쌓고 구파일방의 조공을 받는 존재가 될 수 있었다. 현천도련의 모든 것이 너에게로 모일 테니 하늘 밖의 하늘이요, 천신이 부럽지 않은 유일한 존재가 되는 것이다. 모든 영화와 공명을 한 손으로 움켜쥘 텐데 그것을 뿌리치다 니…… 나는 너의 어리석음에 기가 막힐 뿐이다."

"그러한 일은 이루어질 수 없고, 이루어져서도 안 되는 것입 니다."

운몽이 천천히 몸을 일으키며 단호하게 말했다.

"강호는 거대한 바다와 같습니다. 흘러드는 수많은 물들을 모두 품어주지요. 그 어떤 강물도 스스로 바다가 될 수 없고, 그것을 지배할 수 없는 것입니다. 당신의 말은 마치 어부가 작 은 고깃배를 저어가면서 이 넓은 바다에 그물을 드리울 수 있 는 사람은 나 하나뿐이라고 소리치는 것과 같고, 이 넓은 바다 의 주인은 바로 나라고 믿는 것과 같이 어리석은 말입니다."

운몽의 말이 끝날 때까지 묵묵히 그를 노려보고 있기만 하 던 장학봉이 부드득, 이를 갈았다.

"좋다. 오늘은 너와의 첫 상견례를 한 것으로 치고 이대로 물러가겠다. 하지만 다시 만났을 때는 지금과 같지 않을 것이 다. 너는 내 앞에 무릎을 꿇던지 아니면 목숨을 내놓아야 할 것이다. 나는 이제 조금도 동문 존장으로서의 정을 베풀지 않 겠다."

"보중하십시오."

운몽이 가볍게 포권했다.

다시 한 번 무섭게 노려본 장학봉이 훌쩍 몸을 던지더니 꺼 지듯이 어둠 속으로 사라져 버린다.

                    *   *   *

　현천삼보의 하나인 현천동경이 나타났다는 소문은 바람처럼 빠르게 강호에 퍼졌다. 그것이 운몽이라는 한 청년에게 있다는 말이 덧붙었음은 물론이다.

　태백쌍악은 더욱 노심초사했지만 운몽은 태연하기만 했다. 그의 걱정은 오직 하나, 어떻게 곡수린에게서 현천지검을 되찾아올 것이며, 어떻게 장학봉으로 하여금 현천도록을 내놓게 하느냐, 하는 것뿐이었다.

　그 일을 이루기 위해서 운몽은 더욱 걸음을 재촉하며 금룡협을 향해 나아갈 뿐이었다.

　하지만 그의 길은 순탄할 수 없었다. 오대산을 넘고 만태산(熳泰山)에서 북악 항산(恒山)으로 이어지는 항산산맥을 따라 나아갈 때부터 그를 쫓는 자들과 부딪쳐야 했던 것이다.

　욕망에 눈이 먼 자들은 제 주제를 알지 못하고 부나방처럼 달려들었다. 때로는 길목을 지키기도 했고, 때로는 혼자였으며 때로는 무리 지어 달려들기도 했던 것이다.

　처음에는 운몽이 어떤 존재인지 알지 못해서 무턱대고 달려들다가 더러 죽기도 했다. 그러면서 운몽이라는 청년이 초극고수라는 말이 널리 퍼지기 시작했다.

　그러나 그런 소문은 욕망에 눈이 먼 자들을 깨우쳐 줄 수 없었다. 한 명이 안 되면 열 명이서 하고, 그것도 안 되면 백 명이 하면 된다는 듯 집요하게 달려들었던 것이다.

그리고 그렇게 모인 자들은 과연 운몽 일행에게 있어서 그 어떤 강력한 존재보다 위협이 되었다.

만태산과 항산의 중간쯤 되는 좌현(座縣)의 백석산(白石山)에서 그들은 운몽을 기다리고 있었다.

방문좌도와 협사를 자처하던 자들이 하나의 목적으로 뭉쳤고, 거기에 정도를 걷는 몇몇 세가의 인물들까지 가세해 이백 명 가까이나 되는 무리를 이룬 것이다.

높은 산맥 위에 완만한 능선을 이루고 넓게 펼쳐져 있는 천화평(天和坪)이라는 곳이었다.

"천화평에 모여 있다오."

바쁘게 오가던 철담개 양우순이 숨을 헐떡이며 하는 말에 운지는 가슴이 철렁했다.

이곳까지 오는 동안 내내 운몽에 대한 소식을 들었는데 그것들이 하나같이 불길한 것이어서 가뜩이나 노심초사하던 그녀였던 것이다.

천화평에 군웅들이 모여 운몽과의 일전을 꾀하고 있다니 가슴이 떨리지 않을 수 없다.

"무려 이백여 명이나 된다니, 참 부끄러운 줄도 모르는 것들이지."

제가 다 분한 듯 철담개가 거친 콧김을 내뿜었다.

"여기서 얼마나 떨어져 있지요?"

"말을 타고 쉬지 않고 달리면 백석산이 있는 좌현까지 한나절이면 도착할 수 있을 것이오. 그다음에 천화평까지 달려 올라가는 데 다시 한나절을 잡아야 할 테니 하루 길이 되겠군.”

“운몽은? 그는 어떻게 하고 있는지 알 수 없나요?”

“사흘 전에 만태산을 떠났는데, 아무것도 모르는 것처럼 천화평을 향해 빠르게 나아가고 있다니 아마 내일쯤이면 그들과 조우하게 되지 않겠소?”

“그럼 이렇게 앉아 있을 새가 없군요. 서둘러요.”

운지가 젓가락을 내려놓고 일어섰다. 반도 채 먹지 않은 소면에서 아직 뜨거운 김이 피어오르고 있었다.

“흐흥, 좋은 구경거리가 되겠군.”

그 무렵 곡수린도 금룡협으로 향하고 있는 중이었는데 도중에 귀가 따가울 정도로 운몽에 대한 소문들을 듣고 있었다.

운몽이 악명 높은 마두인 철지사괴 곽음수와 산서일마 갈두충을 죽였다는 소문도 덩달아 퍼지기 시작했다.

그 말을 들은 사람들은 절대로 그럴 리가 없다며 코웃음을 쳤지만 곡수린만은 충분히 그럴 수 있다는 걸 인정하고 있었다.

그런 소문을 들을 때마다 운몽에 대한 미움이 더 커져 가는 걸 곡수린은 내버려 두고 있었다.

‘내 마음이 이끄는 대로.’

그렇게 생각한 것인데, 어찌 보면 도를 수양한 자로서의 자연스러운 마음가짐인 것 같으나 그 안에는 운몽에 대한 질투와 미움이 깃들어 있었다.

그 운몽이 아무것도 모르는 채 천화평을 지날 것이라니 그 냥 갈 수가 없다.

채시화는 이청풍을 부축해 태을산장으로 돌아갔는데 상문 경은 여전히 운몽 곁에 붙어 있다지 않던가.

'놈!'

그 생각만 해도 질투심이 불처럼 일어 견딜 수 없었다. 그런 질투심은 언제나 공연한 상상을 대동했다. 상문경이 운몽과 한 침상을 쓰고 있는 광경이다.

벌거벗은 그녀가 역시 벌거벗은 운몽의 품에 안겨 있는 걸 상상하기만 하면 피가 끓어오르고 치가 떨렸다. 그러면 애써 부질없는 망상이라고 스스로를 달래며 잊으려 하지만 그럴수 록 엉뚱한 상상은 정도를 더해가기만 했다.

곡수린은 제가 만들어놓은 상상의 덫에 걸려서 스스로 괴로 워하고 있는 것이다.

그는 그것을 상문경에 대한 지극한 사랑이라고 믿을 뿐이었 지 그것이 실은 그녀에 대한 집착이고 욕망이라는 건 조금도 생각하지 못했다.

젓가락을 내려놓고 갓 넓은 죽립을 눌러쓴 곡수린이 여유있 는 모습으로 초라한 객잔을 벗어났을 때는 하늘에 별들이 촘 촘해지기 시작하는 무렵이었다.

"이번 일만은 기필코 성공해야 한다."

또 한 사람. 천화평의 일을 전해 듣고 이를 가는 사람이 있었다. 화운평이다. 그의 곁에는 누이인 화보옥이 고운 자태를 뽐내고 있었다.

그는 금룡협을 나와 십여 명의 정예 수하만을 거느린 채 천화평으로 향하고 있었다. 달리는 말에 채찍질을 하며 서두른다.

"운몽이라는 사람이 정말 오라버니의 상대가 된단 말이야?"

묻는 화보옥의 얼굴이 호기심으로 반짝였다.

"그가 또 아미검후라는 요망한 계집애의 정인이고?"

"시끄럽다!"

운지에 대한 말이 나오자 화운평은 저도 모르게 신경질적으로 반응하고 말았다. 화보옥이 입술을 삐죽인다.

"참 이상하지? 요즘은 비구니들도 사랑을 할 수 있는가 봐? 그럼 나도 참한 총각 스님을 하나 붙잡아서 사랑놀음이나 해볼까? 재미있을 것 같아. 그렇지, 오라버니?"

화보옥이 생글생글 웃으며 놀리지만 화운평은 대꾸하지 않았다. 매섭게 노려보아 주었을 뿐 눈길을 돌린다.

입을 꾹 다물고 있는 그의 마음속에 들끓고 있는 것도 곡수린의 그것과 같은 집착이고 욕망이었다.

운지에 대한 추억은 있지만 소유욕은 그렇게 크지 않았는데 운몽이라는 존재가 끼어들면서 저도 모르게 그것이 걷잡을 수 없이 커지고 만 것이다.

그것이 경쟁심 때문이고 질투의 감정이라는 걸 화운평은 인정하지 않았다. 이제는 제 자신이 오래전부터 운지를 열망하고 있었다고 믿는 것이다. 자기최면에 빠진 것과 같았다.

그래서 화운평은 자기와 운지 사이에 불쑥 운몽이라는 녀석이 끼어들어 일이 이처럼 엉망으로 되어버렸다는 엉뚱한 믿음을 가졌다.

'천화평에서 놈을 잡는다.'

그는 그렇게 결심했다. 이번 일마저 실패하고 돌아간다면 사부가 저를 내칠 것이라고 생각하자 견딜 수 없었다. 차라리 천화평에 뼈를 묻을지언정 소득없이 내려오지 않겠다는 결심을 단단히 하게 된다.

제가 있고 화보옥이 있으니 두려울 건 아무것도 없었다.

第九章
무정혈로(無情血路)

기세 좋게 타오르는 모닥불 가에 무릎을 안고 앉아 있는 사람은 말이 없었다.

노란 불똥들이 바람을 타고 검은 하늘 멀리까지 퍼져 나간다. 반짝이는 그것들의 아름다움에 상문경은 잠시 제 처지를 잊고 감탄하며 바라보았다.

태백쌍악과 도척은 코를 골며 깊이 잠들었고, 운몽은 홀로 어둠 속을 서성이고 있었다.

"운 소협."

상문경이 머리카락을 매만지며 그를 불렀다.

"이리 와서 앉아보세요."

무슨 할 말이라도 있어? 하는 얼굴로 운몽이 천천히 다가와 그녀 곁에 앉았다.

"보세요. 아름답지 않나요?"

상문경이 하늘 높이 날아오르는 불똥의 무리를 가리켰다. 그녀의 손가락을 따라 그저 바라보던 운몽이 풀썩 웃었다.

"세상의 걱정 근심이란 실은 저 불똥 같은 건지도 몰라요."

"어째서?"

"불똥이 바람에 이끌려 어지럽게 날아오르다가 절로 사라져 버리듯이 걱정이라는 것도 내버려 두면 그렇게 되지 않겠어요?"

"상 소저에게는 내가 걱정이 많은 사람으로 보이는 모양이군요?"

"걱정이 없는 사람은 없겠지요. 하지만 유독 내 눈에 운 소협의 걱정이 더 크게 보이는 걸 보니 아마도 나는……."

그녀가 말을 끝맺지 못하고 고개를 숙였다. 흰 목덜미가 불빛에 물들어 붉어져 있다.

운몽은 눈으로 재촉했다. 한동안 애꿎은 제 손가락만 만지작거리던 상문경이 용기를 내어 말했다.

"아마도 나는 운 소협을 많이 좋아하나 봐요."

"그건……."

운몽은 그녀의 솔직한 말에 당황했다. 그녀가 대범하고 가식이 없는 여걸이라는 건 익히 알고 있었지만 이처럼 부끄러움없이 제 마음을 드러내 보일 줄은 몰랐던 것이다.

말을 해버리고 나자 용기가 생긴 듯 상문경이 얼굴을 들고 운몽을 똑바로 바라보았다.

 "운 소협의 마음속에게는 운지라는 아가씨가 들어 있을 뿐, 저 같은 것에게 관심이 없다는 걸 잘 알아요. 하지만 나는 그렇지 않으니 언젠가는 꼭 이 말을 해주고 싶었어요. 그렇지 않으면 평생 가슴에 멍이 되어 있을 테니까요."

 이미 장학봉을 통하여 사랑이 무엇인지, 그것의 뒷면에 새겨져 있는 것이 어떤 건지를 생각하고 알게 된 운몽에게 상문경의 그 말은 두렵기 짝이 없는 것이었다.

 상처를 입지 않고 한을 남기지 않으려면 누구를 사랑하는 일이 없으면 된다. 그럴 수 없다면 헤어지는 일이 없으면 된다.

 하지만 사람의 일이라는 게 어찌 제 마음대로 될 것인가. 결국 사랑을 하게 되고 헤어지기도 하며 그래서 마음에 상처가 남고 때로는 한이 생기기도 한다.

 운몽은 상문경의 마음속에 저로 인하여 그런 상처가 남는 걸 원치 않았다. 그러나 그녀의 마음을 그대로 받아들일 수도 없으니 난감한 일이다.

 '사람이란 결국 사랑을 하고 그로 인해 생긴 상처를 가질 수밖에 없는 나약한 존재인 것이다.'

 운몽은 그렇게 생각하지 않을 수 없었다. 그래서 제가 어떻게 해주어야 상문경이 저로 인한 상처를 덜 받게 될지 고심하게 된다.

 운몽을 뚫어지게 바라보는 상문경의 얼굴에 열기가 더해갔다. 그녀의 눈빛이 그 어느 때보다 반짝이고 깊어져 있다는 게 운몽에게는 더럭 겁이 나는 일이었다.

그가 기어이 그녀의 눈길을 마주 받지 못하고 슬그머니 외면했다.

"휴―"

상문경이 길게 탄식한다.

"이 밤이 지나고 나면 천화평에 이르게 된답니다. 운 소협도 알고 있겠지요?"

"그렇소."

천화평에 수많은 군웅들이 모여 자신을 기다리고 있다는 소식을 오늘 낮에 들은 것이다. 스스로 척후를 자처하며 바쁘게 오가던 황령이 가져온 소식을 들었을 때 가장 놀란 사람은 대악 염창이었다.

그는 한사코 운몽에게 천화평을 피해 멀리 돌아가자고 권했으나 운몽이 듣지 않았다.

운몽은 강호에 갑자기 퍼지게 된 그러한 소문의 진원지가 장학봉이라는 걸 짐작하고 있었다. 네가 어떻게 나올지 두고 보겠다는 생각이리라.

운몽은 그것이 저에 대한 그의 도전이라는 것도 짐작했다. 저의 힘이 빠지기를 기다리는 것이고, 부상이라도 입기를 바라는 것이다.

운몽은 장학봉의 그런 흉심을 피해가고 싶은 생각이 없었다. 정면에서 당당하게 다가가 그와 최후의 일전을 겨루고 제

힘으로 모든 걸 끝맺고 싶은 것이다.

단지 천화평의 일이 끝이 아닐 것임도 짐작했다. 장학봉은 금룡협에 도착하기 전에 몇 겹의 함정을 파놓았을 것이다.

운몽은 그것을 피해갈 방법이 없다는 걸 알았다. 있다고 해도 그렇게 하는 건 떳떳치 못하다고 생각했다.

어떤 시련이 기다리고 있어도 꿋꿋하게 헤치고 나아가 장학봉의 면전에 우뚝 서야 하는 것이다. 그게 사부가 바라는 바일 것이고, 현천도련의 정기를 보여주는 일이라고 믿었다.

"나는 아무것도 두렵지 않소."

운몽의 말에 상문경이 미소를 지었다.

"다만 내가 두려워하는 건, 그건……."

"운 소협이 두려워하는 게 뭐지요?"

운몽의 말을 기다리던 상문경이 재촉했다. 운몽이 그래도 망설이다가 마지못한 듯 탄식을 섞어서 겨우 말했다.

"사람과 사람 사이의 정이라오."

"아니겠지요."

상문경이 즉시 부정했다.

"내 생각이 맞는다면 운 소협이 두려워하는 건 사람과 사람 간의 정이 아니라 남녀 간의 사랑이라고 해야 할 거예요. 그렇지 않나요? 그것도 저 같은 여자가 상심하여 한을 갖게 되는 걸 두려워하는 거겠지요."

"아!"

운몽은 상문경이 정확히 제 마음을 짚어내는 데에 크게 놀랐다. 거기에 대해서 그녀와 한 번도 상의한 일이 없건만 상문경은 마치 제 마음속에 들어갔다가 나온 사람인 것 같지 않은가.

운몽은 이런 게 바로 여자들의 직관인 모양이라고 생각했다. 무섭지 않을 수 없다.

제가 관심을 두고 있는 남자에 대해서는, 특히 사랑을 느끼기 시작한 남자에 대해서는 그의 사소한 말 한마디, 몸짓이나 눈빛 한가닥에서도 본능적으로 그 사람의 마음을 읽어내는 것이다.

그건 타고난 자질 같은 것이었다. 여자라면, 그것도 사랑을 느끼기 시작한 젊은 아가씨라면 누구에게나 있는 특별한 능력이다.

하지만 그녀가 정작 한 남자에게 푹 빠지게 되면 그때부터는 아무것도 생각할 줄을 모른다. 사랑에 눈이 멀었다고 하는 말처럼 오직 그 남자만 보일 뿐 아무리 중요한 것이라고 해도 다른 모든 건 다 사소한 일일 뿐인 것이다.

그때부터 그녀는 자신의 본능과 탁월한 직관이라는 보물을 잃어버리고 판단력마저 지극히 주관적인 것이 되어버린 채 어린아이처럼 그에게 모든 걸 의지하고 매달리게 된다.

그렇다. 사랑이라는 이름 앞에서 그녀는 어린아이가 되어버린다. 그래서 지극히 이기적이고 편협해진다. 모든 가치가 오직 그 사람과 자기와의 관계에만 국한되어 버리기 때문이다.

그러므로 그 사랑이 깨졌을 때 여자들은 더 큰 충격과 상처를 받게 되는 것이고, 그 사랑이 배반으로 돌아왔을 때 누구도 풀어줄 수 없는 지독한 한을 갖게 되는 것이다.

하지만 운몽이 두려워하는 건 상문경이 한을 갖는 것보다 상처를 갖는 것이었다. 그는 자기 때문에 그녀가 평생 가슴에 남아 있을 상처를 받길 원치 않았다.

"나에게는 어렸을 때 이미 마음을 준 사람이 있소. 그건 아무리 세월이 흐르고 세상이 바뀐다고 해도 변하지 않을 그런 것이오."

"알고 있어요."

운몽의 말에 상문경이 씁쓸한 얼굴이 되어 고개를 숙였다. 운몽은 그녀의 무릎에 방울져 떨어지는 눈물을 보았다. 가슴이 칼에 찔린 것처럼 아프다.

하지만 여기서 물러서거나 머뭇거릴 수 없었다. 단호해져야 하는 것이다. 마치 싸움 같다고 생각했다. 사랑이란 싸움인 건지도 모른다는 생각이 든다. 이기는 자가 있고 지는 자가 있으며, 상처를 주는 자가 있고 상처를 받는 자가 있다. 때로는 죽어버리기도 한다.

이런 기회가 오기를 기다리기라도 했다는 것처럼 운몽이 제 속에 든 말을 거침없이 쏟아놓았다.

"상 소저가 나를 생각하는 마음이 각별하다는 걸 알고 있었소. 하지만 나는 상 소저에게 보답할 수가 없소. 내 마음은 오래전에 운지라는 한 여자에게 사로잡혀 버렸기 때문이라오. 그때부터 내 마음은 내 것이 아니게 되었던 거지요."

그녀는 말없이 들었다. 눈물만 뚝뚝 떨어뜨리고 있다.

"나는 상 소저가 나로 인해 괴로워하는 걸 그만두었으면 좋겠소. 상 소저는 아름다운 데다가 훌륭한 사문을 가지고 있으며 성정이 올곧으니 어떤 남자라도 소저를 사랑하게 될 것이오. 이미 마음이 굳어버린 나 같은 자에게 굳이 얽매어 스스로 고통스러워한다는 건 어리석은 짓 아니겠소?"

"알고 있어요."

그녀가 울먹이는 음성으로 겨우 말했다.

"하지만 당신은 오직 한 명일 뿐인걸요."

"소저……."

"당신의 그녀가 당신을 찾아 이리로 오고 있어요."

상문경의 말에 운몽이 깜짝 놀랐다.

"운지가 이곳으로 오고 있다고? 소저가 그것을 어찌 아시오?"

"그가 말해주었어요."

"아!"

운몽은 그녀가 말하는 '그'가 바로 장학봉이라는 걸 짐작했다. 납치되었던 폐찰의 대전 안에서 그는 상문경과 채시화 두 아가씨를 지키며 남아 있었는데, 그때 말해주었을 것이다.

"그는 저와 채 동생에게 말했는데……."

상문경이 몹시 꺼려지는 듯 머뭇거렸다. 운몽이 뚫어지게 바라보자 마지못한 듯 말하는데, 운몽을 똑바로 바라보지 못했다.

“자기를 도와 운 소저를 물리쳐 준다면, 그렇게 한다면 그
는…….”

“말해보시오.”

운지에게 관계된 일이라는 게 운몽을 긴장시켰다. 그의 말
투가 딱딱해지고 낯빛이 싸늘해진다. 상문경이 울 듯한 얼굴
로 겨우 말했다.

“어떤 일이 있어도 운 소협을 죽이지 않을 것이며, 현천선부
의 보물을 우리에게 나누어 주고 운 소협이 우리와, 우리
와…….”

상문경이 슬픈 중에도 부끄러운 듯 얼굴을 붉게 물들인 채
말을 더듬었다. 운몽은 말없이 그녀를 쏘아보기만 했다. 한참
후에 상문경이 다시 말했다.

“운 소협이 우리와 백년해로할 수 있도록 해준다고 했어
요.”

“두 아가씨와 말이오?”

운몽이 어리둥절해서 물었다. 그런 일이 가능하다는 걸 상
상해 본 적도 없었던 것이다. 상문경의 얼굴이 더욱 붉어졌다.
그녀가 차마 제 입으로 말할 수 없는 듯 고개만 끄덕인다. 운
몽은 기가 막혔다.

“채 소저도 그걸 허락했단 말이오?”

상문경이 기어들어 가는 음성으로 겨우 말했다.

“채 동생의 마음도 저와 똑같으니까요.”

“이런, 이런…….”

상문경의 말은 운몽에게 충격이었다. 어떻게 두 꽃다운 아가씨가 그런 터무니없는 생각을 할 수 있었던 건지 이해되지 않는다.

한동안 멍하니 상문경을 바라보던 운몽이 건조한 음성으로 겨우 말했다.

"그가 그 대가로 요구한 게 있을 텐데?"

"그녀를 유인해 그에게 데려다 주는 것이었어요. 운 소협에게 데려가 준다고 한다면 그녀가 아무 의심 없이 따라올 테니 별로 어려운 일도 아니겠지요."

"그렇게 해서 그가 대체 그녀에게 무슨 짓을 하려고 했단 말이오?"

운몽이 화가 나서 소리쳤다. 상문경은 눈물만 뚝뚝 떨어뜨릴 뿐이었다. 그녀가 흐느끼며 말했다.

"운 소저를 사로잡아 자기 딸과 바꾸겠다고 했어요. 그러면 그녀는 자기 딸 대신 동굴에 갇혀 평생 죽지도 살지도 못하는 고통을 겪게 될 것이라고 했지요."

장학봉은 운지를 사로잡아 귀령소의 동굴 속에 집어넣으려는 것이었다. 장청을 구해내고 귀령소와 운지를 함께 가두어버리는 게 그의 복수 중 하나였던 것이다.

기가 막혀 멍해 있던 운몽에게 서서히 분노가 치밀어 올랐다.

"그는 우리가 제 말을 듣지 않으면 운 소협을 죽여 버리겠다고 했어요. 그에게는 그런 능력이 충분히 있답니다. 우리는 우리가 목숨을 잃는 것보다 그게 더 두려웠어요.”

상문경이나 채시화에게 있어서 혈영자라는 존재에 대한 두려움은 충분히 그런 생각을 갖게 할 만했다.

“그런데 채 동생은 포기했지요. 그녀의 사형 때문이기도 하지만 운지라는 아가씨를 그렇게 할 수 없었기 때문이랍니다. 채 동생은 당신과 운지가 아름답게 맺어지는 걸 보기 원했던 것이에요.”

운몽은 여전히 침묵했고, 상문경이 이제는 담담하게 말했다.

“지금은 저 또한 그렇답니다. 저는 운 소협이 충분히 혈영자의 마수에서 벗어날 수 있을 거라고 믿어요. 그 폐찰에서 운 소협이 그를 쫓아냈다는 걸 알고 있으니까요.”

운몽은 상문경이 채시화처럼 무언가 자기 자신을 위해서 중요한 결정을 했다는 걸 짐작할 수 있었다.

그녀가 손수건을 꺼내 눈물을 훔치고 일어섰다.

“저는 떠나겠어요.”

“어디로 가려는 것이오?”

상문경이 쓸쓸함 가득한 얼굴로 운몽을 바라보다가 한숨을 쉬었다.

“운 소협은 이제 상관할 것 없어요.”

잠시 더 운몽의 눈을 말없이 들여다보던 상문경이 검을 들고 돌아섰다. 운몽은 그녀를 붙잡지 못했다. 마음속에 수많은 갈등이 오고 가지만 결국 그녀를 보내기로 결심한 것이다.

2

천천히 어둠 속을 더듬어 산을 내려가던 상문경은 새벽이 찾아올 무렵 큰 바위 아래에서 한 사람과 마주쳤다. 곡수린이었다.

"당신은 어디로 가는 거지?"

곡수린이 물었는데, 여태까지 그녀와 함께 있었던 것처럼 스스럼없는 음성이고 얼굴이었다. 그래서 상문경 또한 그렇게 되었다.

"곡 사형이로군. 내가 어디로 가든 곡 사형이 상관할 것 없어."

"당신은 운몽과 함께 있지 않았나?"

"그의 길과 나의 길이 여기서 갈린 것뿐이야."

"그렇군."

곡수린의 얼굴에 씁쓸한 미소가 떠올랐다.

"당신은 그에게서 버림받았어."

그런 게 아니라고 말하고 싶었지만 상문경은 입을 다물었다. 곡수린에게 이런저런 일들을 말하고 싶지 않았으려니와, 무엇보다 지쳐 있기 때문이었다.

그녀는 어디든 아무 간섭도 받지 않고 누울 수 있는 곳을 찾아 푹 자고 싶기만 했다. 그 잠에서 깨어나면 온갖 상념들로부터도 멀쩡하게 깨어날 수 있을 것 같았다.

상문경이 고개를 숙인 채 천천히 걸음을 떼어놓았다. 곡수린은 스쳐 가듯 그렇게 멀어지는 상문경의 쓸쓸한 뒷모습을 바라보고 아직 어둠에 잠겨 있는 산 위를 바라보며 머뭇거렸다.

제가 마음속으로만 그렇게 사랑했던 사람이었다. 그 사람이 다른 남자에게 마음을 주고 빠져드는 걸 고통으로 지켜보기도 했다. 그래서 운몽에 대한 미움이 깊어졌지만 그녀를 탓하고 싶지는 않았다.

지금 상문경은 운몽에게서 버림을 받아 홀로 쓸쓸히 떠나고 있다. 그녀의 마음이 어떨지는 누구보다 곡수린 자신이 잘 알 수 있었다. 상문경에게서 버림받았던 경험이 있기 때문이다.

지금이라도 달려가 그녀를 부둥켜안고 위로해 준다면 그녀의 마음이 다시 돌아오지 않을까? 하는 생각이 들었다.

하지만 곡수린은 망설이기만 할 뿐 선뜻 상문경을 뒤쫓아갈 수 없었다.

그녀에게 버림받았다고 느꼈던 그때의 야속함이 그녀의 쓸쓸함 앞에서 고소하게 여겨지기도 했고, 마음이 떠나버린 여자를 붙잡고 제게 다시 돌아와 달라고 애걸하기에는 자존심이 허락하지 않았던 것이다.

'그것보다는 내가 해야 할 일을 먼저 해야 한다.'

곡수린은 그렇게 작정했다.

귀령소와 맺은 약속을 지켜야만 제 어깨에 지워진 짐을 내려놓을 수 있을 것이기 때문이다. 그러면 홀가분한 몸과 마음으로 강호를 활보하며 제 뜻을 마음껏 펼쳐 볼 수 있다.

'그녀는 이미 떠난 사람이다. 잊어주는 게 그녀를 위해서도 좋은 일이지.'

곡수린은 상문경이 떠난 곳을 바라보면서 그렇게 자신의 행동에 대하여 스스로에게 변명해 주었다. 입술을 깨물며 그녀의 모습을 애써 지워 버린다.

산을 거의 내려온 곳에서 상문경은 또 다른 사람을 만났다. 운지와 철담개 양우순이다.

상문경은 한눈에 그녀가 운지라는 걸 알아보았다. 잿빛 승복을 입고 염주를 목에 걸었지만 긴 머리에 아름답게 빛나는 얼굴은 그녀가 상상했던 운지의 모습 그대로였던 것이다.

"나는 당신이 누구인지 알아요."

길가에 조용히 서 있다가 그들이 다가오자 불쑥 말했다.

운지가 깜짝 놀라 걸음을 멈추었다. 새벽빛을 담은 것처럼 서늘하고 맑은 눈으로 한동안 상문경을 바라보더니 한숨을 쉰다.

"언니의 얼굴에는 근심이 가득하군요. 지쳐 보여요. 무엇이 언니를 그렇게 지치도록 했는지 모르지만 지금은 모든 걸 잊고 쉬는 게 좋겠어요."

"당신은 내가 누구인지 궁금하지 않나요?"

"언니가 누구이든 그건 중요하지 않아요."

운지의 말에는 진심으로 상문경을 걱정하는 마음이 담겨 있었다. 상문경이 흘러내린 머리카락을 쓸어 올리며 쓸쓸한 미소를 지었다.

"나는 상문경이라고 해요."

"아, 언니가 바로 풍화곡의 상 언니였군요?"

운지는 그녀가 태을산장의 채시화와 함께 늘 운몽 곁에 붙어 있다는 걸 들어 알고 있었다. 운몽을 생각하고 그녀들을 생각하면 마음속에 불쑥 질투의 감정이 생기기도 해서 깜짝 놀라 다라니경을 독송하곤 했던 적이 한두 번이 아니다.

당황하는 운지를 물끄러미 바라보던 상문경이 다시 쓸쓸한 미소를 지었다.

"당신은 운 소협을 찾아가는 길이지요?"

"……"

"하지만 이리로 올라가 봐야 소용없을 거예요. 그는 벌써 천화평을 향해 떠났을 테니까요. 어쩌면 지금쯤 그곳에 도착했을지도 몰라요."

"아!"

운지가 깜짝 놀라 눈을 크게 떴다. 또 한 걸음 늦었단 말인가? 하는 생각에 더욱 당황한다.

상문경이 그런 운지에게 다시 말했다.

"당신은 조심하는 게 좋을 거예요. 혈영자가 누구보다 당신을 노리고 있으니까요."

"그게 무슨 말이지요?"

"그는 당신을 사로잡아서 곤경에 빠뜨리려고 해요. 당신이 그에게 사로잡히면 운 소협 또한 곤경에 빠지고 말겠지요.”

운지가 당황하자 철담개 양우순이 끼어들어 상문경을 채근했다.

“아가씨는 누구에게서 그런 말을 들었소?”

“당신은 알 것 없어요.”

쌀쌀맞게 대꾸해 준 상문경이 운지에게 포권했다.

“내 말을 잊지 말고 부디 보중하세요. 당신을 위해서 또 운 소협을 위해서.”

상문경이 다시 한 번 운지를 멍하니 바라보고 나서 돌아섰다. 쓸쓸하게 산을 내려가기 시작한다.

그녀는 제가 운몽을 위해서 아무런 도움도 줄 수 없다는 걸 원망하고 있었다. 처음 강호에 나왔던 때의 넘치던 의욕마저 모두 사라져 버렸다. 이런 모습과 이런 마음으로는 더 이상 강호를 활보하고 싶지 않다는 생각만 가득할 뿐이다. 저보다 일찍 그런 걸 깨닫고 돌아선 채시화의 현명함이 부러워진다.

“그녀의 말이 정말이었어.”

희미한 온기만 남아 있는 화톳불 가에서 운지는 멍하니 서 있었다. 반나절이 늦고 말았다는 생각에 안타깝기 짝이 없다.

조금만 서둘렀더라면, 그가 이곳에서 야영하는 줄 알았더라면 늦지 않게 도착할 수 있었을 거라는 생각에 안타까움이 더해진다.

주변을 살펴보고 난 양우순이 말했다.

"그의 곁에는 이제 세 사람만 남아 있군. 서두르는 게 좋겠소."

그러나 운지는 그곳을 떠날 수 없었다. 마음은 이미 천화평에 가 있건만 그녀의 몸을 붙잡는 사람이 있었던 것이다.

"또 만나게 되는군요."

부드러운 음성이 차가운 새벽바람에 실려 다가왔다. 철담개는 물론 운지도 그녀가 다가오는 걸 알지 못했던지라 화들짝 놀랐다.

해남검파에서 왔다는 화보옥이었다. 남쪽 능선을 따라온 모양이다. 그녀가 천천히 다가와 운지를 마주 보고 섰다.

화보옥이 희고 고른 치아를 드러내며 방긋 웃었다.

"언니는 나를 따라가는 게 어때요? 그러면 누구도 언니의 털끝 하나 건드리지 못할 거예요."

운지는 새벽녘에 만났던 상문경을 떠올렸다. 혈영자가 자신을 납치하려고 하니 조심하라던 경고의 말이 이렇게 빨리 현실이 될 줄은 몰랐던 터라 당황하게 된다.

"아미타불—"

운지가 불호를 외며 합장하고 말했다.

"나는 천화평으로 가야 하니 화 소저의 명을 받을 수가 없군요."

"그곳에는 갈 필요 없어요. 언니는 설마 운몽이 천화평에서 군웅들에게 잡힐 거라고 생각하는 건 아니겠지요?"

"그건……."

"언니는 아직 운몽이 어떤 사람인지 확실히 알지 못해요. 나 또한 그렇지요. 하지만 나는 그가 지닌 능력을 언니보다는 잘 측량할 수 있답니다. 내가 장담하지요. 천화평에 모여 기다리고 있다는 이백 명의 군웅들은 운몽을 어쩌지 못할 거예요."

화보옥의 말에는 신념이 깃들어 있었다. 자신감이기도 하다. 그래서 운지는 저도 모르게 안심이 되었다. 화보옥이 다시 방긋 웃는다.

"운몽이 그들을 모두 죽이겠다고 마음먹었다면 달라질지도 모르지요. 이백 명을 혼자서 상대한다는 건 누가 되었든 힘겨운 일일 테니까요. 하지만 운몽이 그렇게 어리석은 짓을 할 리가 없지 않아요? 그는 다만 군웅들을 뚫고 지나가려는 것뿐인데 누가 그를 붙잡을 수 있겠어요?"

운지는 그 말이 옳다고 생각했다. 운몽이 뚫고 나가겠다고 마음먹었다면 이백 명이 아니라 삼백 명의 군웅들이 앞을 가로막았다고 해도 능히 그렇게 할 것이다.

"그러니 언니는 그를 만나려면 나를 따라가는 게 가장 확실한 길이라는 걸 알아야 해요."

"당신은 나를 어디로 데려가려고 하나요?"

"금룡비동."

"아."

운지는 화보옥의 말대로 한다면 확실히 운몽을 만날 수 있다고 생각했다. 그가 결국 금룡비동으로 찾아올 테니 자신이 앞서 가 기다리는 셈이 될 것 아닌가.

여태까지는 금룡비동으로 가는 길에 많은 난관들이 있었지만 화보옥을 따라간다면 아무런 장애 없이 쉽게 갈 수 있을 거라는 생각도 하게 된다.

"속지 마시오."

철담개가 불쑥 끼어들어 높고 엄중하게 경고했다.

"운 소저는 이미 저 아가씨를 한 번 겪어보지 않았소? 그녀가 얼마나 간교하고 무서운지 잘 알 텐데?"

그 말에 화보옥이 발끈했다.

"당신, 빌어먹는 거지 주제에 감히 끼어들겠다는 건가요? 흥! 거지들은 동냥 주머니 속에 여벌의 목숨도 넣어가지고 다니나 보지요?"

"그렇다면 오죽 좋겠소만 나에게도 목숨은 하나뿐이라오. 그러니 더 아껴야 하지 않겠소?"

그건 '네 말을 따르다가는 제명대로 살지 못할 게 뻔하다'는 의미나 다름없었다. 화보옥의 얼굴에 냉랭한 기운이 감돌았다.

"나는 너에게 말하는 게 아니다. 네가 한 번만 더 지저분한 입을 놀린다면 그때는 너의 목을 어깨에서 떼어줄 테다. 그러면 다시는 입을 놀릴 수 없겠지."

그녀의 지독한 말에 운지가 눈살을 찌푸렸다. 그런 운지를 바라보며 방긋 웃는 화보옥의 얼굴은 제가 언제 그런 험악한 말을 했었느냐는 듯 천진하고 순수해 보였다.

"어때요? 나를 따라가서 편하게 앉아 차를 마시며 그가 오는 걸 기다리는 게 좋지 않겠어요? 내가 맹세하건대 그가 찾아오면 나는 언니가 그에게로 가는 걸 붙잡지 않겠어요."

철담개가 망설이는 운지를 가로막고 서서 눈을 부라렸다.

"흥! 네 손에 운 소저가 있는 이상 운몽 또한 너의 말을 듣지 않을 수 없을 테니 굳이 운 소저를 막을 필요가 없겠지."

그의 말은 운지를 인질로 삼겠다는 화보옥의 뜻을 드러내는 것이었다. 화보옥이 발끈했다.

"경고했지!"

날카롭게 외침과 동시에 그녀의 허리춤에서 한줄기 은빛 섬광이 눈부시게 뻗어나갔다.

철담개가 앞을 가로막고 있었으므로 운지는 제때에 그것을 보지 못했다. 그녀가 '아!' 하고 놀란 외침을 터뜨렸지만 화보옥의 그 무섭도록 빠른 검격으로부터 철담개를 지켜줄 수는 없었다.

발검이 그대로 격검이 되는 해남검파의 전광검법(電光劍法)은 눈 깜짝할 순간에 철담개의 목을 관통하고 말았다. 철담개가 미처 반응하기도 전에 벌어진 일이다.

그는 비명도 지르지 못한 채 털썩 무릎을 꿇고 주저앉았는데, 그때에야 매끈하게 잘린 목이 가슴 앞으로 뚝 떨어지고 붉은 선혈이 허공에 뿌려졌다.

이곳까지 동행하면서 때로는 말벗이 되고, 때로는 자상한 보호자가 되어주었던 철담개의 어이없는 죽음에 운지는 넋이 나갈 지경이 되었다.

"당신, 당신이 이처럼 악독한 짓을 하다니!"

운지가 덜덜 떨리는 손으로 화보옥을 가리키며 소리쳤다. 그녀가 검을 갈무리하며 배시시 웃는다.

"그는 나의 경고를 듣지 않았기 때문이지요. 그가 자초한 일이니 누구를 원망하겠어요?"

"아, 당신의 생김새는 선녀처럼 곱고 우아한데 당신의 마음은 이처럼 악독해서 야차가 울고 갈 지경이니 참으로 안타깝군요. 이 세상에서 당신같이 지독한 아가씨는 또 없을 거예요."

"흥, 아무려면 어때요? 내 생김새로 말하자면 당신 운 소저보다 못하고 내 마음의 모질기로 말하면 운몽보다 못하니 그런 말은 내게 아무런 노여움도 가져다주지 못해요."

"그건 무슨 말이지요?"

저의 악독함을 운몽보다 못하다고 하는 말에 운지가 깜짝 놀라 물었다. 화보옥이 코웃음을 친다.

"흥, 언니는 아직도 모르고 있었단 말인가요? 그는 일편단심으로 저를 사모하는 아가씨들을 모두 매정하게 대해서 쫓아버렸으니 그녀들의 마음에 얼마나 못된 짓을 한 거겠어요? 아무리 뻔뻔한 남자라도 그런 짓은 차마 하지 못할 거예요. 그러니 그의 모질기가 어찌 나보다 못하겠어요?"

눈마저 흘기는 것이 그게 모두 운지 탓이라고 나무라는 것 같기도 했다.

운지는 화보옥의 말에 기쁨이 샘솟는 한편 마음에 어두운 그늘이 지기도 했다. 운몽에게 그처럼 그를 좋아하는 아가씨들이 있었다니 그렇다.

혹시 그가 이미 그녀들과 정을 나눈 건 아닐까? 하는 엉뚱한 의심이 들면서 마음은 더욱 괴로워졌다. 그에 대한 그리움과 안타까움 때문에 그렇고, 자신의 망상이 빚어주는 엉뚱한 상상 때문에 그렇다.

화보옥의 말은 차라리 '운몽이 두 아가씨를 번갈아 껴안고 즐기느라고 너 같은 건 깨끗이 잊었다더라' 하고 말해주는 것보다 더 집요하게 운지를 괴롭히는 것이었다. 운몽에게 상처를 입고 떠났다는 두 아가씨의 모습이 자꾸만 마음에 걸렸기 때문이다.

새벽녘에 보았던 상문경의 쓸쓸한 모습을 생각하자 마치 제 일인 것처럼 정신이 아뜩해지면서 가슴이 공허해졌다.

그처럼 운지는 화보옥의 말에 휘말려서 제 자신을 다스리지 못하고 혼란에 빠졌다. 운몽에 대한 그리움과 두 아가씨에 대한 질투, 그리고 그녀들에 대한 연민이라는 서로 다른 감정들이 뒤죽박죽 섞인 것이다.

마음의 갈피를 잡지 못하니 방금 눈앞에서 철담개 양우순이 처참하게 죽었다는 것도 잊었다. 그저 멍하니 허공을 바라보는데 온갖 상념으로 인해 복잡하기 짝이 없는 얼굴을 하고 있었다.

화보옥이 그런 운지를 보면서 회심의 미소를 지었다. 이 순박한 아가씨가 자신의 올가미에 걸려들었다고 여긴 것이다.

그때를 놓칠 화보옥이 아니다.

"이얏!"

그녀의 입에서 매서운 기합성이 터져 나왔다. 그와 함께 철 담개 양우순을 쳤던 흰 검광이 쭉, 뻗어 나온다.

"아!"

운지의 낯빛이 창백해졌다.

3

적들.

운몽은 그렇게 규정했다. 말로 설득할 수 있는 자들이라고 는 애초에 생각하지 않았지만 이렇게 무질서하게 달려드는 들 개의 무리 같을 것이라고도 생각하지 않았기에 노여움보다 실 망이 더 컸다.

그들은 자신들의 머릿수에 대한 믿음 하나로 함부로 달려들 었다. 오직 운몽을 죽이고 그의 품에서 현천동경을 빼앗을 생 각만 가득할 뿐, 강호에서의 명성도 장차 있게 될 비난에 대해 서도 생각하지 않았다.

그러므로 그들은 먹잇감을 눈앞에 둔 굶주린 들개의 무리와 조금도 다르지 않았다.

막상 동경을 빼앗고 나면 어떻게 할 것인지에 대해서도 아 무런 생각들이 없는 것이다. 동경은 하나뿐이니 그것을 두고 다시 죽고 죽이는 싸움이 벌어질 게 뻔했다.

　　결국 최후의 승자가 동경을 차지한다고 해도 그는 이미 지쳐 있거나 회복하기 힘든 부상을 입은 후일 테니 그것을 오래 지키지 못하고 엉뚱한 자에게 어이없이 빼앗기리라.

　　그런 다음에는 다시 동경을 지닌 자를 뒤쫓는 또 다른 무리가 생겨날 것이고, 이와 같은 참극은 얼마든지, 몇 번이든지 되풀이하여 일어날 수 있다.

　　'한심한 자들.'

　　운몽은 그렇게밖에 생각할 수 없었다. 한심하다 못해 가엾어지기까지 한다.

　　오직 탐욕에 사로잡혀 그것이 저를 파멸로 이끌리라는 걸 까맣게 모르는 어리석은 짐승들. 그들 속에 태백쌍악이 묻혔다. 도척도 파묻혔다. 그들의 용맹도 이백 명이나 되는 군웅들 속에서는 파도에 휩쓸리는 모래더미나 같았다.

　　운몽 또한 그와 같아 보였다. 거대한 파도가 밀려들어 모든 것을 집어삼키듯이 이백 명이나 되는 군웅들은 그대로 밀려들어 운몽마저 집어삼키고 있었던 것이다.

　　사방에 악쓰며 외치는 소리가 진동했고, 번쩍이는 검광이 눈을 어지럽게 했다. 윙윙거리는 파공성이 허공을 가득 메운다.

　　그 복판에서 운몽은 더 이상 주저할 수 없다고 생각했다. 이미 태백쌍악이 위기에 직면해 있고 도척 또한 그렇기 때문이다. 장력을 사방으로 흩뿌려 들개 떼의 접근을 뿌리치는 소극적인 공세만으로는 이자들을 물리칠 수 없고, 태백쌍악과 도척도 구할 수 없다는 걸 절실하게 느낀 것이다.

그래도 잠깐 망설였던 운몽이 입술을 질끈 깨물었다. 장력을 뿌려대던 그의 손이 슬며시 검자루를 잡는다.

죽음이 코앞에 밀려들고 있을 텐데 그것을 느끼지 못한 채 무어라고 악을 쓰며 칼을 휘둘러 대고 있는 눈앞의 턱석부리 장한에 대한 연민이 또 한순간 운몽을 망설이게 했다.

그러는 사이에 그자의 칼이 매서운 바람 소리를 내며 운몽의 정수리 위로 떨어졌다.

산동 지방에서 호쾌한 성품과 독보적인 도법으로 제법 명성을 날리는 자, 쾌도번풍(快刀飜風)이라는 명호를 가진 당문척은 의기양양했다. 드디어 저의 칼이 운몽의 장세를 뚫었기 때문이다.

당문척은 제 칼에 운몽이 두 쪽이 되리라고 믿어 의심치 않을 뿐, 제가 한 짓이 사신(死神)을 잠에서 깨어나게 한 멍청한 짓이라는 걸 꿈에도 몰랐다.

핏!

운몽의 허리춤에서 경쾌한 휘파람 소리가 울린다고 들었다. 그 소리는 그대로 당문척의 가슴을 관통하고 빠져나갔다. 쾌도번풍 당문척은 칼을 움찔, 멈춘 채 왜 제 가슴에서 헛바람 새는 소리가 들리는 건지 의아하게 생각했다.

그게 시작이었다.

처음 검을 뽑아 든 운몽은 여태까지의 모습과는 완전히 다른 모습으로 변해 버렸다. 그는 차갑고 냉정했으며, 그것이 지나쳐 오만하고 냉혹하며 무정한 무정귀(無情鬼)의 모습으로 바뀐 것이다.

달마혜검은 운몽의 손에 의해 피보라를 세상에 뿌려댔다. 백여 년 전 소림의 신승으로 꼽히는 원통화상이 마중천주라는 자를 무찌를 때 한 번 사용되었을 뿐 소림사의 달마원 깊은 곳에서 내내 잠자고 있던 보검이 드디어 검집에서 벗어난 것이다. 그리고 그것은 백여 년 전과는 비교할 수 없는 날카로움과 예리함으로 잔혹한 피보라를 뿌려대기 시작했다.

운몽은 사문의 검법 중 가장 지독한 쾌검법인 분광십이검(分光十二劍)을 펼쳤다. 쾌검법 중의 쾌검법이고, 천하 각문각파의 쾌검법을 모아 정수만을 취해 집대성한 것이라고 광명존자가 입에 침이 마르도록 자랑하던 그것이다.

그것을 처음 세상에 선보이면서 운몽은 제 손이, 제 몸과 정신과 영혼이 검에 이끌리고 있는 것 같은 착각에 빠졌다. 의식이 가기도 전에 검이 먼저 그곳에 이르렀으며, 눈이 좇는 것보다 더 빠르게 검봉이 먼저 나아갔다. 그리고 그것은 제 앞에 작은 방해물이 있는 것도 허락하지 않았다.

검이 가로막으면 그것을 부수며 뻗어나갔고, 방패가 가로막으면 그것을 가르며 내리꽂혔다. 몸뚱이가 가로막으면 가차없이 베어 넘기고, 갑주가 가로막으면 진흙을 찌르듯이 뚫어버린다.

운몽은 검에 이끌리는 검주(劍主)에 지나지 않아 보였다. 검이 그 스스로 의지를 갖고 적개심을 드러내며 미친 듯 움직이는 것 같았던 것이다.

번갯불이 번쩍이는 것보다 더 빠르게, 뇌성보다 더 우렁차게, 낙뢰보다 더 강력하고 뜨겁게.

운몽의 손에 의해 펼쳐지는 분광십이검은 그런 모습을 남김없이 보였다. 그 앞에서 욕망에 사로잡혔던 짐승 같은 자들은 속절없이 무너질 뿐이다. 그들의 비명이 들렸을 때 운몽은 벌써 저만큼 앞에 나아가고 있었고, 새로운 비명을 뚫고 더 빨리 나아가고 있었다.

아무것도, 누구도 그의 검이 뚫어가는 피의 길을 멈추게 할 수 없었다. 그래서 천산평에서의 운몽의 행로는 무정혈로(無情血路)가 되었다. 그가 지나간 뒤에야 우수수 무너지는 자들의 주검과 피가 대지를 붉게 물들인다.

"굉장하다!"
"저것이 저놈의 진면목이었단 말인가?"
두 사람.

서로 아무 관계도 아니면서 서로 죽여야만 하는 두 사람이 어깨를 나란히 하고 서서 발아래 펼쳐지는 운몽의 무정혈로를 바라보며 놀란 외침을 터뜨렸다.

곡수린과 화운평이다.

"저것이 분광검법이란 말인가?"

화운평이 찢어질 듯 눈을 부릅뜨고 운몽의 검법을 바라보며 중얼거렸다.

그는 제 사부인 장학봉이 과거에 단 한 번, 광명존자가 펼치는 바로 저 분광검법에 패했다는 걸 잘 알고 있었다. 그 패배로 인해 사부는 폐인이 되다시피 하여 지난 오십여 년 동안이나 강호를 떠나 있어야 했다.

화운평은 사부의 최대의 목적이 바로 저 분광검법을 꺾는 일이라는 걸 생각했다. 한 번의 패배가 준 지울 수 없는 상처를 사부는 결코 잊지 못하는 것이다.

'광명존자의 분광검법.'

화운평이 이를 갈며 그것을 바라볼 때 곡수린 또한 그랬다. 그는 무당파의 대정환을 빌어 자신의 내공을 대성하자 넘치는 자신감을 가졌다.

이제는 화운평을 죽일 수 있고, 운몽도 그렇게 할 수 있다는 믿음으로 그들을 찾아 금룡협으로 향하고 있었던 것이다. 하지만 지금 발아래 펼쳐지고 있는 싸움을 보면서 그런 자신감은 저도 모르게 조금씩 사라져 가고 있었다.

운몽에 의해 펼쳐지고 있는 놀라운 검법은 곡수린에게도 불안이 되어 쏟아져 들어왔다. 도저히 운몽의 저와 같은 쾌검법을 극복할 수 없을 것이라는 불안감이다.

쾌검법이되 쾌검법이 아니면서 또한 쾌검법이라고밖에는 할 수 없는 기묘한 검법. 그것이 곡수린과 화운평의 눈에 보이는 운몽의 검법이었던 것이다.

그 운몽의 검법이 드디어 한줄기 혈로를 뚫었다. 그 뒤를 대악 염창이 소악 황령을 업은 채 따르고, 뒤를 지키며 도척이 따르고 있었다.

"나는 아직도 멀었다."

화운평이 절로 탄식했다. 그것을 보며 곡수린도 그와 똑같은 마음이 되었다. 그들은 넘을 수 없는 벽을 본 것이다. 그리고 절망하는 마음이 그들을 하나로 묶어주었다.

두 사람이 서로 마주 보았다. 죽이기 위해 풍혈사의 붉은 담장에 서서 마주 보던 눈빛이 아니었다. 한동안 서로를 바라보던 그들이 동시에 머리를 끄덕였다.

뚫었다.

하지만 운몽은 그 사실마저 의식하지 못했다.

온몸이 베인 자들의 몸에서 뿌려진 피로 젖어 혈인(血人)의 몰골이 된 채 멍하니 푸른 하늘을 바라보고 서 있을 뿐이다.

소악 황령은 기어이 숨을 거두고 말았다. 가슴과 등에 난 상처가 너무 깊어 손을 써볼 수조차 없었던 것이다.

대악 또한 가볍지 않은 부상을 입고 있었는데, 그는 제 품에서 죽은 황령을 부둥켜안고 놓아주려 하지 않았다. 뜨거운 눈물이 그의 늙은 볼을 타고 하염없이 흘러 차갑게 식어가는 황령의 창백한 볼 위에 떨어졌다.

일찍이 부모를 잃은 채 어린 동생의 손을 잡고 구걸로 연명하던 일이 떠올랐다. 사부를 만난 뒤에도 황령은 구박을 받았을 뿐, 그를 돌보아주는 사람은 오직 대악 혼자일 뿐이었다.

유일한 혈육. 그러면서도 사부에 의해 성마저 달리 써야 했던 하나뿐인 동생. 그와 함께했던 지난 육십여 년의 세월이 여기서 이렇게 끝났다는 게 대악을 허탈하게 했다. 그래서 그는 슬픔보다 더 크고 깊은 상처를 어떻게 해야 할지 알지 못해 그저 굵은 눈물만 뚝뚝 떨어뜨리고 있는 것이다.

“나는 이제 떠나겠소이다.”

한참 만에야 대악이 품에 황령을 안은 채 일어서서 그렇게 말했다.

“이제는 운 소협 곁에 있어봐야 짐이 될 뿐이오.”

운몽은 그를 붙잡을 수 없었다. 황령의 주검 앞에서 비통한 얼굴이 되어 침묵할 뿐이다. 그런 운몽의 모습이 소리쳐 우는 것보다 더 아프게 대악 염창의 가슴을 찔렀다.

“부디 보중하시오.”

“어디로 가시렵니까?”

운몽의 어눌한 물음에 염창이 쓰게 웃었다.

“태백산이 본래 있던 곳이고 고향이나 다름없으니 그곳으로 가야겠지요. 시간이 나면 언제든 좋으니 청량곡(淸凉谷)으로 찾아와도 좋소.”

“꼭 그렇게 하지요.”

운몽이 포권하고 깊숙이 허리를 숙였다. 그동안 자신을 그림자처럼 따랐고, 많은 도움을 준 염창에 대하여 최대한의 경의를 표함으로써 작별 인사를 한 것이다.

염창이 마주 허리를 숙여 보이고는 말없이 돌아섰다. 위태롭게 비틀거리며 멀어진다.

그가 보이지 않게 되고도 한참 동안이나 운몽은 멍하니 염창이 사라진 곳을 바라보고 서 있었다. 철선공자 여상풍이 죽고 채시화가 이청풍을 데리고 떠났을 때에도, 상문경이 떠났을 때에도 느껴보지 못했던 커다란 공허가 밀려들었던 것이다.

第十章
매듭은 묶은 자가 풀어야 한다

두 사람. 그리고 스무 명의 흑의무사들. 금룡협 입구에서 운몽을 맞은 건 그들이었다.

그때쯤은 수많은 사람들이 금룡협 입구로 몰려와 있었는데, 누구도 감히 운몽을 가로막지 못했다. 그가 천산평에서 보여준 놀라운 무용(武勇)에 대하여 듣지 못한 자가 없었기 때문이다.

"탄복했다."

화운평이 포권하고 나서 그렇게 말했다.

운몽은 그의 말속에 진심이 담겨 있다는 걸 알았다.

"대단해, 두려울 정도로."

곡수린의 말속에도 진심이 가득했다. 어디에도 자만하는 기색이 없다.

하지만 운몽은 무표정했다. 그들이 친구가 되기 위해 앞을 가로막은 게 아니라는 걸 잘 알기 때문이다.

"현천지검이다!"

운몽의 뒤에 서서 곡수린을 노려보던 도척이 버럭 소리쳤다. 그는 곡수린이 허리에 차고 있는 검을 알아본 것이다. 사부인 혜원 선사가 지니고 있던 바로 그 검이 분명했다.

"현천지검이 드디어 나타났다. 어서 찾자!"

아이처럼 보챈다.

운몽은 현천지검을 아직 한 번도 보지 못했다. 하지만 도척의 말을 의심하지도 않는다. 그가 손으로 검을 가리키며 곡수린에게 물었다.

"그게 현천지검인가?"

"그렇다."

"그렇다면 나에게 돌려줘야 한다. 그건 내 사문의 보물이고 사부님의 물건이니까. 나는 사부님으로부터 그것을 찾아오라는 명령을 받았다."

"흐흥."

곡수린이 코웃음을 치며 한 걸음 물러섰다.

"한때는 네 사부의 것이었을지 몰라도 지금은 내 것이다. 그러니 이것을 가져가려면 나를 죽여야 할 거다."

운몽과 곡수린 사이에 차가운 눈싸움이 지루하게 계속되었다. 운몽은 곡수린이 이처럼 변한 게 귀령소 때문이라는 걸 장학봉으로부터 들어 알고 있다.

그가 귀령소를 대신해서 저에게 어떤 원한을 품고 있는지도 잘 안다.

'만약 내가 패한다면 그는 나를 죽이는 건 물론 사부님까지도 해치려고 할 것이다.'

그는 반드시 그렇게 하고 말 것이라는 느낌이 온다. 귀령소에게서 받은 명령이라니 더 그렇다.

하지만 귀령소는 그에게 장학봉과 그의 제자인 화운평도 죽이라고 했다지 않은가. 그런데 지금 곡수린은 화운평과 어깨를 나란히 하고 서 있었다. 그게 의문이었지만 조금 더 생각하자 이해가 되었다.

적의 적은 동지라지 않던가. 그들은 잠시 동지가 된 것이다. 운몽은 내가 과연 저들 두 명을 꺾을 수 있을까? 하고 회의했다.

그러나 해야만 한다. 반드시 곡수린에게서 현천지검을 되찾아야 하는 것이다. 그 일에 방해가 된다면 화운평을 죽일 수밖에 없다.

운몽이 도척을 바라보았다. 두 사람의 눈길이 뜨겁게 얽혔다.

그가 화운평을 맡아 십 초만 버텨줄 수 있으면 좋겠다는 생각을 했는데 도척은 그런 운몽의 마음을 읽은 것 같았다. 시커먼 얼굴을 활짝 펴며 씩 웃은 것이다. 그리고 머리를 끄덕인다.

운몽은 도척이 전력을 다한다면 화운평을 잠시 붙들어둘 수 있을 것이라고 믿었다. 그러면 된다고 생각했다. 그 안에 곡수린을 처치하고 현천지검을 되찾는 건 자신의 몫이다.

'전력을 다해야 한다.'

운몽은 그렇게 결정했다. 검을 뽑은 순간 전력을 다해 곡수린을 상대하는 것이다. 그가 비록 귀령소 소양의 진전을 받았고, 공력의 화후가 대성지경에 이르렀다지만 두렵지는 않았다.

운몽이 천천히 달마혜검을 뽑았다. 서늘한 한줄기 광채가 검집에서 빠져나온다.

그것을 본 곡수린이 다시 한 걸음 물러서며 현천지검을 뽑아 들었다. 운몽은 그것이 검집에서 빠져나오는 모습을 뚫어지게 바라보았다.

하얗고 차가운 검신. 그것에 새겨져 있는 현천지검이라는 네 글자. 그리고 눈부시게 뻗어 나오는 예기. 과연 보검 중의 보검이라 불리기에 부족함이 없는 보물이었다.

그들이 검을 뽑는 걸 본 화운평이 역시 자신의 보검을 뽑아 들고 옆으로 돌아갔다. 곡수린과 함께 좌우에서 운몽을 협공하려는 것이다. 하지만 그는 성큼 다가선 도척에게 진로를 가로막히고 말았다.

도척은 품에서 금빛이 찬란한 한 자루의 동척(銅尺)을 꺼내 들고 있었다. 두어 자 길이에 두 촌 반의 폭을 가진 것인데, 어찌 보면 소림승들이 즐겨 익히는 단봉 같기도 했고, 어찌 보면 짧은 칼 같기도 했다.

도척이 누런 이를 드러내고 씩 웃었다.

"이봐, 설마 나를 허수아비라고 생각하는 건 아니겠지? 너는 잠시 나와 놀아줘야겠어."

도척에게 앞을 가로막힌 화운평이 벌컥 화를 냈다.

"도척, 네가 언제부터 이렇게 건방져졌지? 감히 나를 상대할 수 있다고 믿는 것이냐?"

"히히, 나는 네놈이 신룡검협이라고 불리며 후기지수 중 으뜸이라는 칭송을 받을 때마다 배가 아팠다. 네가 잘났으면 얼마나 잘났어? 이 부처님보다 나은 게 과연 있는지 오늘은 꼭 확인해 보고 말 테다."

"도척, 나 또한 네가 마음에 들지 않기는 마찬가지였다. 너는 언제나 나를 비웃었지. 흥, 하지만 그때는 신룡검협이라고 불리는 내 명성 때문에 꾹꾹 참을 수밖에 없었다. 그러나 지금은 아니야."

"히히, 그렇다면 해봐."

"흥, 너는 나의 삼초지적도 되지 못한다. 그걸 확인시켜 주지."

"히히, 그렇게 자신있다면 나에게 삼 초를 양보하는 게 어때?"

도척은 부끄러움도 모르는 바보처럼 그런 제안을 했다. 명예를 중시하는 강호인이라면 누구도 그런 말을 하지 않는다. 상대가 삼 초를 양보해 주겠다고 하면 오히려 더욱 화를 내야

옳은 것이다.

하지만 도척은 지금의 상황이 얼마나 중요한 건지 잘 알고 있었기에 스스로 후안무치한 놈이라는 욕을 먹는 걸 마다하지 않았다.

화운평이 가소롭다는 얼굴로 거만하게 그런 도척을 바라보았다.

"흐흥, 그렇게 하지. 네가 과연 그 삼 초를 어떻게 쓰는지 봐야겠다. 흥, 소림사의 절기들이 얼마나 대단한지 구경해 보자."

'빌어먹을.'

곡수린은 화운평과 도척 사이에 오가는 말을 들으며 속으로 욕을 했다.

'멍청한 놈이 일을 망쳐 놓는구나.'

도척에 대한 욕이면서 동시에 화운평에 대한 욕이기도 했다. 그는 운몽을 대하자 넘치던 자신감이 조금씩 사라지고 있었던 것이다.

처음 운몽을 만났을 때 그에 의해 도움을 받던 일이 떠올랐다. 곡수린은 그때부터 운몽에 대해서는 어쩔 수 없는 열등감을 갖게 되었던 것이다. 상문경이 저를 버렸다는 데에도 분노와 함께 열등감을 뼈저리게 느끼고 괴로워하지 않았던가.

한 사람은 지나친 자신감으로, 한 사람은 뱃속 깊이 자리한 열등감으로 인해 평정심을 조금씩 잃어가고 있었는데, 본인들은 미처 그 심각성을 깨닫지 못하고 있었다.

'삼 초가 지난 후에는 멍청한 화운평이 저 땡중 놈을 가볍게 죽여 버리겠지. 그러면 된다. 길어야 다섯 초를 넘기지 않을 것이다. 흥, 내가 설마 그동안 이놈을 상대하지 못하겠어?'

곡수린은 그렇게 생각했다. 운몽을 상대로 다섯 초만 버티면 화운평이 가세할 것이라고 믿은 것이다. 그러자 온몸에 불끈 힘이 들어가고 투지가 생겼다.

그가 이글거리는 눈으로 운몽을 노려보며 무언가 싸움이 시작되었음을 알리는 멋진 말을 하려고 하는데 먼저 운몽의 우렁찬 기합성이 터져 나왔다.

"간다!"

피잉—

지독한 쾌검.

허를 찔린 것이나 마찬가지인 상황이었다. 곡수린이 다급한 숨을 들이마시며 급히 몸을 틀었다.

그러나 미리 대비하고 있지 않았던 이상 그의 움직임이 아무리 빠르다고 해도 번갯불을 열로 쪼갠 것 같은 운몽의 검격에서 완전히 몸을 뺄 수는 없었다.

세 곳이다.

운몽이 분광십이검을 펼치면서 처음으로 그것의 정수인 은류팔변(隱流八變)을 응용한 것이다. 그러자 검봉이 흔들렸는데, 세 개의 검을 동시에 뻗어낸 것처럼 어지럽게 곡수린의 요혈을 찔러갔다.

곡수린은 팔과 옆구리가 길게 찢겼고, 허벅지에도 화끈한 느낌과 함께 깊은 검상을 입고 말았다.

급히 몸을 틀어 요혈을 찔리는 것만은 면했지만 운몽과 같은 대적을 앞에 두고 치명적이라고 할 수 있는 부상을 입은 것이다.

곡수린이 놀라서 펄쩍 뛰어 물러서며 이를 갈았다.

운몽의 일격조차 제대로 받아내지 못했다는 사실에 절망하면서 노여워하지만 그것을 드러낼 새도 없었다.

핏핏핏—

운몽의 쾌검이 미치도록 집요하게 따라붙고 있었던 것이다.

곡수린은 귀령소에게서 전해 받은 절세광검(絶世狂劍) 십이 식을 미처 펼쳐 낼 여유도 없었다. 철저하게 기선을 제압당한 것이다.

상황은 화운평 쪽도 크게 다르지 않았다.

피잉—

매서운 바람 소리를 내며 동척이 좌우로 급히 몰아쳐 왔는데, 어떤 게 허초이고 어떤 게 실초인지를 구분할 수 없을 정도로 정교하면서 막중한 위력이 담긴 초식이었다.

"허엇!"

자신만만하게 삼 초를 양보했던 화운평은 당황했다. 도척이 처음부터 저의 모든 것을 다 쏟아내 공격해 오리라고는 예측하지 못했던 것이다.

그는 도척이 그래도 소림의 괴승이라는 체면 때문에 저에게 주어진 삼 초를 대충 흉내만 내는 것으로 흘러보내리라고 생

각했던 것이다. 그다음부터 본격적인 절기를 풀어낼 것이라고
예상했는데 보기 좋게 빗나갔다.

그의 생각과 달리 도척은 이 일전이야말로 달마혜검을 되찾
아 돌아갈 수 있느냐 없느냐를 결정짓는 중요한 것임을 자각
하고 처음부터 모든 힘을 쏟아낼 작정이었다. 그리고 그것이
당장 화운평을 놀라게 하고 있었다.

쉬잇―

빗나갔던 동척이 두터운 바람 소리를 뚫고 떨어진다. 예리한
보도를 휘둘러 머리통을 내려치는 것처럼 위맹하고 위협적인
초식이었다. 소림사의 도법 중 으뜸이라고 꼽히는 관음도(觀音
刀)를 동척으로 펼친 것이다.

일도참폭(一刀斬瀑)의 기세로 동척을 내려치니 화운평은 견
딜 수 없었다. 그가 검을 들어 올리려고 어깨를 움찔거렸다.
하지만 그 순간 자신에게 삼 초의 제약이 있다는 걸 떠올리고
분한 숨을 내쉴 수밖에 없었다.

화운평은 등 뒤로 검을 감춘 채 급히 보법을 밟아 어지럽게
좌우로 움직여 나아갔다. 횡지춘광(橫枝春光)이라는 사문의 절
정신법을 운용해서 겨우 도척의 두 번째 공격에서 벗어났지만
등줄기로는 식은땀이 주르륵 흘러내린다.

'십 초 안에!'

운몽은 처음에 먹었던 그 독한 마음을 더욱 북돋았다. 화운
평이 가세하기 전에 곡수린을 제거하지 못하면 모든 일이 허
사로 돌아간다. 그것을 생각하자 부쩍 검에 날카로움이 더해

진다.

피잉—

그의 검봉이 벼락처럼 뻗어나갔다. 그 앞에서 곡수린은 벌써 몇 번이나 생사존망의 위기를 가까스로 넘겼는지 모른다. 은류팔변이 검법에 실리자 분광십이검은 과거의 위력을 십분 재현해 냈다. 혈영자를 물리쳤던 그 절세의 쾌검법 앞에서 곡수린은 이리저리 몰릴 뿐 반격의 기회조차 잡을 수 없었다.

삼 초가 지났을 때 그는 온몸에 크고 작은 상처를 십여 군데나 입고 있었다. 그곳에서 흘러내린 선혈로 인해 혈인처럼 변해 버렸다.

땅!

처음으로 날카로운 쇳소리가 터져 나왔다. 곡수린이 이를 악물고 현천지검을 뻗어 목을 찔러오는 운몽의 검을 쳐낸 것이다. 두 개의 보검이 서로 부딪치자 맑고 낭랑한 소리와 함께 새파란 불똥이 마구 날렸다.

"으음—"

곡수린이 악문 이 사이로 무거운 신음을 흘렸다. 운몽의 검을 쳐낸 순간 그것을 타고 밀려든 막중한 내력에 기혈이 진탕되었던 것이다.

운몽은 달마혜검에 자신의 삼양신공을 십이성 실었는데, 반드시 이 일검으로 곡수린을 찔러 버리겠다는 지독한 의지의 표현이기도 했다.

곡수린은 운몽의 신공을 당할 수 없고, 그의 쾌검을 당할 수 없다는 걸 절실히 느꼈다. 그러자 투지 대신 당황과 두려움이 그의 머릿속을 어지럽게 채운다.

그들과 떨어진 곳에서는 이제 도척이 위태로운 상황으로 내몰리고 있었다. 드디어 삼 초가 지나고, 그 안에 화운평을 해치우지 못하자 그의 반격이 시작되었던 것이다.

화운평은 장학봉의 철극기공(鐵極氣功)을 십이성 운용하여 검에 불어넣었다. 그러자 그의 주변이 온통 냉랭한 쇠 냄새로 싸늘해졌고, 검을 뻗거나 휘두를 때마다 쩌르릉, 하고 쇠구슬 부딪치는 것 같은 소리가 허공에 가득해졌다.

그가 반격에 나서자 도척은 당장 위태로운 지경에 몰렸지만 이를 악물고 악착같이 달려들고 있었다. 운몽을 위해서 제 목숨마저 기꺼이 내던지려는 것처럼 보인다. 하지만 그건 소림사의 보물인 달마혜검을 되찾아가기 위한 그의 지독한 집념이었다. 그것이 화운평을 붙잡아두고 있는 것이다. 그리고 결과적으로 운몽을 크게 도와주는 일이 되었다.

"아앗!"

기어이 곡수린의 입에서 다급한 비명이 터져 나왔다.

일곱 초식이 지나가고 있었는데, 운몽의 검이 그의 왼쪽 어깨를 꿰뚫어 버렸던 것이다. 은류팔변 중 천혼소(千魂召)의 변화를 곡수린은 막지 못했다.

그의 신형이 크게 흔들리는 걸 본 화운평은 마음이 급해졌다. 설마 곡수린이 운몽의 검에 맞서 십 초도 버티지 못할 줄은 몰랐기에 당황하게 된다.

"이놈! 비키지 못해!"

그가 악에 받친 소리를 지르며 더욱 매섭게 검을 후려쳤다. 쩌르릉거리는 쇳소리가 귀 따갑게 울려 퍼지고, 검에 실린 철극기공이 극성에 이르렀다. 도척이 눈을 부릅뜨고 이를 악물었다. 온 힘을 다해 동척을 휘둘러 화운평의 일격을 받아내자 쩡! 하는 요란한 소리가 터져 나왔다.

"크윽!"

도척이 뭉텅 잘려 버린 동척을 움켜쥔 채 비틀거리며 물러섰다. 가슴이 쩍 벌어져 시뻘건 속이 드러나더니 이내 붉은 선혈이 콸콸 뿜어져 나온다.

도척은 더 이상 화운평을 막아설 수 없었다. 아직 십 초도 지나지 않았는데 그의 검에 베이고 말았다는 게 고통 중에서도 그를 절망하게 했다. 장차 소림사의 명예를 두 어깨에 짊어질 저의 무공이 이토록 보잘것없는 것인가? 하는 회의가 들었던 것이다.

하지만 그는 천하제일의 고수로 불렸던 사부 혜원 선사도 광명존자는 물론 귀양소의 십초지적이 되기 힘들었다는 건 알지 못했다.

2

곡수린이 쓰러졌다.

그의 부릅뜬 눈은 끝까지 운몽의 눈을 붙들고 놓아주지 않았다.

그의 가슴을 꿰뚫고 등 뒤로 빠져나온 검을 쥔 채 운몽은 그런 곡수린의 눈길을 피하지 않았다.

"나는, 나는… 가진 게 없어… 이건 너무… 공평하지 못해……."

곡수린이 울컥울컥 피를 토해내며 겨우 몇 마디를 하고는 서서히 뒤로 누웠다. 운몽은 그의 나머지 말을 가슴으로 들을 수 있었다.

'그런데 너는 모든 걸 다 가졌어. 왜지? 왜 너만 그래야 하지?'

곡수린의 눈에 뿌연 물기가 어리더니 이내 두 줄기 눈물이 되어 주르르 뺨을 타고 흘러내렸다. 그리고 그의 고개가 맥없이 옆으로 떨어진다.

"이놈!"

그 순간, 곡수린이 마지막 숨 한가닥마저 놓치고 늘어진 그 순간에 화운평의 노성이 들려왔다. 서늘한 검기가 뒤통수에 와 닿는다.

운몽은 곡수린의 죽음 앞에서 감상적인 슬픔을 느낄 새도 없었다. 옆으로 구르며 곡수린의 손에서 굴러 떨어진 현천지검을 움켜쥐고 힘껏 허공을 그었다.

땅!

머리 위에서 화운평의 보검이 요란한 소리와 불똥을 쏟아내며 튕겨져 나가는 게 보인다. 그 순간 운몽이 다시 몇 바퀴를 굴러 거리를 두었다. 벌떡 뛰어 일어나 재차 덮쳐드는 화운평의 검을 마주하고 굳건히 선다.

힐끔 바라본 곳에 도척이 쓰러져 있었다. 운몽의 마음이 급해졌다. 저대로 두면 죽을 것 같았기 때문이다.

화운평도 마음이 급하기는 마찬가지였다. 운몽이 곡수린을 상대하느라고 기력을 모두 쏟아 지친 이때에 급히 몰아쳐 그를 죽이지 않으면 승패를 알 수 없다고 여겼기 때문이다.

그래서 같은 마음을 가진 두 사람은 기합성도 없이, 숨 돌릴 틈도 없이, 마치 성난 두 마리의 들소가 뿔을 부딪치듯이 부딪쳤다.

콰앙!

삼양신공과 철극기공을 남김없이 불어넣은 검과 검이 부딪치자 쇠종이 깨지는 것 같은 굉렬한 소리가 터져 나왔다.

후우웅, 하고 허공이 몸부림을 치며 울어댄다. 쏟아져 나가는 기파의 여력이 태풍처럼 모든 것을 날려 버린다.

화운평의 화후는 확실히 곡수린보다 높았다. 검과 검이 이를 갈며 날을 긁어대는 그 촌각의 순간에 운몽은 처음 그와 싸웠던 때를 떠올렸다. 그때도 이처럼 전력을 다해 부딪쳤지만 서로 심중한 부상을 입고 말았을 뿐이다.

'지금은 아니야!'

운몽이 부드득 이를 갈며 제 자신에게 그렇게 소리쳤다. 화운평이 마지막 벽이 아니기 때문이다. 그의 너머에는 장학봉 본인이 버티고 있지 않은가. 그를 상대하기 위해서도 여기서 화운평과 함께 부상을 입고 헐떡일 수는 없다.

피이잉—

단호함을 실은 운몽의 검이 허공을 갈랐다. 분광십이검 중의 삼절초(三絶招)인 뇌정삼식(雷精三式)이 빛보다 빠른 움직임으로 화운평의 전신을 베고 찔러간다.

화운평의 눈이 찢어질 듯 커졌다. 놀람을 넘어서 경악으로 얼굴 근육이 경련을 일으킨다. 그는 이러한 검초를 본 적이 없고 상상해 본 적도 없었던 것이다. 그것은 쾌검법의 한계마저 뛰어넘은 극한의 검법이었다.

'바로 이것이다!'

촌각을 열, 백으로 쪼갠 것 같은 그 찰나의 순간에 그런 생각이 화운평의 머리를 강렬하게 때렸다. 바로 제 사부 장학봉이 패배했던 광명존자의 검초가 지금 제 눈앞에 쏟아지고 있는 운몽의 이 검초라는 걸 느낀 것이다.

이것을 막지 못하면 진다는 절박함은 그러나 그의 움직임을 앞서지 못했고, 운몽의 미친 듯한 검법을 따라잡지 못했다.

마지막이라는 생각이 스쳐 간 순간, 화운평이 본능적으로 택한 건 동귀어진(同歸於盡)이었다.

"이얍!"

그가 검을 집어 던졌다. 그리고 발악하듯 목청껏 고함을 터뜨리며 두 손을 앞으로 쭉, 뻗었다.

쩌르릉—

그 어떤 때보다 웅장하고 날카로운 쇳소리가 그의 온몸에서 터져 나왔다. 그리고 두 개의 쇠기둥이 내리꽂히는 것처럼 단단하고 무거운 장력이 운몽의 가슴을 향해 뻗어나갔다.

콰앙!

그것이 그대로 작렬한다.

운몽은 이미 화운평의 지척에 다가와 있던 터라 미처 그의 장력에 방비할 수가 없었다. 그가 동귀어진이라는 극단적인 방법을 택하리라는 걸 예측할 수 없었기도 하다.

현천지검이 빠르고 강력하게 화운평의 가슴을 꿰뚫은 순간 운몽은 저의 가슴에 부딪치는 엄청난 충격을 느끼고 신음을 흘렸다.

"크윽!"

운몽이 세게 던져진 것처럼 훌훌 날려갔다. 그 순간 그의 눈에 한 사람의 모습이 보였다.

급격하게 빠져나가는 기력 때문에 화운평은 서 있을 수가 없었다. 현천지검이 뚫고 빠져나간 가슴에 뜨거운 통증이 느껴진다.

그것을 내려다보다가 털썩, 무릎을 꿇고 주저앉는 그의 눈에도 한 사람이 보였다.

입고 있는 잿빛 승복이 너덜거린다고 해야 할 만큼 찢겼고, 군데군데 선혈이 얼룩져 처참하게 보이는 한 명의 비구니였다. 아니, 긴 머리카락이 바람에 흩날리고 있으니 비구니가 아닌지도 모른다.

'운… 지…….'

화운평은 빠르게 흐려져 가는 그녀의 모습을 애써 떠올렸다. 그리고 그녀의 이름을 가슴속에서 끄집어냈다. 그러자 뒤따른 마지막 생각은 또 다른 한 여인의 존재에 대한 것이었다.

'보옥아… 너마저……'

자신의 하나뿐인 누이동생, 화보옥이 운지를 막기 위해 떠났는데, 저기 저렇게 돌아오고 있는 건 그녀가 아니라 운지라는 게 마지막 순간에 화운평을 허탈해지게 했다. 그래서 곡수린이 그랬듯이 숨이 끊어져 버린 그의 볼을 타고 두 줄기 눈물이 주르륵 흘러내렸다.

운몽은 제가 부드러운 구름을 탔다고 여겼다.

'죽은 것인가?'

그런 생각이 들지 않을 수 없다. 그리고 다음에는 코를 벌름거렸다. 익숙한 냄새를 맡을 수 있었기 때문이다.

'그럼 아직 죽지 않은 것인가?'

윙윙 울리는 머릿속에 맑고 청량한 새의 노랫소리가 스며들었다. 점점 커지더니 곧 머릿속을 온통 흔들어대며 커다랗게 울려 퍼진다.

오랫동안 잊고 있었던 그 소리를 운몽은 비로소 기억해 냈다.

'노란새. 작은 노란새다!'

아미산 학정봉 아래의 개울가에서 들었던 그 작은 노란새의 노랫소리. 그것이 운몽에게 말하고 있었다. 흐느끼며 속삭이고 있다.

"죽지 않을 거지? 그렇지? 이렇게 내가 찾아왔는데, 이렇게 다시 만났는데 네가 죽으면, 네가 죽으면 나는……."

'죽지 않아!'

운몽의 의식이 그 작은 노란새의 지저귐에 커다랗게 소리쳐 말했다.

'아직 너의 노랫소리를 들을 수 있는데 죽기는 내가 왜 죽어? 아직 운지를 만나지 못했는데 왜 죽어? 나는 죽지 않아!'

작은 노란새가 부드러운 깃털로 뺨을 쓰다듬는다. 그러자 익숙한 그 냄새가 더욱 코를 찔렀다. 향을 태우는 냄새 같기도 하고 은은한 치자꽃 향기 같기도 하면서 아주 오래전, 까마득한 기억의 저편에 남아 있는 어머니의 젖 냄새 같기도 한 그것.

'운지……?'

그 냄새는 운몽에게 그 이름을 떠올려 주었다. 그래서 운몽은 더욱 죽을 수 없었다.

그가 천천히 눈을 떴다. 흐릿한 시선을 뚫고 얼굴 하나가 와락 다가온다.

"운지? 정말 당신이야? 너, 작은 여자 중이야?"

그의 말투는 학정봉 아래의 개울에서, 그리고 복호사의 뜰에서 언제나 시끄럽게 불러대던 그 말투가 되었다. 그래서 그의 뺨을 쓰다듬는 손길에 잔떨림이 일어난다.

"그래, 나야. 내가 조금 늦었어. 괜찮지?"

운지가 얼굴을 숙였다. 저를 빤히 바라보는 운몽의 뺨에 제 뺨을 살며시 가져다 댄다. 따뜻한 온기가 운몽의 온몸에 퍼지고, 운지에게도 그랬다.

두 사람의 마음과 마음이, 그들의 그리움이, 서로 안타까워하며 보냈던 오랜 시간들이 왈칵 다가와 뒤섞였다. 짭짤한 눈물의 맛이 혀끝에 느껴진다.

운몽이 천천히 손을 뻗어 운지의 볼을 어루만졌다. 이게 꿈이라면 깨지 않았으면 좋겠고, 저승이라면 다시는 이승으로 돌아가고 싶지 않다고 생각한다.

하지만 그는 아직 이승에 있었고, 그중에서도 금룡협 입구를 벗어나지 못하고 있었다. 바람이 코끝을 스치자 피비린내가 맡아졌다. 구역질이 난다.

운몽이 천천히 몸을 일으켰다. 자신을 안고 있던 운지를 본다. 피에 얼룩져 있는 그녀의 모습이, 제 모습이 생소하고 멀게만 느껴졌다.

"여기는 작은 노란새가 지저귀던 그 개울가가 아니었어."

운몽의 말에 운지가 미소 지었다. 어딘지 서글퍼 보이는 그런 미소였다.

"하지만 우리는 그곳으로 돌아갈 수 있을 거야. 그러면 되겠지."

"다시는 그곳을 떠나지 않겠어. 네 곁을 떠나지 않겠어."

"우리 지금 당장 돌아갈까?"

운지가 두 손으로 운몽의 파리해진 볼을 감싸며 속삭였다.

"가서 영원히 그곳을 떠나지 말자. 너하고 나하고 둘이서만 그 작은 노란새의 지저귀는 소리를 듣는 거야. 아무도 없는 그 개울가에서 말이야."

운몽은 그렇게 하고 싶었다. 지금 당장 운지의 손을 잡고 아미산으로 돌아가고 싶었다. 모든 걸 다 떨쳐 버릴 수만 있다면 얼마나 좋을까, 하고 생각한다.

하지만 그는 그렇게 할 수 없다는 걸 잘 알았다. 그래서 슬픈 눈으로 운지를 바라보고, 운지 또한 슬픈 눈으로 운몽을 물끄러미 바라보았다.

저쪽에서는 슬금슬금 군웅들이 몰려오고 있었다. 화운평과 곡수린이 죽고 운몽도 큰 부상을 입은 걸 보자 억눌러 두었던 욕망이 다시 살아난 것이다.

하지만 그들은 운몽 곁에 이르지 못했다.

'와아―' 하는 함성과 함께 금룡협에서 수많은 흑의무사들이 쏟아져 나왔기 때문이다.

운지와 운몽은 서로 손을 꼭 잡은 채 그들을 바라보았다. 여기서 함께 죽을 수 있다면 그것도 행복할 것이라고 생각한다.

운몽이 곡수린의 가슴에서 달마혜검을 뽑아 도척에게 던져 주었다. 그는 가까스로 몸을 일으킨 후 운기조식하고 있는 중이었다. 가슴의 기복이 고른 것으로 보아 죽지는 않을 모양이다.

쩔그렁.

곁에 달마혜검이 떨어지자 도척이 눈을 떴다. 품에서 대환단을 꺼내더니 밀랍도 벗기지 않은 채 입에 넣고 으적으적 씹어 먹는다.

"한 식경만 나를 지켜줘."

그가 달마혜검을 제 무릎에 올려놓고 그렇게 말했다. 운몽이 머리를 끄덕였다. 그가 저를 지켜주었으니 한 식경쯤은 그를 위해 살아 있어야 한다고 생각한 것이다.

현천지검을 다시 거머쥔 운몽이 도척을 등 뒤에 둔 채 운지와 어깨를 나란히 하고 섰다. 검은 파도처럼 맹렬하게 밀려들고 있는 흑의무사들을 무심하게 바라본다.

쏴아아—

그들이 유령처럼 운몽과 운지 곁을 스쳐 지나갔다. 폭우를 머금은 검은 구름이 빠르게 지나가는 것 같다.

운몽과 운지는 어리둥절해서 우두커니 서버렸다.

검은 구름은 그들의 뒤쪽, 군웅들의 머리 위에 폭우를 쏟아놓기 시작했다.

"끄아아—"

최초의 비명이 터져 나오고, 그다음부터는 아수라장이 되었다. 흑의무사들은 밀물처럼 군웅들을 덮쳤는데, 곧 그들과 뒤섞여 피아를 구분할 수 없는 난전이 벌어졌다.

이게 대체 어찌 된 일인지 몰라 어리둥절해하는 운몽의 눈에 저만큼 홀로 우뚝 서 있는 한 사람이 보였다. 장학봉이다.

그가 손짓을 했다.

홀린 듯 운몽이 천천히 그를 향해 걸음을 떼어놓았고, 운지 또한 홀린 것처럼 뒤를 따랐다. 그래서 도척은 텅 비어버린 벌판에 홀로 버려진 아이처럼 되어버렸다.

달마혜검을 무릎에 올려놓은 채 지그시 눈을 감고 운기삼매에 빠져 있는 모습이 점점 작아진다.

3

“그들의 일은 이제 우리와 아무 상관이 없지.”

장학봉이 무심한 얼굴이 되어 무심하게 말했다.

운몽과 운지는 그와 마주 서 있었는데, 저 멀리에서 계속되고 있는 비명과 아우성이 아스라하게만 들린다.

그들은 금룡협 깊숙한 개울가에 마주 서 있었다. 곁에는 으르렁거리며 빠르게 흘러가고 있는 금빛 계곡 물이고 좌우에는 하늘을 가릴 듯이 치솟아 있는 천 길의 절벽이었다.

길은 없다. 오직 금룡비동을 향해 앞으로 나아가거나, 뒤돌아서 아비규환이 된 난전장으로 향할 수 있을 뿐이다.

장학봉은 이곳에서 운몽의 선택을 기다리고 있었다. 그리고 운몽은 그 어느 쪽도 선택하지 않았다.

“여기서 끝내도록 합시다.”

그가 장학봉을 닮은 무심한 얼굴과 말투로 그렇게 말했다. 장학봉이 풀썩 웃었다.

“그것도 좋지. 나를 쓰러뜨리면 안으로 들어갈 수 있다. 하지만 뒤로는 절대 돌아갈 수 없지. 죽은 자는 움직일 수 없으니까.”

장학봉이 천천히 검을 뽑았다. 그는 운몽이 분광십이검으로 화운평을 죽였다는 걸 알고 있었다. 자신의 대에서는 광명존자에게 패했는데, 제자의 대에서는 다시 운몽에게 패했으니 치욕감을 견딜 수 없다. 더구나 그때에 자신을 찔렀던 그 현천지검을 지금 운몽이 쥐고 있지 않은가. 그것으로 화운평을 찔러 죽이지 않았는가.

"현천도록은?"

운몽이 여전히 무심한 어투로 물었다. 자기와는 상관없는 물건을 두고 말하는 것 같다.

장학봉이 품에서 낡은 고서를 꺼냈다. 그것을 제 곁의 바위 위에 내려놓고 소리없이 웃어 보인다. 나를 죽이고 가져가라는 넘치는 자신감이 배어 있는 웃음이었다.

운몽이 머리를 끄덕이고 말했다.

"동경은 내 품에 있소. 그리고 현천지검은 바로 여기 있지."

쨍! 하는 경쾌한 소리를 내며 보검이 검집을 벗어난다. 그것을 바라보는 장학봉의 눈 깊은 곳에서 탐욕이 이글거렸다.

현천선부를 열 수 있다는 세 가지 신물이 드디어 한곳에 모이게 된 것이다. 그 사실에 장학봉은 마음이 한껏 들떠 있고 급해져 있지만 운몽에게는 아무런 감흥도 없었다.

그에게 중요한 건 운지와 함께 아미산으로 돌아간다는 것뿐, 현천선부는 아무 의미도 없는 것이다.

"와라!"

장학봉이 크게 소리쳤다. 진기가 충만하게 실려서 금룡협

전체가 뒤흔들릴 만큼 커다란 외침이었다.

"내가 하겠어."

운지가 운몽의 옷자락을 잡아당기며 말했다.

"너는 조금 더 쉬어야 해."

화운평의 장력에 의해 입은 운몽의 내상이 심각하다는 걸 걱정하고 있었다.

운몽이 그녀의 손을 힘주어 잡았다.

"충분해. 걱정해 줘서 고마워."

그는 이 위험한 싸움에 운지를 앞세울 수 없었다. 그녀를 위해서라면 내 목숨을 던져서라도 장학봉을 붙잡아야 한다고 결심한 것이다.

화운평이 저에게 그랬듯이, 내 목숨을 내주고 장학봉에게 심각한 부상을 입힐 수 있다면 나머지는 운지가 처리해 줄 것이다. 그게 지금으로서는 그녀를 위한 유일한 길이라고 생각했다.

운몽이 뚜벅뚜벅 걸어나가는 걸 운지는 멍하니 바라보기만 했다. 손을 잡아주던 운몽에게서 그의 뜻을 읽을 수 있었기 때문이다.

"안 돼……."

운지가 중얼거렸다. 이렇게 힘들게, 겨우 만났는데 운몽을 죽게 내버려 둘 수 없다는 자각이 불길처럼 인다.

"안 돼!"

울듯이 소리쳐 외친 운지가 땅을 박찼다.

쉬앙—

전력을 다해 아미의 절학인 나한추명보(羅漢追冥步) 중 빠르기가 제일로 꼽히는 나한천보(羅漢天步)의 신법을 펼치자 그녀는 마치 질풍으로 화한 것 같았다.

쏜살보다 빠르게 운몽을 스쳐 지나간 운지가 허공을 격하고 일장을 때리는 한편 허리띠를 풀어 들었다.

창졸간에 운용한 금황예편기(金黃霓片氣)라곤 하나 운지의 그 일장에 담긴 위력은 쇠종을 깨뜨릴 만한 것이었다. 그것이 곧장 장학봉의 면전으로 쏟아져 나간다.

"흥!"

장학봉이 코웃음을 치며 힘껏 검을 뿌렸다.

쩌르릉—

허공에 쇳소리가 가득해지면서 그의 검에서 뻗어 나온 거무튀튀한 검강이 그대로 운지의 장력을 끊었다.

콰쾅! 하는 요란한 소리와 함께 충격파가 왈칵 밀려들어 운지의 가슴을 때렸다. 그 때문에 운지는 나한천보의 쾌속함을 잃고 주춤거렸는데, 그건 연이어 쳐 나오는 장학봉의 검강 앞에 제 몸을 고스란히 드러낸 꼴이 되었다.

운지가 피가 나도록 입술을 깨물었다. 허리띠를 휘저어 허공을 쓸 듯이 장학봉의 검강을 휘감아간다. 금빛으로 은은하게 밝혀지는 공간 속에서 그녀의 부드러운 허리띠가 살아 있는 금룡처럼 꿈틀댔다. 그것이 장학봉의 검강을 휘감자 다시 한 번 쩌르릉, 하고 요란한 쇳소리가 터져 나왔다. 그리고 십여 토막으로 잘라진 허리띠 조각들이 꽃잎처럼 허공에 흩어진다.

운지는 장학봉의 공력에 크게 놀랐다. 급히 금황예편기를 끌어올려 가슴을 보호하면서 소맷자락을 크게 부풀려 휘둘렀다. 철수신공(鐵袖神功)이라고 알려진 오묘한 절기인데, 운지의 내공이 깃들어 있는 소맷자락은 이름 그대로 철판을 두른 방패처럼 변했다. 그것이 다시 한 번 장학봉의 검강을 후려쳤다.

꽈르릉—

수백 개의 커다란 쇠구슬이 굴러 내리는 것처럼 요란한 소리가 쉬지 않고 터져 나왔다.

장학봉의 철극기공은 이미 극성에 이르러 있고, 그것을 담은 그의 철기패천 검법 또한 인간의 경계를 훌쩍 뛰어넘은 것이었다.

강렬하고 굳센 철의 기운이 운지의 옷소매를 때리고 이리저리 찢어버리는데, 그 앞에서 운지의 철수신공은 빛을 잃고 만다.

"아!"

운지가 놀란 비명을 터뜨린 순간 한가닥 서늘한 검강이 그녀를 스쳐 그대로 장학봉의 검강을 무찔러 갔다.

콰앙!

두 개의 검고 흰 검강이 부딪치자 천번지복의 굉음이 터져 나왔다.

운몽은 다급한 중에 저의 내상을 돌보지 않고 전력을 다해

분광십이검 중의 극강한 초식인 뇌정탄궁(雷精彈弓)의 일초를
쳐낸 것이다. 그것에 실려 있는 삼양신공이 장학봉의 검강과
부딪친 순간 화탄처럼 폭발했다.

콰우우우—

이미 초인의 경계마저 훌쩍 뛰어넘어 버린 두 사람의 기운
이 한 치의 양보도 없이 충돌하여 폭발하자 그 여력이 태풍이
되어 사방으로 폭사되어 나갔다. 지진을 만난 것처럼 우르릉
거리는 소리가 끊이지 않고, 금룡협의 천 길 바위 벼랑이 진동
을 했다. 바위와 흙덩이가 소나기처럼 쏟아져 내린다.

운몽의 두 눈에는 터질 듯이 핏발이 섰다. 장학봉 또한 이를
악물고 눈을 부릅떴다. 그 역시 조금도 방심하지 않고 온 힘을
다 쏟아낸 것이다. 운몽을 대하는 것이 과거 광명존자를 대할
때보다 더 신중하고 치열하다.

운몽이 다시 한 번 힘껏 현천지검을 휘둘러 막강한 검강을
뽑아냈다. 그와 동시에 운지 또한 나한추명보 중 운중행로의
수법을 발휘했다. 바람처럼 가볍게 장학봉의 좌로 맴돌며 금
황예편기를 한껏 실은 위맹한 장력을 쳐낸다. 구음신장(九陰神
掌)이다.

두 사람의 협공을 받은 장학봉은 이를 악물었다. 여기서 밀
리면 지난 반세기 동안 공들여 온 모든 게 수포로 돌아간다.
장학봉에게 그것은 죽는 것보다 더 싫은 일이었다.

죽을지언정 물러설 수 없다는 각오로 그가 한 자루의 검에
모든 공력을 실어 좌우로 힘껏 뿌렸다.

쿠우웅—

운지의 장력과 운몽의 검강을 한꺼번에 갈라 버리는 그의 검격이 놀라웠다. 그리고 그것과 부딪친 두 사람의 기파가 더 놀라운 위력으로 폭발하며 비산했다. 그러자 천 근의 화약을 터뜨린 것처럼 대지가 진동하고 하늘이 으르렁거리며 운다.

금룡협을 이루는 천애의 절벽에 쩍쩍 금이 가기 시작했다. 땅이 뒤흔들려 제대로 몸을 가누고 서 있기 힘들 지경이 된다.

"으음—"

장학봉이 운지와 운몽 두 사람의 막중한 잠력을 견디지 못하고 앓는 듯한 신음을 흘렸다. 신형이 비틀하고 흔들린다.

순간에 지나지 않는 틈이었지만 운몽에게는 그것이야말로 놓칠 수 없는 마지막 기회였다.

그가 무겁고 장중하던 검법을 버리고 원래의 분광검법을 펼쳤다. 다시 한 번 극쾌제일을 자랑하는 뇌정삼식 중 마지막 초식인 뇌기파천(雷氣破天)을 펼친 것이다.

삼양신공을 한껏 실은 그의 검에서 창백한 검기가 쭉, 뻗어 나왔다. 그것이 뇌전보다 빠르게 내리꽂히는 곳에 장학봉의 정수리가 있다.

"으헉!"

장학봉이 크게 놀라 비명을 터뜨렸다. 광명존자의 바로 이 수법에 일패도지하였던 기억이 불쑥 떠올라 두려움을 증폭시킨다.

"이놈!"

　발악하듯 외친 그가 운지의 구음신장은 외면한 채 철극기공을 한껏 뽑아 올려 후끈 달구어진 검을 맹렬하게 후려쳤다.

　쩌르릉거리는 쇳소리가 절규처럼 터져 나오고, 그의 거무튀튀한 검이 운몽의 쾌검과 부딪쳤다.

　쩡!

　으르렁거리며 마구 몸부림치는 대지의 신음을 뚫고 날카롭고 무거운 울림이 솟구쳤다. 그리고 그것을 따라 동강난 검편이 유성처럼 날아오른다.

　장학봉은 머리카락 한 올의 차이를 두고 아슬아슬하게 운몽의 뇌기파천을 받아냈다. 그것이 지난 오십여 년 동안 그가 뼈를 깎는 노력을 기울여 연공한 모든 것이다. 그 한 수의 검격을 파훼하기 위하여 그 오랜 세월과 공력을 들여 수련했던 것이다.

　하지만 운몽의 현천지검 앞에서 그의 보검은 충격을 감당하지 못하고 동강나 버렸다. 장학봉에게는 이제 더 이상 운몽의 검격을 막을 수단이 없어져 버렸다. 그리고 등짝에 와 닿는 운지의 구음신장으로부터도 피할 수가 없었다.

　쾅!

　아미검후로 불리게 된 운지의 장력이 그대로 장학봉의 척추를 부수며 쏟아져 들어와 내부를 뒤흔들었다. 울컥, 선혈을 토해내며 비틀거리는 그의 목으로 운몽의 검이 파고들었다. 번쩍이는 빛이 보였다 싶었는데 이미 목을 꿰뚫어 버리고 있는 지독한 쾌검이다.

한 점의 연민도 인정도 싣지 않은 그 일검은 장학봉의 모든 것을 원점으로 되돌려 버렸다.

와신상담이라고 해도 과언이 아닌 오십여 년의 절치부심했던 세월도, 음지에서 자라는 독버섯처럼 무성하게 키워냈던 모든 야망과 그 가능성도, 여태까지 살아온 모든 날들마저도 한순간에 되돌려놓아 버린 것이다.

그래서 장학봉은 빠르게 시간을 거슬러 올라가 제가 태어나기 전의 무(無)의 상태로 환원되었다. 오직 부릅뜬 눈에 허무의 찌꺼기가 가득 남아 있을 뿐이다.

그가 허공을 움켜쥐며 무언가 말을 하려고 했지만 결국 아무 말도 하지 못했다. 끄르륵거리는 기괴한 목 울림을 남긴 채 차가운 땅에 볼을 부딪치며 털썩 쓰러졌다.

우르르르—

기어이 좌우의 절벽이 충격을 이기지 못하고 무너져 내리기 시작했다. 구름처럼 쏟아져 내리는 짙은 먼지 속에서 금룡협 전체가 굉음을 토해내며 마구 흔들렸다.

운몽과 운지의 몸뚱이도 덧없이 마구 흔들린다. 제대로 서 있을 수가 없다.

"위험해!"

운지가 소리치며 덮치듯 운몽에게 몸을 날렸다. 운몽은 장학봉이 현천도록을 놓아둔 바위를 찾고 있었다. 그것이 뿌리째 뽑혀 급류 속에 처박히고 있는 순간이다.

운몽이 미끄럼을 타는 것처럼 몸을 날렸다. 막 들끓는 급류

에 빠지려던 현천도록을 간신히 움켜쥔 대신 그의 몸 전체가
급류 속으로 떨어졌다.

　그 긴박한 순간에 운지가 날아들었고, 온 힘을 다해 운몽의
허리띠를 잡아 끌어 올리며 떨어지는 바윗덩이를 걷어찼다.

　쉬아앙—

　탄력을 빈 운지의 신형이 계곡의 급류를 건너뛰어 폭사해
나갔다. 운몽은 그녀의 품에 안긴 채 울컥울컥 선혈을 토해내
고 있었는데, 내상이 심상치 않은 것 같았다.

　쿠르르르—

　미친 듯 달려가는 두 사람을 뒤쫓기라도 하듯 골짜기의 절
벽이 빠르게 무너져 내리며 굉음과 함께 누런 먼지를 쏟아내
고 있었다.

第十一章
그 후

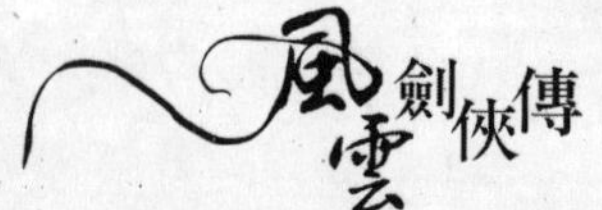

그 후

반정도관은 더 이상 반정도관이라고 불리지 않았다. 낡은 현판이 있던 자리에는 새로 만든 커다란 현판이 걸렸는데, 용비봉무(龍飛鳳舞)하는 필체로 〈황조천향(黃鳥天鄕)〉이라는 네 글자가 새겨져 있었다.

"이놈아, 무슨 이름이 그래? 반정도관이 훨씬 품위있고 우아하다. 황조천향이라니? 쳇, 그럼 여기가 새 둥지란 말이냐? 내가 새 할아범이야?"

노도사, 광명존자의 투덜거림은 닷새나 계속되고 있었다. 하지만 그 말에 귀 기울이는 사람은 아무도 없다.

"우리 개울에 놀러 가자, 응?"

운지의 코맹맹이소리가 더 크게 들렸고, 으허허허, 하고 웃는 운몽의 음흉한 웃음소리가 그보다 더 크게 들렸다.

이제는 신방이 되어버린 광명전에서 서로 부둥켜안은 두 사람이 뛰어나왔다. 쏜살같이 멀어지는 그들을 보며 광명존자가 난간에 기대서서 고래고래 소리를 질러댔다.

"에라, 이 나쁜 놈아! 네 눈에는 늙어서 불쌍해진 이 사부가 보이지도 않는단 말이냐! 콱 개울에 빠져서 메기 밥이나 되어 버려라!"

돌아오는 건 공허한 메아리뿐이다.

씩씩거리던 광명존자가 체념한 듯 한숨을 폭, 내쉬고 중얼 거렸다.

"썩을 놈 같으니. 애써서 키워주고 가르쳐 줬더니 이제는 나 같은 늙은이는 필요없다 이거지? 오냐, 좋다. 그렇다면 나는 가출해 버리고 말 테다. 흥, 내가 뭐 여기 아니면 붙어 있을 데 가 없을 줄 아느냐?"

광명전 곁, 운몽이 쓰던 작고 어두컴컴한 방으로 터덜터덜 걸어 들어갔던 광명존자가 한 손에는 현천지검을 들고 한 손 에는 현천동경을 쥔 채 걸어나왔다. 입에 물고 있는 건 현천도 록이다.

"복호사에 가본 지도 꽤 오래되었지? 설마 소정 그 할망구 마저 나를 구박하지는 않을 테지. 저도 늙어가는 처지이니 내 심정을 십분 이해해 줄 거야. 게다가 소령이도 있으니 심심하 지 않겠지. 흐흐흐, 늙어 꼬부라진 영감이 하나 들어와 비구니 들 속에 눌러앉았다고 해서 누가 뭐라고 하겠어?"

광명존자가 음흉한 웃음을 실실거리며 학정봉에 걸린 잔도를 탄다.

막 복호사로 이어진 소로에 올라선 광명존자의 머리 위에서 운몽의 고함 소리가 웅웅 울렸다. 천리전성이라는 절세의 신공인데 운몽은 고작 그것을 제 사부를 협박하는 데에 쓰고 있었던 것이다.

"사부님! 저녁 식사 시간 전에는 돌아오실 거지요? 안 그러면 저녁은 굶어야 할걸요? 헤헤, 오늘은 운지가 잉어튀김을 해준다고 했으니까 알아서 하세요! 이크, 금린어다! 뭐, 하고 있어? 이리로 몰아야지! 이크, 이크! 조심해!"

마지막 말은 운지를 닦달하는 것이리라.

광명존자가 입술을 삐죽거렸다.

"썩을 놈. 내가 뭐 잉어튀김에 목매는 귀신인 줄 아냐?"

투덜거리며 바삐 걷던 존자가 우뚝 걸음을 멈추었다. 운지의 요리 솜씨는 존자의 입맛을 사로잡기에 충분했는데, 그중에서도 잉어튀김만은 가히 천상의 맛이라 할 만큼 대단했던 것이다. 그걸 포기하자니 속이 쓰리다.

잠시 생각하던 광명존자가 피식 웃었다.

"가서 소정 할망구에게 말하면 가져다줄 거야. 운수 고것이 제법 발이 빠르니까 식기 전에 충분히 가져올 수 있지."

운수 비구니는 벌써부터 복호사와 광명전을 오가는 전령 역할을 하고 있었는데, 장차 아미파의 장문인이 되도록 밀어주겠다는 광명존자의 은근한 꾐에 넘어가 충성을 다하고 있는 중이었다.

그녀를 한 번 더 부려먹을 생각을 한 광명존자가 느긋하고 유쾌한 심정이 되어 콧노래를 흥얼거리며 부지런히 복호사로 향했다.

그러다가 다시 걸음을 멈추고 중얼거린다. 아무리 잊으려고 해도 운몽이 괘씸하고 운지가 괘씸한 모양이다.

"흥, 조만간 애를 낳겠지? 흐흐흐, 그러면 당연히 저희들보다 할애비인 내가 그 녀석과 붙어 있을 시간이 많지 않겠어? 흐흐흐, 그때는……."

무엇을 생각하는지 두 손을 꼼지락거리며 즐거워했다. 운지가 딸을 낳으면 어쩌나, 하는 건 생각하지도 않는 것이다.

『풍운검협전』終

고검추산
허담 新무협 판타지 소설
FANTASTIC ORIENTAL HEROES

적포용왕

김운영
新무협 판타지 소설

『신마대전』『흑사자』의 작가 김운영.
그가 낚아 올리는 무협의 절정!
낚시 신동 백룡아! 장강에서 천존과 맞짱 뜨다!

적포천존(赤布天尊)

고금제일강(古今第一强)
인칭타자연재해(人稱他自然災害)
40세 이후로 상대가 누구든 몇 명이든,
한 번도 패하지 않고 모두 이긴 적포천존.
70세 중반에 반로환동하여 무림인들을
절망에 빠뜨린 그가 말년에
제자를 만들어 말년에 호강할 계획을 세운다?!

천하에 두려울 것이 없는 '자연재해' 와
그의 제자들이 무림에 나타났다!

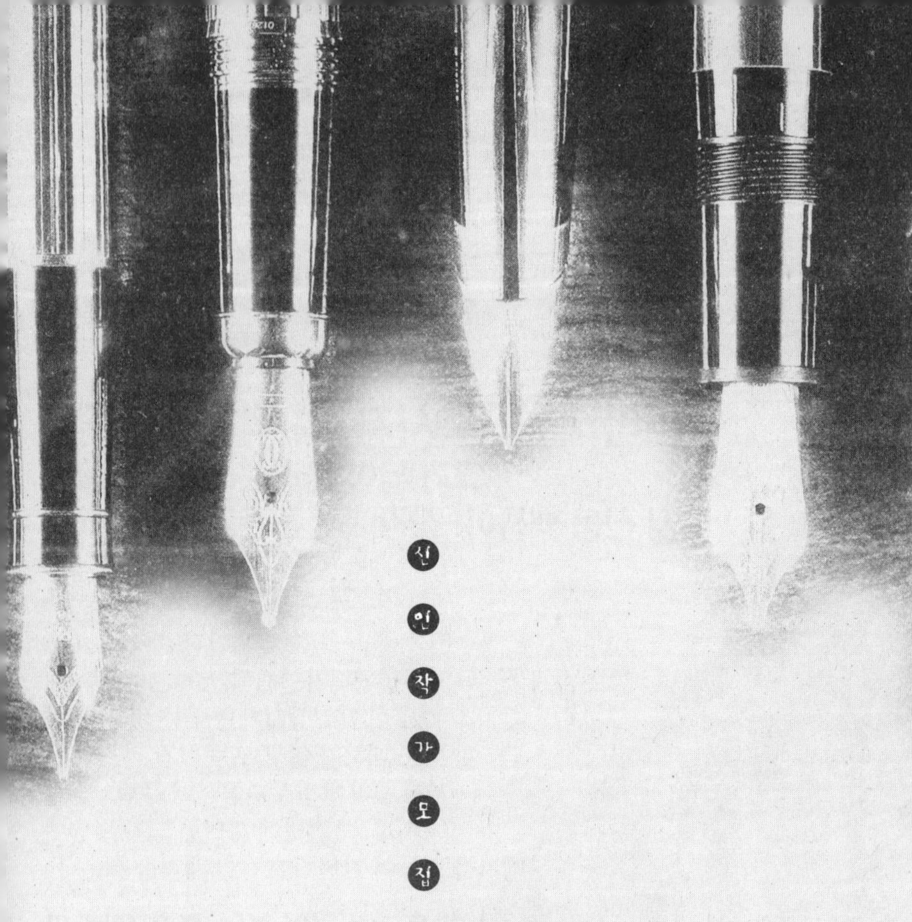

신

인

작

가

모

집

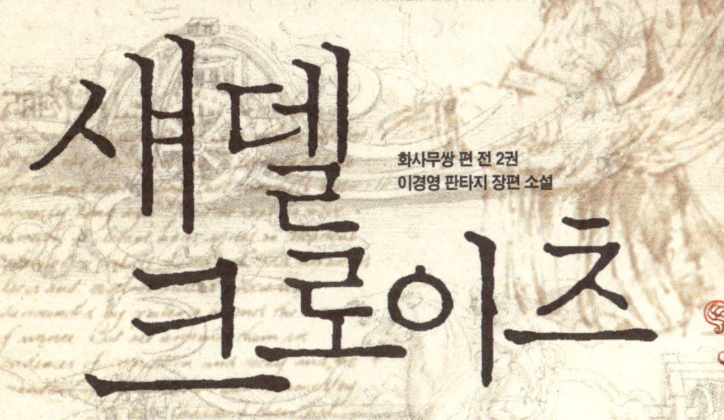

섀델 크로이츠

화사무쌍 편 전 2권
이경영 판타지 장편 소설

『가즈나이트』의 명성과 신화를 넘어설
이경영의 판타지의 새로운 상상력!

자신만의 독특한 세계관을 창조한 작가
이경영의 새로운 도전과 신선한 충격.

바란투로스의 특수부대 섀델 크로이츠의 리더 파렌 콘스탄.
야만족을 돕는 안개술사를 물리치기 위해 아시엔 대륙에서 온
불을 뿜는 요괴 소녀 카샤.
너무나 다른 두 사람이 운명의 길에서 만나다.
친구란 이름으로 시작된 모험, 그 앞에 놓인 난관과 운명의 끈은
어떻게 될 것인지……

"질투가 날 만도 하지."
요괴가 산신령을 엄마로 두는 건 흔한 일이 아니거든.
괜찮다, 파렌. 본좌가 아는 요괴들 전부 본좌를 질투하고 부러워하니까."
소녀는 손에 잔뜩 받은 빗물을 흘짝 마셨다.
파렌은 그 순수함에 웃음을 흘렸다.
그는 지금까지 자신이 봤던 그녀의 기이한 행동들을 어렴풋이나마 이해할 수 있을 것 같았다.
그렇게 친구가 된 둘은 그 길로 긴 여행을 떠나게 된다.

본문 중에-

Rhapsody Of Cardinal

카디날 랩소디

송현우 판타지 장편 소설

놀라운 경험(the enormous experience)!
He created a completely new world.
It is a place who have never known and where never been able to imagine.
This splendid world will introduce the enormous experience for the
person only who reads.
그 누구에게도 알려진 것이 없으며 상상조차 할 수 없었던 새로운 세계를
작가는 완벽하게 창조해내었다.
이 멋진 세계는 독자들만이 체험할 수 있는 놀라운 경험으로 인도할 것이다.

판타지는 허구다? 아니다. 판타지는 일상이다.
우리의 삶은 연속된 판타지의 연장선상에 놓여 있고,
상상은 우리의 일상을 더욱 살찌운다.
『카디날 랩소디(Rhapsody of Cardinal)』를 경험하는 독자들은
더욱 풍부한 일상 속에서 새로운 삶을 경험할 것이다.
멋진 만남! 흥미로운 경험! 이것이 『카디날 랩소디』가 가진 장점이며,
작가 송현우가 독자들에게 바라는 꿈이다.

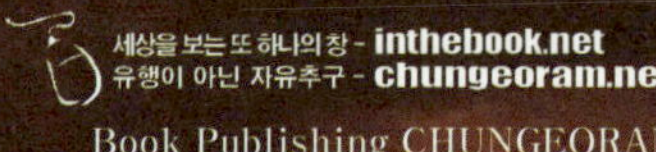

Book Publishing CHUNGEORAM